JN057888

Solitaire
ソリティア

Solitaire

by Alice Oseman

First published in English in Great Britain
by HarperCollins Children's Books,
a division of HarperCollins Publishers Ltd. under the title

SOLITAIRE

Copyright © Alice Oseman 2014

Translation © Hiromi Ishizaki 2023,
translated under license from HarperCollins Publishers Ltd.
Alice Oseman asserts the moral right to be identified
as the author of this work.

This edition published by arrangement with
HarperCollins Publishers Ltd, London
through Tuttle-Mori Agency, Inc., Tokyo

はじめに

本作には、自殺や自殺未遂、自殺念慮、自傷行為、うつ、摂食障害、強迫性障害に関する記述があります。ご自身の判断で、安全に配慮してお読みください。

より具体的な警告事項については、aliceoseman.com/content-warnings をご覧ください。

＊

『ソリティア』は、わたしのグラフィックノベル・シリーズ『ハートストッパー』と登場人物を共有しており、ここでは『ハートストッパー』四巻と同時期に起こる出来事が語られます。『ハートストッパー』を読んでから、本作を読まれる読者の皆さんは、これらの作品のトーンが異なっていることにご留意ください。本作は『ハートストッパー』からかなりさかのぼる二〇一二年に書かれ、よりダークなテーマを扱っています。この作品が、『ハートストッパー』を楽しんだすべての読者に適しているとはかぎりません。

二〇二〇年、わたしは本作に編集上の変更を加えるという、願ってもない機会を得ました。これによって、『ハートストッパー』の世界観とよりリンクさせることが可能になり、また必要だと感じた箇所に、表現上の修正を加えることができました。

わたしの過去の作品を読みたいと切望してくださる読者の皆さんと、わたしの既刊書に情熱を注いでくださる出版社に、とても感謝しています！

わたしの物語を応援してくださる皆様に、心からの感謝をこめて！

二〇二〇年八月　アリス・オズマン

「そこであなたの欠点は、すべての人を憎むという性質なのでしょう」

「そしてあなたのは」と彼は微笑して答えた。

「すべての人のいうことを故意に誤解することですね」

――『高慢と偏見』ジェイン・オースティン
（河出文庫・阿部知二訳）

PART 1

エリザベス・ベネット「ダンスはされますの？　ミスター・ダーシー」
ミスター・ダーシー「いいえ、踊りません。踊らずにすむのなら」

映画『プライドと偏見』（2005年）

1

談話室に足を踏み入れたとたんに気づく。わたしを含めてここにいるほぼ全員が、死んだような顔をしている。聞くところによると、クリスマスのあとに鬱っぽくなるのは完全に正常で、一年でいちばん〝ハッピーな〟季節を過ごしたあとに、抜け殻状態になるのはよくあることなんだそうだ。だけどわたしの場合、この憂鬱な感じはクリスマス・イブやクリスマス当日とそれほど変わらない。もっと言うと、クリスマス休暇に入ってからずっとこんな感じだった。年が変わってまた学校がはじまった、ただそれだけのことだ。

そこに立っていると、ベッキーと目が合う。

「トリ」ベッキーが言う。「どうしたの、死にそうな顔して」

ベッキーもクラスのほかの子たちも、コンピューター・デスクの回転椅子にすわって、部屋のあちこちに散らばっている。休暇明け初日の今日、新しい髪型やメイクがシックス・フォーム中を席巻していて、自分が急に浮いた存在に思えてくる。

椅子に腰を下ろし、おもむろにうなずく。「正解。というか、もう死んでるかも」

ベッキーがこっちをちらっと見てすぐ目をそらし、わたしたちはおかしくもないのに声を上げて笑う。わたしが完全に無気力なことに気づくと、ベッキーはすーっといなくなる。わたしは机に顔をふせて、半分眠りに落ちる。

わたしの名前はヴィクトリア・スプリング。頭の中で勝手に妄想をふくらませて、ひとりで落ち込むタイプ。好きなのは、寝ることと、ブログ。わたしはいつか死ぬだろう（ちなみに、まだ死んでない）。

ベッキーこと、レベッカ・アレンは、現時点ではおそらくたったひとりの友達だ。たぶん親友でもある。そのふたつが関連しているのかどうかは、まだよくわからない。ベッキーはすごく長い紫色の髪をしている。最近気づいたことだけど、髪が紫だとそれだけで人目を引いて、ティーンのコミュニティでは誰もが知る有名人になる。顔はよく知っているけど話したことはない、というたぐいの。とにかく、ベッキーはインスタのフォロワーだけはすごく多い。

ベッキーは今、同じグループのイヴリン・フォーリーと話している。イヴリンは、髪がぼさぼさで、個性的なネックレスを着けているから、〝変わり者《オルタナティブ》〟と見なされている。

「問題は、ハリーとマルフォイのあいだに性的な緊張があるかどうかね」イヴリンが言う。

ベッキーはイヴリンのことがほんとうに好きなんだろうか。気が合うふりをしているだけなんじゃないだろうか。そういうことって、けっこうあると思う。

「そんなのファン・フィクションの世界だけよ、イヴリン」ベッキーは言う。「妄想は頭の中と検索履歴だけにして」

イヴリンは笑う。「仮定の話よ。だって、マルフォイは最後にはハリーを助けるじゃない。じゃあどうして七年間もハリーをいじめてたの？　ハリーのことが好きだからよ！」最後の言葉は、単語ひとつごとに手をたたいて言う。それで説得力が出るわけじゃないのに。「よく言うでしょ、好きな子ほどいじめたくなるって。そういう心理があったのは、間違いないわ」

「イヴリン」ベッキーが言う。「第一に、ドラコ・マルフォイが救済と理解を求めて苦悩する、ある種の美しい魂の持ち主だというファン・ガール的な考えは、とうてい受け入れられない。彼はただのひどい差別主義者よ。第二に、好きだからいじめるっていうのは、ＤＶの根底にある考えそのものだからね」

イヴリンは気を悪くしたようだ。「ただの小説よ。現実の話じゃないわ」

ベッキーがため息をついてこちらを向くと、イヴリンもわたしを見る。ここはわたしが何か言わなきゃならないところらしい。

「はっきり言って、ハリー・ポッターなんてくだらないわ。そろそろみんな卒業したほうがいいと思う」

ベッキーとイヴリンがわたしをじっと見ている。どうやら空気の読めない発言だったみたい。それで、ちょっとトイレと言って席を立ち、そそくさと談話室のドアを出る。ときどき、人間なんて嫌いだと思う。こういうのって、メンタルにすごくよくない。

★

わたしたちの町にはふたつの高校がある。女子校のハーヴィー・グリーン・グラマースクール（通称〝ヒッグス〟）と、男子校のトゥルハム・グラマースクールだ。ただし、どちらの学校も、シックス・フォームと呼ばれる最後の二年間（十二年生と十三年生）は、男子も女子も受け入れる。つまり十二年生のわたしは、突然の男子の流入に直面させられている。ヒッグスにおける男子生徒は、伝説上の生き物のような存在で、リアルな男子とつき合うことは、スクールカーストのトップに躍りでることを意味する。だけど個人的には、〝男子問題〟について考えたり話したりするだけで、顔面を撃ち抜きたい気分になる。

たとえそういったことに興味があったとしても、制服のおかげで見た目をつくろうチャンスはほとんどない。一般的にシックス・フォームになると制服を着なくていい学校がほとんどだけど、ヒッグスでは着用が義務づけられている。そんなダサい学校にお似合いの、くすんだグレーの制服だ。

自分のロッカーまで行くと、扉にピンクのポスト・イットが貼られていて、そこに左向きの矢印が描かれている。左を見ろということなんだろう。いらっとして左に顔を向けると、いくつか先のロッカーにもう一枚貼ってある。そして、廊下のつきあたりの壁にもう一枚。みんなその前をふつうに通り過ぎていく。気づいていないのか、気づいているけど無視しているのか。その気持ちはわかる。
ロッカーからポスト・イットをはがして、次のところまで行く。

わたしはときどき、ほかの人が気にもとめないようなささいなことをして、喜びを感じることがある。ほかの誰もやっていないというだけで、何か重要なことをしている気がするから。

今回のこれもそのひとつだ。

角を曲がると、ポスト・イットがいたるところに現われはじめる。最後から二番目に見つけたものは、二階にある閉鎖されたパソコンルームのドアに貼られていて、中を指す矢印が描かれている。ドアの窓は内側から黒い布で覆われている。このパソコンルームC16は、改装のため去年閉鎖された。だけど、今のところ手をつけられる気配がない。ほんとうのことを言うと、そういうのって少し悲しい気分になる。でもとにかく部屋に入り、うしろ手にドアを閉める。

正面の壁に横長の窓があり、大きな四角いコンピューターが並んでいる。

一九九〇年代にタイムスリップしたみたい。

最後のポスト・イットがうしろの壁に貼られていて、近づくとURLが書かれている。

SOLITAIRE.CO.UK

SOLITAIRE ――ソリティアは、ひとりでやるカードゲームだ。以前はよくITの授業中にこっそりやっていた。たぶん授業をまじめに聞くよりも、わたしのパソコンのスキルに貢献してくれたと思う。

そのとき、誰かがドアを開けた。

「うわっ、すごいな。なんだ、このコンピューター。犯罪級の古さだ」

わたしはゆっくり振りかえる。

閉まったドアの前に、ひとりの男子が立っている。

「ダイアルアップの接続音が聞こえてきそうだな」そう言って部屋をぐるりと見回して、ようやくここにいるのが自分だけでないのに気づいたようだ。

見た目は可もなく不可もなく。どこにでもいるような男の子だ。いちばん目立つ特徴は、太いフレームの大きな四角いメガネ。まるで映画館の3Dメガネみたい。背が高く、髪は横分けで、片手にマグカップ、もう片方の手に学校のプランニング・ノートと一枚の紙を持っている。

わたしの顔をまじまじと見つめるうちに、彼の目がぱっと輝き、大げさじゃなく二倍の大きさになる。まるで獲物を見つけたライオンみたいに、ものすごい勢いで突進してくるから、わたしは怖くなってあとずさりする。彼は前のめりになって、わたしの顔から数センチのところまで顔を近づける。大きすぎるメガネのレンズにわたしが映り、その奥に片方がブルー、もう片方が緑の瞳が見える。虹彩異色症《ヘテロクロミア》だ。

彼はニカッと笑う。

「ヴィクトリア・スプリング！」大声で叫び、両手を空中に振り上げる。

何なの、この人。頭痛がしてきた。

「君はヴィクトリア・スプリングだよね」彼はそう言って、手に持った紙をわたしの顔の前に突きだす。それは写真だ。わたしの。写真の下には小さな文字でこう書かれている。〝ヴィクトリア・スプリング、11A〟職員室のそばの掲示板に貼られていたものだ。十一年生のとき、わたしは学年委員だった。誰もやりたがらなかったから、しかたなく引き受けた。学年委員全員が写真を撮られて、わたしのはかなりひどい。髪を切る前だったから、顔がどこにあるかもわからない。まるで『リング』の貞子だ。

わたしはブルーの目を見つめる。「掲示板からはがしてきたの？」

彼は一瞬ひるんで、わたしのパーソナル・スペースから少しだけ退いた。目を輝かせた笑顔はそのままで。「知らないやつが君をさがしてたから、手伝うって言ったんだ」そう言って、プランニング・ノートであごをトントンたたく。「金髪の男子。ぴたぴたの細いパンツで……自分がどこにいるかもわからないみたいに、やみくもに歩き回ってた」

男子に知り合いはいないし、金髪で細身のパンツと言われてもまったく心当たりがない。

わたしは肩をすくめる。「どうしてわたしがここにいるとわかったの？」

彼も肩をすくめる。「偶然だよ。ドアに矢印があったから入ってきたんだ。ミステリーっぽいなと思ってさ。そしたら、君がいた！　なんという運命のいたずら！」

彼はマグからひと口飲む。

「君のことは前から知ってたよ」笑顔のままで言う。

わたしは目を細めて彼の顔を見る。そりゃ、廊下ですれ違ったことくらいはあるかもしれない。でも、このへんてこなメガネは一度見たら覚えているはずだ。「わたしは知らないわ」

「べつに意外じゃない。僕は十三年生で、顔を合わせる機会はあまりないからね。それに、去年の九月に転校してきたばかりなんだ。十二年生まではトゥルハムにいた」

なるほど。わたしが人の顔を記憶にとどめるのに、四か月は短すぎる。

「それで」彼がマグカップをたたきながら言う。「ここで何があるの？」

わたしは彼の正面から一歩脇に寄り、壁に貼られたポスト・イットをぶっきらぼうに指さす。

彼が手をのばして、それをはがす。

「Solitaire.co.ukか。おもしろい。ここにあるコンピューターを起動させて、何のURLか確かめてみてもいいけど、インターネット・エクスプローラーが立ち上がる前に僕たちの寿命が尽きるってこともありえるよ。全財産賭けてもいい。ここにあるコンピューターには、ぜんぶウィンドウズ95が入ってるね」

彼は回転椅子に腰を下ろして、窓の外に広がる郊外の風景を見つめる。すべてが炎に包まれたみたいに明るく照らされている。町の向こうに、はるか田園地帯が見渡せる。わたしも見ていることに、彼が気づく。

「僕たちを誘いだそうとしているみたいだ」そう言って、ため息をつく。「今朝、学校に来る途中で、おじいさんを見たんだ。ヘッドホンをしてバス停にすわって、両手で膝をたたいて空を見上げてた。君も見たことがあるだろ？　ヘッドホンをしたおじいさん。何を聴いてたんだろう。クラシックだと思うかもしれないけど、どんな曲だっておかしくない。悲しい音楽かもしれない」

彼は脚を上げて、テーブルの上でクロスさせる。「そうじゃなければいいのに」

「悲しい音楽って悪くないわ。ほどほどなら」

彼は椅子を回してわたしをまっすぐに見て、ネクタイを直す。

「間違いない。君はヴィクトリア・スプリングだ。そうだね？」質問というよりも、とっくに知っているみたいに言う。

「トリよ」わたしはわざとそっけなく言う。「わたしの名前はトリ」

彼がブレザーのポケットに両手を突っ込み、わたしは腕組みをする。

「前にここに来たことは？」彼は尋ねる。

「ないわ」

彼がうなずく。「おもしろい」

わたしは目を見開いて首を振る。「え、何が？」

「何がって、何が？」

「何がおもしろいの」まったく興味がないことが伝わればいいけど。

「僕たちはふたりとも同じものをさがしてここに来た」

「さがすって、何を？」

「答えだ」

わたしは眉を上げる。彼がメガネ越しにわたしをじっと見る。「ミステリーに興味はないの？答えを知りたいと思わない？」

そのとき初めて気づく。べつに知りたいとは思わない。なんなら、今すぐここから出ていってもかまわない。そうすれば、わけのわからないこのＵＲＬとも、めんどくさいこのおしゃべり男とも関わらなくてすむ。

だけど、こんなふうに一方的に言われっぱなしはしゃくだから、ブレザーのポケットから携帯を取りだして、アドレスバーにＵＲＬを打ち込み、ウェブページを開く。

ページが現れたとたん、拍子抜けして笑いだしたくなる。何も書かれていないブログ。いたずらのために作られたページだろう。

今日はなんてくだらない、意味のない日なんだろう。

わたしは携帯を彼の顔に突きつける。「謎が解けたわよ、シャーロック」

彼は、最初は冗談だと思ったのか笑顔のままでいたけれど、携帯の画面に目を落とすと、信じられないというような茫然とした顔で、わたしの手から携帯をひったくる。

「これは……空《から》のブログだ」わたしではなく、自分自身に言っているみたいで、なぜか突然（自分でも不思議なくらい）彼がものすごく気の毒に思えてくる。だって、とても悲しそうな顔をしてるから。彼は頭を振って、わたしに携帯を返す。なんと言葉をかければいいんだろう。彼はこの世の終わりみたいな顔をしている。

「えっと……」わたしはそわそわと脚を動かす。「そろそろ教室に帰らなくちゃ」

「ちょっと待って！」彼が椅子から立ち上がり、わたしたちはまともに向き合う。

しばらく気まずい沈黙が流れる。

彼は目を細めてわたしを見て、次に写真をじっと見る。それからもう一度わたしと写真を見くらべる。

「髪が短くなってる！」

わたしは唇をかむ。「ええ」皮肉をぐっとのみ込み、ふつうに答える。「切ったの」

「前はすごく長かったのに」

「そうね」

「どうして切ったの？」

夏休みの終わりに、わたしはひとりで買い物に行った。シックス・フォームになるにあたって必要なものがたくさんあり、母さんも父さんも忙しそうだから、自分ひとりで片づけてしまおうと思ったのだ。問題は、自分が買い物が大の苦手だというのを忘れていたこと。通学用のカバンが古くて破れてきていたので、まずはちょっといいショップを見て回った。リバーアイランド、ザラ、アーバンアウトフィッターズ、マンゴー、アクセサライズなどなど。だけど、そこにあるおしゃれなバッグはどれも五十ポンドくらいして、とうてい手が届かなかった。次にもう少し手ごろな、ニュールックや、プライマーク、H&Mなんかを回ってみた。だけど、気に入ったのは見つからなかった。最終的には、バッグを売っている店ぜんぶを何億回も見て回ったけど、それでも見つからず、ショッピングセンターのまん中あたりにあるコスタコーヒーのベンチでひと休みすることにした。そのときぼんやり考えた。十二年生になったらやらなきゃならないことがたくさんある。初めて会う人もたくさんいるだろうし、話したことのない人とも話さなくちゃならないだろう。そんなとき、ウォーターストーンズ書店のウインドウに映る自分の姿がふと目に入った。髪で顔がほとんどぜんぶ隠れている。いったい誰がこんなわたしに話しかけようと思うだろう。そう思うと急に、額や頬にかかる髪がうっとうしくなり、肩や背中を覆う髪が虫みたいに身体中をはい回って、わたしを窒息させるように思えてきた。過呼吸ぎみになってきたので、いちばん近くのヘアサロンに飛び込んで、顔が出るようにして肩までばっさり切ってほしいと頼んだ。美容師は尻込みしていたけど、わたしはとにかく切ってくれと食い下がった。通学カバンを買うはずだったお金は、カット代に消えた。

「短くしてみたかっただけ」わたしは答える。

彼が近づいてきて、わたしはあとずさりする。

「それって本心じゃないよね」

わたしはまた笑う。ため息に聞こえるかもしれないけど、わたしにとってこれはれっきとした笑い声だ。「あなた、いったい何者？」

彼は一瞬固まった。そして胸を張り、復活したキリストみたいに腕を広げて、おごそかな声で告げる。「僕の名前はマイケル・ホールデンだ」

マイケル・ホールデン。

「それで、君は何者なんだい、ヴィクトリア・スプリング」

そう言われても、何も頭に浮かばない。だって、それがわたしの答えだから。わたしは無だ。わたしは空洞だ。虚《うつ》ろで何もない。

ケント先生の声がスピーカーから突然鳴り響く。振りかえってスピーカーを見上げる。

「ミーティングをはじめます。シックス・フォーマーは全員談話室に集まるように」

顔を戻すと、部屋は空っぽだった。わたしはそこに立ちつくす。手を開くと、そこにはＵＲＬが書かれたポスト・イットが入っていた。いつの間にわたしの手の中に移動したんだろう。さっきまで、マイケル・ホールデンが持っていたはずなのに。

このときなんだと思う。

すべてがはじまったのは。

2

ヒッグスに通う生徒たちのほとんどが、魂のないお気楽な順応主義者だ。わたしは〝まあまあ〟だと思える子たちのグループになんとかもぐり込むことができたけど、それでもときどき、この中で意識があるのは自分だけなんじゃないかと思うことがある。自分がビデオゲームの主人公で、ほかのみんなは〝意味のない親密なおしゃべり〟や〝ハグ〟といったいくつかの行為ができるだけのCGキャラクターじゃないかって。

ヒッグスの生徒たちについてもうひとつ言えるのは、日常生活の九十パーセントに努力を払わないということ。たいていのティーンエイジャーがそうだと思う。それが悪いとは思わない。これから先の人生で〝努力〟のための時間はたっぷりあるんだから、今がんばりすぎるのはエネルギーの無駄だ。そんな時間があるなら、もっと楽しいことをしたほうがいい。寝るとか、食べるとか、音楽を違法ダウンロードするとか。わたしは、どんなことにも一生懸命になったりしない。ほかのみんなも同じだ。談話室に入ったとたん、椅子や机や床でどんよりしている百人のティーンエイジャーに迎え入れられるのはめずらしいことじゃない。

ケント先生はまだみたいだ。わたしはパソコン・コーナーに向かう。そこでは、ベッキーとグループの子たちが、マイケル・セラが魅力的かどうかについて議論している。

「トリ、トリ、トリ」ベッキーがわたしの腕を何度もたたく。「わたしに味方してくれるわよね。『ジュノ』は観たでしょ？　彼って超キュートじゃない？」ベッキーは頬を両手でぱちんとたたいて、大げさに天を仰ぐ。「不器用な男の子って、なんであんなにセクシーなの」

わたしはその肩に手を置く。「抑えて、ベッキー。みんながみんな、あなたみたいにセラに夢中ってわけじゃないんだから」

ベッキーは『スコット・ピルグリム VS. 邪悪な元カレ軍団』について熱弁を振るいはじめるけど、わたしはちゃんと聞いていない。マイケル・セラは、わたしが今考えているマイケルじゃない。

適当に言い訳をしておしゃべりの輪から抜け、談話室のパトロールをはじめる。

そう、その通り。わたしはマイケル・ホールデンをさがしている。

なぜさがしているのか、自分でもよくわからない。わたしはあまり多くのことに興味を持つタイプじゃない。とくに人間に対しては。だけど、一方的に話しかけてきて、ふいにいなくなる人間については気にしないわけにはいかない。

それってすごく失礼だと思う。

わたしは談話室のグループをひとつずつチェックしていく。グループなんて言うと、いかにも青春ドラマっぽいかもしれないけど、いかにもと感じるのはそれが実際に存在するからだ。女子が大半を占める学校では、毎年、生徒たちは大まかに三つのカテゴリーに分類される。

1. 派手な女子グループ。男子校の派手な男子たちとつるんで、偽のIDを使ってクラブに出入りする。ほかのグループの子たちに対してはものすごくフレンドリーか、ものすごく威圧的かのどちらかで、どちらになるかは、わたしたちのコントロールの及ばないさまざまな事象に左右される。近寄らないに越したことはない。

2. オタク系の子たち。ダサくてもわが道を行くことを心から楽しんでいる。変わり者だと言って敬遠する人もいるけど、他人の目をまったく気にせず、ニッチな趣味を楽しむ姿は称賛に値する。好きにすればいい。

3. いわゆる〝ふつう〟の子たち。右のふたつに収まらない子たちがみんなここに入る。言い換えれば、周囲になじむために本来の自分を抑え込み、卒業後にようやく殻を破って個性を発揮する。学校は地獄だということを体現している。

みんながみんな、このグループのどれかに当てはまるわけじゃない。例外があっていいと思うし、そもそもグループなんてなければいいのにと思う。だって、自分がどこに属せばいいかわからないから。あえて言えば、グループ3だと思う。今いるグループがまさにそうだ。だけど、グループのほかの子たちと自分が似ているとは思わない。そもそも、わたしは誰とも似ていない。

わたしは部屋を三周か四周して、さがす相手がここにはいないという結論に達した。べつにかまわない。マイケル・ホールデンは、わたしが作り上げた妄想かもしれない。わたしは自分のグループに戻って、ベッキーの足元に腰を下ろし、目を閉じた。

★

談話室のドアが開き、副校長のケント先生が入ってきた。そのあとに、わたしたちとせいぜい五歳くらいしか離れていないミス・シュトラッサーと、生徒会長《ヘッドガール》のゼルダ・オコロ（冗談ぬきでこういう名前だ）が続く。ケント先生は、切れ味鋭いタイプで、アラン・リックマン（『ハリー・ポッター』のスネイプ先生）に似ているとよく言われる。おそらくこの学校でただひとり、真の知性を持った教師だ。五年以上前からわたしの英文学の先生でもあり、お互い奇妙なほど気心が知れたところがある。ミセス・ルメールという校長もいるにはいるけど、彼女はフランス政府の一員だという噂があるくらい、めったに学校に姿を現わさない。

「静粛に」ケント先生が電子ホワイトボードの前に立つ。頭上には、〈主とその御力《みちから》によって力を得よ〉という校訓が掲げられている。グレーの制服がいっせいに前を向く。しばらくのあいだ、ケント先生は口を開かない。いつものことだ。

ベッキーとわたしはにやりと顔を見合わせ、時間を数えはじめる。これはわたしたちがいつもやるゲームだ。いつのころからか、学校集会やシックス・フォーム・ミーティングで、ケント先生がどれだけの時間黙っているかを数えるようになった。最長記録は七十九秒。冗談じゃなく。

十二数えたところで、先生が口を開きかけ――

そのとき、スピーカーから音楽が流れてきた。

『スター・ウォーズ』のダース・ベイダーのテーマだ。

生徒たちのあいだにざわめきが起こる。みんなまわりをきょろきょろ見回して、ケント先生はなぜ音楽を流すのか、なぜ『スター・ウォーズ』なのかとささやき合っている。たぶんこれから、明快なコミュニケーション、粘り強さ、共感と理解、支え合いのスキル、みたいな話がはじまるんだろう。シックス・フォーム・ミーティングのテーマはだいたいそんなところだ。あるいは、リーダーシップの重要性についてかもしれない。ところが、先生の背後の電子ホワイトボードを見て、わたしたちは実際には何が起ころうとしているのかを知ることになった。

スクリーンに映しだされたケント先生の顔が、まずヨーダに変わり、そこから先生の顔をしたジャバ・ザ・ハットに変わる。

次は、金色のビキニを着たケント姫だ。

シックス・フォーム全体が、爆笑の渦に包まれる。

本物のケント先生は、険しい表情ながらも冷静さを失わず、つかつかと部屋を出ていく。続いてシュトラッサー先生が出ていくと、生徒たちはそれぞれのグループに分かれて、ナタリー・ポートマンの顔が自分の顔に変わっていったときのケント先生の表情を再現して盛り上がっている。フォトショップで白塗りに加工され、ゴージャスなヘアスタイルをしたケント先生は、たしかに笑える。それは認めざるをえない。

やがて、スクリーンからケント／ダース・モールが消え、スピーカーから流れるオーケストラの演奏がクライマックスに達したとき、電子ホワイトボードにこんな文字が表示される。

SOLITAIRE.CO.UK

ベッキーが近くにあるコンピューターにＵＲＬを打ち込み、グループのみんながまわりに群がる。さっきのいたずらブログに、今は投稿がひとつある。投稿されたのは二分前――静かな怒りをたたえ、ホワイトボードをにらみつけるケント先生の写真だ。

みんないっせいにおしゃべりをはじめる。正確に言うと、わたし以外は。わたしはただ黙ってすわっている。

「これをやった子たちは、すごく気の利いたことをしたつもりなんでしょうね」ベッキーが鼻で笑う。

「あら、実際、気が利いてるわよ」イヴリンの長年培われた〝マウントとりたい病〟は定期的に顔を出す。「権力への見事な反抗だと思わない？」

わたしは首を振る。ケント先生の顔をヨーダに変える技術のほかは、すごいと思えることは何もない。すごいのはフォトショップだ。

ローレンはにやにやしている。人前でだけタバコを吸うローレン・ロミリーは、カオスが大好物だ。「インスタにアップされるのが目に浮かぶわ。あたしのツイッターのフィードにもう現われてるかも」

「わたしもインスタに載せなきゃ」とイヴリン。「フォロワーが二千人くらい増えるといいな」

「やめときなよ、イヴリン」ローレンが鼻を鳴らす。「ネットじゃもうじゅうぶん有名人でしょ」

わたしは思わず笑う。「また犬の写真でも載せておけば?」そして、小声でつぶやく。「あなたの犬、これまで〝いいね〟を二万くらいかせいだんだから」

ただひとり聞いていたベッキーがにやっと笑いかけてきて、わたしも笑い返す。ちょっといい気分だ。わたしが笑えることを言うのはめずらしいから。

話はそれで終わった。それ以上話がふくらむほどのことじゃない。

十分もたてば、忘れ去られている。

だけど、ほんとうのことを言うと、わたしはちょっと妙な気分になった。子どものころ、『スター・ウォーズ』に夢中だったから。もう何年も観ていないけど、あの音楽を聴くと何かが胸によみがえる気がする。それが何かはわからないけど。

うわ、なんだか感傷的になってきた。

いたずらを仕掛けたのが誰であれ、さぞ満足しているだろう。そう思うと、なんだかむかむかしてくる。

五分後、コンピューター・デスクに突っ伏して、両腕であらゆる人との関わりを遮断してうとうとしかかったとき、誰かがわたしの肩をたたいた。

跳ね起きて、たたかれたほうに目を向ける。ベッキーが紫色の髪を顔の両側に垂らして、怪訝そうにわたしを見ている。彼女は目配せをする。

「えっ、何？」

ベッキーがうしろを指し、わたしは目を向ける。

男の子がひとり立っている。緊張した様子で、ぎこちない笑みらしきものを浮かべている。何が起きているのかはすぐにわかった。だけど、そんなことがありうるだろうか。脳の処理が追いつかず、わたしは口を開いて閉じてを三回繰り返し、ようやく言葉を見つける。

「嘘でしょ」

男の子が近づいてくる。

「ヴィ、ヴィクトリア？」

ついさっき出会ったばかりのマイケル・ホールデンを除いて、これまでの人生でわたしのことを〝ヴィクトリア〟と呼ぶのはふたりしかいない。ひとりは弟のチャーリー。そして、もうひとりは――

「ルーカス・ライアン」わたしは言った。

かつて、幼なじみにルーカス・ライアンという男の子がいた。すごく泣き虫だったけど、わたしと同じくらいポケモンが好きで、それで仲良くなった。彼は、大人になったら大きなシャボン玉の中で暮らしたいと話してくれたことがある。どこへでも飛んでいけて、いろんなものを見れるから、と。わたしは、住むのには向いていないと思うよ、と答えた。だって、シャボン玉の中はいつも空っぽだもの。彼はわたしの八歳の誕生日にはバットマンのキーホルダーをプレゼントしてくれた。九歳の誕生日には、マンガの描き方の本を、十歳の誕生日には、ポケモン・カードを、十一歳の誕生日には、トラのイラスト入りのTシャツをプレゼントしてくれた。

彼は、二度見しなくちゃいけないくらいずいぶん変わっている。わたしより小さかったのに、今では頭ひとつ分くらい大きくなって、当然声変わりもしている。十一歳のルーカス・ライアンの面影をさがしてみるけど、変わらないのはグレーっぽいブロンドの髪と、ひょろりとした手足と、おどおどした表情くらいだ。

そういえば彼は、〝ぴたぴたの細いパンツを穿いた、金髪の男子〟でもある。

「嘘でしょ」わたしは繰り返す。「あなたなの？」

彼は恥ずかしそうに笑う。この笑い声、覚えてる。胸に抑え込んだみたいな、くぐもった笑い声。

「やあ!」彼の笑顔が大きくなる。感じのいい、穏やかな笑顔。

わたしはガバッと立ち上がり、上から下へと何度も視線を走らせる。間違いない、本物だ。「本物だよね」手をのばして両肩をたたき、ほんとうにここにいることを確認したくなるけど、ぐっと抑える。

彼は顔を赤らめ、目を糸みたいに細くして笑う。「本物だよ!」

「ど、どうして?」

彼は急にもじもじしはじめた。昔もこんな感じだった。「前の学期でトゥルハムをやめて、転校してきたんだ。君がここに通ってることは知ってたから……」そう言って、襟元をもてあそぶ。これも昔のままだ。「それで……なんていうか、君をさがしてみようと思ったんだ。ここにはまだ友達がいないだろ。だから、その……よろしく」

お祭しのとおり、わたしは友達を作るのが得意じゃない。小学校のときも同様で、周囲にうまく溶け込めなかった。七年間でできた友達はたったひとり。小学校時代のことは、好んで思い出したくはないけど、心の支えになっていることがひとつだけある。それが、ルーカス・ライアンとの穏やかな友情だ。

「ねえ、待って」噂話の種になりそうなことに目のないベッキーが、横から口をはさんでくる。「あなたたち、どこで知り合ったの?」

わたしも相当不器用な人間だけど、ルーカスはわたし以上だ。ベッキーを見て、また顔を赤らめる。わたしのほうがいたたまれない気分になってくる。

「小学校で」わたしが答える。「わたしたち、親友だったの」

ベッキーの整った眉が跳ね上がる。「うっそー！」わたしたちの顔を交互に見て、最後にルーカスに視線を留める。「じゃあ、わたしはあなたの代わりってことね。わたしはベッキー」そう言って、周囲を手で示す。「ようこそ、抑圧の国へ」

ルーカスが、ネズミの鳴くような声で言う。「僕はルーカス」

そして、またわたしに向き直る。「これまでのこと、いろいろ話さなくちゃね」

つまり、友情の復活ってやつ？

「ええ……」驚きすぎて、語彙力が低下している。「そうね」

シックス・フォーム・ミーティングはもうないだろう。先生たちは戻ってこないし、もうすぐ一時限目がはじまる。

ルーカスがわたしにうなずく。「そろそろ……行かなくちゃ。最初の授業に遅刻したくない。そうでなくても、今日は緊張の一日だから。でも、また近いうちに話せるよね。フェイスブックで君を見つけるよ」

ベッキーは、ルーカスが出ていくのをあっけにとられた表情で見送ると、わたしの肩をぐいとつかむ。「トリが男の子と話をするなんて。っていうか、トリが自分ひとりで誰かと会話をするなんて。泣いちゃいそう」

「よしよし」わたしはベッキーの肩をたたく。「強くなりなさい。あなたなら乗り越えられるわ」

「すごく誇らしいわ。あなたのママになった気分よ」

わたしは鼻で笑う。「ひとりで会話くらいできるわ。現に今だって話してるじゃない」

「わたしは例外。ほかの人が相手だと、いつも段ボール箱くらい黙りこくってるくせに」

「ひょっとして、段ボール箱なのかも」

わたしたちは顔を見合わせて笑う。

「笑える……だってほんとうのことだもん」わたしはまた笑う。少なくとも表面的には。

ははは。

3

学校から帰ると、まずはベッドに倒れ込んでノートパソコンの電源を入れる。これは毎日のルーティンだ。学校に行っていないとき、わたしの心臓から半径二メートル以内には、必ずパソコンがある。ノートパソコンは、わたしのソウルメイトだ。

ここ数か月で気づきはじめたこと、それは、ここにいるわたしよりも、ブログのほうがよっぽど実際のわたしらしいということ。わたしとブログの関係がいつはじまったのか、いつ、何のきっかけで自分のブログをはじめたのかはわからない。だけどそれ以上に、ブログをはじめる前はいったい何をしていたのか、もしこのブログを削除したら何をすればいいのかわからない。ブログをはじめたことは、激しく後悔している。ほんとうに。こんなに恥ずかしいものはない。だけど、自分と同類だと思える人を見つけられるのはここしかない。ここではみんな、現実の世界とはまったく違うやり方で、自分について話す。

もしブログを削除してしまったら、わたしは完全にひとりぼっちになってしまう。

ブログを書くのは、フォロワーを増やしたいからじゃない。わたしはイヴリンじゃない。現実の世界で暗い話をすることは、社会的に許されないからだ。そんなことをすれば〝かまってちゃん〟だと思われてしまう。そんなふうに思われるのはぜったいにいやだ。つまり、何が言いたいかというと、思ったことを遠慮なく言えるのは素晴らしいってこと。たとえネット上だけでも。

ネットに接続されるまで千億年待ったあと、かなりの時間をブログに費やす。よくあるくだらない匿名メッセージが二件届いている。わたしのくだらない投稿に過剰反応するフォロワーは一定数いる。次にフェイスブックをチェックする。通知が二件。ルーカスとマイケルからの友達申請だ。どちらも承認する。それから、メールをチェックする。メールは届いていない。

それから、ソリティアのブログをチェックしてみる。

さっきの憮然としたケント先生の写真以外、新しく追加されているのはタイトルだけ。こんなタイトルだ。

ソリティア：忍耐は命とり《ペイシャンス・キルズ》

このブログの管理者たちが何をしたいのかは、さっぱりわからないけど、『ペイシャンス・キルズ』というのは、これまで聞いたジェームズ・ボンドの映画っぽいタイトルの中で、いちばんくだらない。まるで、オンライン・カジノの名前みたい。

ポケットから、ソリティアのＵＲＬが書かれたポスト・イットを出して、部屋で唯一空いている壁の中央に貼る。

今日のルーカス・ライアンとの再会を思い出し、ほんの少しだけ明るい気分になる。気のせいかもしれない。どっちだっていい。どうしてこんなことをしているのか、自分でもわからない。そもそも、どうしてポスト・イットをたどって、パソコンルームに行ったりしたんだろう。わたしがわざわざ何かをすることなんて、ほとんどないのに。

重い腰を上げて、飲み物を取りに階段を下りる。母さんがキッチンでパソコンに向かっている。考えてみると、母さんはわたしによく似ている。わたしがグーグル・クロームに恋をしているように、母さんはマイクロソフト・エクセルに恋をしている。今日はどうだった？　と尋ねられ、わたしは肩をすくめて「べつに」とだけ答える。わたしがどう答えようと、たいして興味はないとわかっているから。

あんまり似ているから、いつからか母さんとはほとんど話さなくなった。会話をしようとしても、何を話せばいいかわからないし、いらいらするだけだから。だから、わたしたちは無理して話す必要はないという暗黙の合意に達した。それはそれで、ぜんぜんかまわない。父さんはおしゃべりだし（言ってることはわたしの人生には一ミリも関係ないことばかりだけど）、わたしにはチャーリーがいる。

家の電話が鳴った。

「出てくれる？」母さんが言う。

わたしは電話が嫌いだ。世界史上最悪の発明品だと思う。話さなくちゃ何も起こらないからだ。ただ話を聞いて、適当にうなずいているだけではどうにもならない。会話をする必要がある。ほかに選択肢はない。

わたしは反抗的な娘じゃないから、受話器を取る。

「もしもし」

「トリ。わたしよ」ベッキーだ。「あなたが電話に出るなんて、どうしたの」

「人生に対する態度を改めて、まったく別の人間に生まれ変わることにしたの」

「はいはい」

「で、どうしたの？　電話をかけてくることなんてないのに」

「それがね、文字で伝えるには重要すぎることなの」

言葉が途切れる。続きを待つけど、ベッキーはわたしが何か言うのを待っているみたい。

「それって――」

「ジャックのことよ」

なるほど。

ベッキーは、〝ほぼ彼〟のジャックのことを話したくて、電話をかけてきたのだ。

よくあることだ。電話をかけてくることじゃなく、彼氏になりそうな男の子のことを延々と聞かせることが。

ベッキーが話しているあいだ、わたしは〝ふーん〟とか〝そうなんだ〟とか〝嘘でしょ〟といったあいづちを、必要な箇所にはさみ込む。ベッキーの声を遠くに聞きながら、わたしが彼女だったらと考えてみる。キュートで、陽気で、楽しくて、週に二回はパーティーに招かれて、誰とでも二秒で会話をはじめられる女の子。パーティーに参加しているところも想像してみる。音楽が鳴り響く中、みんながボトルを手にして、どういうわけかわたしのまわりに集まってくる。わたしは笑い、話題の中心にいる。わたしがおもしろい話（酔っぱらった話とか、元カレの話とか、突拍子もないことをしたときの話とか）をすると、称賛のまなざしが向けられる。どうしたらこんなに刺激的で愉快な青春を送れるんだろうと誰もが思う。みんながわたしをハグし、最近何に興味があるのかを知りたがる。わたしが踊るとみんなが踊り、わたしがすわって打ち明け話をしようとすると、人の輪ができる。わたしが帰ると、パーティーはフェイド・アウトして命を終える。忘れ去られた夢のように。

「――だから、わかるでしょ？　何が言いたいか」ベッキーが言う。

さっぱりわからない。

「二週間前――ごめんね、もっと早く話さなくて――わたしたちセックスしたの」

びっくりしすぎて、固まってしまう。

だけどよく考えると、来るべきときが来たってことだ。わたしたちの年齢になると、たいていの子たちの関心はそこへ向かう。まず相手をさがし、キスをして、セックスをする。そのことに異論はない。わたしはセックス否定派じゃないし、ベッキーはずっと前からジャックとそうなりたいと思っていた。キスやセックスは競争じゃないことも、そういうことに一切関心がない人がいることもわかってる。それでも、ベッキーはわたしより勇気があると感じてしまう。彼女は新しい世界に踏みだした。そして望むものを手に入れた。それに引き換え、わたしはどうだろう。何もしていない。何を手に入れたいのかさえわからないでいる。

「そうなんだ――」コメントできることは、文字どおり何もない。「――おめでとう」

一瞬の沈黙。「それだけ？」

「えっと……よかった？」

ベッキーは笑う。「ふたりとも初めてだったから、そうでもなかった。でも楽しかったわ」

「ふーん」

「わたしを批判してるの？」

「まさか、してないよ！」

「そんなふうに感じる」

「そんなことない。約束する」それから、もっとポジティブに言う。「心からよかったと思ってる」

ベッキーは満足したらしく、ジャックに〝わたしにぴったり〟な友達がいると説明しはじめる。

それを聞きながら、わたしは罪悪感でいっぱいになる。わたしはひどい友達だ。親友が自分にないものすべてを持っていることを――自信があって、社交的で、幸せだってことを――妬《ねた》む、ひどい人間だ。

電話を切ったあと、わたしはキッチンにぼんやり立っている。母さんはまだパソコンでカタカタやっている。今日という日は、何の意味もない日だ。またそんなふうに思えてくる。頭の中にマイケル・ホールデンの映像が浮かび、続いてルーカス・ライアンが、続いてソリティアのブログが浮かぶ。

ここはチャーリーと話す必要がある。わたしは、ダイエット・レモネードをグラスに注ぎ、キッチンをあとにする。


弟のチャーリー・スプリングは十五歳で、トゥルハム・グラマースクールの十一年生だ。そしてわたしが思うに、宇宙の歴史上いちばんいい人間だ。〝いい人〟というのが、ある種、意味のない言葉だというのはわかっている。わかった上で言うんだから間違いない。シンプルに〝いい人〟でいるのはとてもむずかしい。邪魔するものがたくさんあるから。子どものころ、チャーリーは自分の持ち物を一切捨てようとしなかった。彼にとってはすべてが特別だった。赤ん坊のころの絵本。小さくて着られなくなったTシャツ。遊ばなくなったボードゲーム。すべてに意味があり、自分の部屋の天井に届くほど高く積み上げていた。ひとつひとつについて尋ねると、これはビーチで見つけたんだとか、おばあちゃんにもらったんだとか、六歳のときにロンドン動物園で買ったんだとか、いろんな話をしてくれた。

だけど、大きくなるにつれてそういったものの多くを処分してしまい、次第にいろんなことが当時のようにはいかなくなった。ここ数か月は、ほんとうにつらい時期だった。去年の夏には摂食障害が悪化して、自傷行為の再発もあった。それで、精神科の病院に数週間入院した。最初は不安だったけど、結果的にはそれがすごく役に立ったと思う。今はセラピーに通い、回復に向けて努力している。そして昔と変わらず、チャーリーはまわりにたくさんの愛を注いでくれる。

リビングに行くと、チャーリーとボーイフレンドのニック、そして下の弟のオリバーが何かやっている。何をしているのかはさっぱりわからない。段ボール箱が、ざっと五十個くらい部屋に散らばっている。七歳のオリバーが指示を出して、ニックとチャーリーが箱を積み上げ、小屋くらいの大きさの何かを作ろうとしているらしい。積み上げられた箱は、天井に届くほどだ。全体を見渡すために、オリバーはソファの上に立っている。

段ボールの建造物を回り込んできたチャーリーが、戸口から見ているわたしに気づく。「ヴィクトリア！」

わたしはまばたきを返す。「訊いてもいい？」

チャーリーは、見ればわかるだろという顔をする。「オリバーのためにトラクターを作ってるんだ」

わたしはうなずく。「なるほど。たしかに」

ニックも箱のうしろから顔を出す。ニコラス・ネルソンは、わたしと同じ十二年生で、一見すると、仲間とつるんでスクールバスの後部座席からサンドイッチを投げてくるような体育会系の〝野郎〟に見える。でも知り合ってみると、ゴールデンレトリバーの子犬そのもので、トゥルハムのラグビー部のキャプテンを務める心やさしい人間だ。ニックとチャーリーが、いつから〝ニック&チャーリー〟になったのかは覚えていないけど、彼はチャーリーが精神的にいちばんつらいときもずっとそばにいてくれた。だから、わたしの中でニックは間違いなくいいやつに認定されている。

「トリ」ニックが真剣な顔でわたしにうなずきかける。「よかった。人手がほしかったんだ」

「ねえトリ、ヘロテープ取ってよ」オリバーが言う。最近前歯が抜けたので、うまく〝セロテープ〟と言えないみたい。

オリバーにセロテープを渡し、段ボール箱の山を指さしてチャーリーに尋ねる。「こんなにたくさん、どこで手に入れたの?」

チャーリーは肩をすくめ、「これはオリバーので、僕のじゃないよ」と言って仕事に戻る。

そんなわけで、わたしもリビングでの段ボールのトラクター作りに加わることになる。

ようやく完成すると、チャーリーとニックとわたしは中にすわって、自分たちの作品を満足して眺める。オリバーはマーカーを持ってトラクターを一周し、タイヤの泥汚れと、〝敵に襲われたとき〟のためのマシンガンを描き足す。はっきり言って、平和だ。どの箱にも、大きな黒い上向きの矢印が印刷されている。

チャーリーは、今日あったことを話してくれる。どんな一日だったかをわたしに話すのが好きなのだ。

「好きなミュージシャンは？　って訊かれて、ミューズって答えたら、映画の『トワイライト』が好きなのかと訊いてくるやつが三人もいたんだ。三人もだよ」

「公平のために言っておくと、わたしもミューズで知ってるのは、『トワイライト』の曲だけよ」

ニックがうなずく。「俺も。『トワイライト』の一作目は、子どものころによく観たな」

チャーリーが眉を上げる。「映画の趣味の悪さのせいで、君を捨てなくちゃならないなんて、信じられないよ」

ニックは笑って、チャーリーの腰に両腕を回す。「おいおい、ロバート・パティンソンに負けたのが悔しいのか？」

チャーリーも笑い、やがて沈黙が訪れる。わたしは寝そべって段ボールの天井を見上げる。

わたしは、今日のいたずらブログのことを話しはじめる。話しているうちに、ルーカスとマイケル・ホールデンのことが頭に浮かぶ。

「今日、ルーカス・ライアンと再会したの」ニックとチャーリーにこの手のことを話すのに抵抗はない。「うちの学校に転校してきたんだって」

ニックとチャーリーが、同時にまばたきをする。

「ルーカス・ライアンって、小学校のときのあのルーカス・ライアン？」チャーリーが眉をひそめる。

「ルーカス・ライアンがトゥルハムから転校した？」ニックも眉をひそめる。「まいったな。心理学の模試の試験勉強を手伝うと言ってくれてたのに」

わたしはふたりにうなずく。「会えてよかったわ。また前みたいに仲良くできると思う。ルーカスはいつだってわたしにやさしくしてくれたから」

ふたりとも、わかるよというようにうなずく。

「それからもうひとり、マイケル・ホールデンという男の子にも会った」

紅茶を飲みかけていたニックが、ゲホゲホむせている。チャーリーはにやりとして、声を上げて笑う。

「え、ふたりとも知ってるの？」

しゃべれるまでに回復したニックが、ときどき咳込みながら言う。「悪名高い、あのマイケル・ホールデンか。トゥルハムの歴史に名を刻む男だ」

チャーリーは首をすくめながらも、わたしの目をまっすぐに見る。「気をつけたほうがいい。正直言って、ちょっとヤバいやつだ」

「十一年生のときに、やつがみんなをフラッシュ・モブに引っ張り込もうとしたのを覚えてるか？」ニックが言う。「結局、ひとりでやったんだよな、ランチ・テーブルの上で」

「十二年生のときの監督生スピーチで、権力の不当性を訴えたこともあったよね」とチャーリー。「模擬試験のときイエーツ先生と口論になって、居残りさせられたことを根に持って！」

これではっきりした。マイケル・ホールデンは、わたしが友達になりたいタイプの人間じゃない。ぜったいに。

チャーリーがニックを見る。「彼ってストレートなのかな。そうじゃないって聞いたことがあるけど」

ニックが肩をすくめる。「ただの噂かもしれないだろ」

「だよね」チャーリーは眉をひそめる。「カミングアウトしてるなら知ってるはずだし」

会話はそこで終わり、ふたりはわたしに目を向ける。

「いいかい」ニックはわたしに人差し指を突きつけて、真剣に言う。「ルーカス・ライアンはいいやつだ。けど、マイケル・ホールデンは要注意だ。そのいたずらの首謀者があいつだとしても、俺は驚かない」

ほんとうのことを言うと、ニックが正しいとは思えない。とはいえ、何の根拠もないし、どうしてそう思うのかもわからない。ひょっとしたら、自分の言うことを信じきっているような彼の話し方のせいかもしれない。空のブログを見たときの、なんとも言えない悲しそうな顔のせいかもしれない。それとも、理屈では説明できないもっと別のことのせいかもしれない。目の色とか、おかしな横分けの髪型とか、手が触れた覚えもないのに、わたしの手にポスト・イットをすべり込ませたこととか。もしくは、あまりにみんなと違いすぎているせいかもしれない。

そんなことを考えていると、オリバーがトラクターに入ってきて、わたしの膝にすわる。わたしは彼の頭をなでて、グラスに残ったダイエット・レモネードを差しだす。母さんには飲ませてもらえないから。

「どうだろ」わたしは言う。「言えるのは、あれはブログをやってるどこかのバカのしわざだってこと」

4

遅刻だ。母さんは、わたしが八時と言ったという。わたしはちゃんと七時半と言った。七時半と八時を聞き間違えるなんてありえない。

「今日は誰の誕生日なの？」車の中で母さんが尋ねる。

「誰のでもないわ。みんなで集まるだけよ」

「お金はある？　お小遣いを前渡ししてもいいわよ」

「大丈夫、十五ポンド持ってる」

「ベッキーも来るの？」

「うん」

「ローレンとイヴリンも？」

「たぶんね」

両親と話すとき、わたしはなるべく不機嫌そうに聞こえないよう明るい声で話す。そういうのって、けっこう得意だ。

今日は火曜日。イヴリンがピザ・エクスプレスで〝新学期スタートの会〟を企画した。ほんとはあまり気が進まないけど、努力することは大切だ。人づき合いとかいろんなことを。

わたしが来たことに気づいた子たちにあいさつして、テーブルのいちばん端にすわる。目の前にルーカスがいるのに気づいて、死にそうになる。きのうはあんなことを言ったけど、彼と共通の話題を見つけるのはどう考えてもむずかしいことはもうわかっている。だから、きのうの出会いのあとから今日一日、なんとかうまく避けてきたのに。イヴリンとローレンとベッキーは、明らかにルーカスをグループの〝専属男子〟にしようと考えている。グループに男子がいることは、プール付きの家や、ハイブランドのロゴ入りシャツや、フェラーリを持つのと同じくらいステータスを上げてくれるから。

やってきたウェイターにダイエット・レモネードを注文し、長いテーブルの端から、しゃべったり笑ったりしているみんなを眺める。汚れた窓からのぞいているみたいな気がして、少し悲しい気分になる。

「――だけど、トゥルハムに移る女子のほとんどが、いつも男子に囲まれていたくて転校するのよ」となりの席のベッキーが、向かいにすわるルーカスと話している。「くだらない理由よね」

「擁護するわけじゃないけど」ルーカスが言う。「トゥルハムの女子生徒は、基本的にはみんな敬意を持たれてるよ」

ルーカスがわたしをちらっと見て、ぎこちない笑みを浮かべる。細身の派手なアロハシャツの襟を立て、袖をロールアップして着ている。きのうのおどおどした感じはなくて、なんだかファッショナブルに見える。ちょっと意外。アロハシャツを着るタイプだなんて思わなかった。

「男子校の男子は、女子の存在に慣れてないからよ」ルーカスのとなりにすわるイヴリンが、大げさなジェスチャーで持論を強調する。「前にも言ったけど、もう一度言うわ。男女別々の学校ってひどい考えだと思う」

「たしかに、リアルじゃない」ルーカスが真剣にうなずく。「現実の世界で、ひとつの性別だけなんてことはありえないからね」

「だけど、トゥルハムの制服はうらやましいな」ローレンがため息をつく。「うちの制服って、全員十二歳に見えない？」

みんながうなずき、話題はほかのことに移る。わたしは自分の得意なこと、つまり観察を続ける。

ローレンのとなりにもうひとり男子がいて、向こうの端の女の子と話している。彼の名前はベン・ホープ。ベン・ホープはヒッグスの〝ザ・男子〟だ。それは、どの学校にも必ずひとりいる、全校の女子が夢中になるシックス・フォームの男子を意味する。背が高く、スタイル抜群で、細身のパンツとタイトなシャツを着こなし、ダークブラウンのストレート・ヘアを、たいていは重力に逆らっていい感じになびかせている。そうでないときは、ふわふわの巻き毛で、女の子たちをキュン死させる。表情は穏やかで、スケボーをする。

わたしが個人的にそういうのを〝好き〟というわけじゃない。それくらい女子ウケするタイプだってことを言いたいだけ。

ベン・ホープがわたしの視線に気づき、わたしはあわてて目をそらす。

ルーカスが話しかけてくる。みんなの会話に誘おうとしてくれているらしい。親切だけど、大きなお世話だ。「トリ、君はどう思う？　ブルーノ・マーズのこと」

「え？」

ルーカスが一瞬口ごもり、ベッキーが割って入る。「トリ。ブルーノ・マーズよ。彼って素敵だと思わない？」

「何が？」

「今・鳴ってる・この・音楽・の・こと・どう・思う？」

音楽が流れていることに気づきもしなかった。ブルーノ・マーズの「グレネイド《手榴弾》」だ。

わたしは素早く曲を分析する。

「ええっと、わたしは……誰かのために手榴弾をキャッチするなんてありえないと思う。電車の前に飛びだすなんてことも。何のためにそんなことをするのかわからない」そう言ってから、小さな声で誰にも聞こえないようにつぶやく。「やりたいんだとしたら、それは自分のためよ」

ローレンが手のひらでテーブルをばしっとたたく。「あたしとまったく同じ意見だ」

ベッキーがわたしに笑いかける。「気に入らないのは、トップ40に入ってるからでしょ」

イヴリンがしゃしゃり出てくる。メイン・ストリームのものをけなすのは、得意中の得意なのだ。「音楽チャートなんて、オートチューンで修正されまくりの曲か、くだらないダンス・ミュージックばっかりなんだから」

本音を言うと、わたしは音楽自体をそれほど好きじゃない。いくつか好きな曲があるだけだ。好きだと思える曲に出会うと、それを二百億回くらい聞き続け、最後には飽きて嫌いになる。今この時点でのお気に入りは、ポリスの「メッセージ・イン・ア・ボトル」だけど、たぶん日曜日には二度と聴きたくなくなっている。自分でもどうかしてると思う。

「くだらない曲が、どうしてチャートに入るのよ」とベッキー。

イヴリンが髪をかき上げる。「わたしたちが住んでるのが、誰もが聴いてるという理由でしか音楽を聴かない人ばかりの、商業化された世界だからよ」

そう言い終わると、テーブルは沈黙に包まれた。ふと顔を上げて、わたしは軽い心臓発作に襲われる。

マイケル・ホールデンがレストランのドアを開けて入ってくる。

わたしをさがしているのはすぐにわかった。テーブルのこっちの端に目を留めると、満面の笑顔になり、全員が見守るなか、わたしとルーカスのとなりのお誕生日席に椅子を持ってきてすわる。

みんなが彼を見つめ、何かつぶやき、肩をすくめて、きっと誰かが呼んだんだろうと納得して食事に戻る。みんなの中に、わたし、ベッキー、ルーカス、ローレン、イヴリンは含まれない。

「話したいことがあるんだ」彼は目をきらきら輝かせている。「どうしても言っておかなくちゃ」

ローレンが声を上げる。「うちの学校の生徒なんだ！」

マイケルは、ローレンに手を差しだす。皮肉のつもりなのか、そうじゃないのか、まるでわからない。「マイケル・ホールデン、十三年生。よろしく」

「ローレン・ロミリー。十二年生よ」ローレンはおずおずとその手を取って握手する。「こ、こちらこそよろしく」

「気を悪くしてほしくないんだけど――」イヴリンが言う。「どうしてここにいるの？」

マイケルに見つめられて、イヴリンはようやく自己紹介する必要があることに気づく。

「わたしは……イヴリン・フォーリー？」

マイケルが肩をすくめる。「ほんとに？　自信なさそうに聞こえるけど」

イヴリンは、からかわれるのが好きじゃない。

マイケルは彼女にウインクをする。「トリに話があるんだ」

長い沈黙のあと、ベッキーが口を開く。「あなたは……えっと……どこでトリと知り合ったの？」

「ソリティアの探索をしているとき、偶然会ったんだ」

ベッキーが首をかしげてわたしを見る。「探索してたの？」

「いいえ、してないわ」わたしは答える。

「じゃあ何？」

「ポスト・イットのメッセージをたどってただけ」

「どういうこと？」

「ポスト・イットをたどっていったら、ソリティアのブログにたどりついたの」

「へえ……そうなんだ」

マイケルは、いつの間にか大皿に残った前菜を食べていて、空いた手でベッキーを指さす。「君は、ベッキー・アレンだよね」

ベッキーがゆっくりとマイケルに向き直る。「あなた、超能力者なの？」

「ただの有能なフェイスブックのストーカーだ。安心して、シリアル・キラーじゃないから」そして、その手をルーカスのほうに移動させる。「で、君がルーカス・ライアン。きのう会ったよね」輝くような笑顔は威圧感すらある。「お礼を言わなくちゃ。君のおかげでトリに出会えた」

ルーカスはうなずく。

「そのシャツ、いいね」マイケルは目をきらっとさせて言う。

「ありがとう」ルーカスは言うけど、ありがたがっていないのは明らかだ。

ひょっとすると、ルーカスはトゥルハムにいたときのマイケルを知っているのかも。ニックとチャーリーの反応から推測すると、その可能性が高い。それで、マイケル・ホールデンとは関わりたくないのかも。なんだかマイケルがかわいそうになってきた。彼を気の毒に思うのは、これで二度目だ。

マイケルがベッキーの奥の席に目をやる。「君の名前は？」

誰に話しかけているんだろうと思ったとき、ベッキーの向こうからリタが顔を出す。

「リタよ。リタ・セングプタ」そう言って笑う。どうして笑うのかはわからない。リタは、ベッキー、ローレン、イヴリンを除けば、たぶん唯一、わたしがふつうに会話できる子だ。ローレンにくっついていることが多いけど、あまり目立つことはない。わたしの知るかぎり、ベリーショートの髪型を成功させているただひとりの女の子だ。

マイケルはクリスマスの朝みたいに目をぱっと輝かせる。「リタ！　すごくいい名前だね。ラヴリー・リタ！」

ビートルズの曲のことだと気づいたときには、会話は先に進んでいた。よくわかったと自分でも思う。ビートルズは嫌いなのに。

「つまり、トリとはきのう会ったばかりなの？　それで、話をするようになったってこと？」ベッキーが言う。「ちょっとありえないんだけど」

おもしろい。だって、ほんとうのことだから。

「うん」マイケルが言う。「ありえないかもしれないけど、ほんとうのことだよね」

マイケルが全員を無視して、またわたしの顔をのぞき込む。どれだけ居心地が悪いか、とても言葉にできない。演劇のＧＣＳＥ試験（十一年生の学年末に行なわれる中等教育修了資格試験）のときよりいたたまれない。

「トリ、とにかく君に伝えたいことがあるんだ」

わたしはまばたきだけして黙っている。

ローレン、ベッキー、イヴリン、ルーカス、リタが耳をそばだてている。マイケルは、大きなメガネ越しに、それぞれの顔をちらっと見る。

「だけど……なんだったか思い出せない」

ルーカスが鼻で笑う。「言いたいことがあって、わざわざここまで来たのに、なんだったか思い出せないって？」

今度は皮肉っぽい口調に気づいて、マイケルが言う。「悪かったね、ザルみたいな記憶力で。わざわざここまで来たことは、ほめられてしかるべきだと思うけどな」

「フェイスブックでメッセージを送ればよかったのに」

「フェイスブックは、どうでもいいことを伝えるためにあるんだ。テイクアウトでどんなものを頼んだとか、ゆうべ彼女とどれだけ〝爆笑〟したとか」

ルーカスが首を振る。「わざわざここまで来ておいて、忘れるっていうのが理解できないんだ。そんなに大事なことなら、忘れるわけないじゃないか」

「大事なことほど忘れるのはよくあることだよ」

ベッキーが横から口をはさむ。「それで、トリとは友達になったの？」

マイケルはルーカスをしばらくじっと見つめてから、ベッキーのほうを向く。「いい質問だ」そして、わたしを見る。「どう思う？　僕たち、友達なのかな？」

どう答えたらいいんだろう。わたしの中で、答えが〝イエス〟じゃないのは間違いないけど、〝ノー〟でないこともたしかだ。

「わたしのことを何も知らないのに、どうして友達になんてなれるの?」

マイケルは考え込むようにあごをたたく。「そうだな。僕が知ってるのは、君の名前がヴィクトリア・スプリングだということ。十二年生で、フェイスブックによると、四月五日生まれ。内向的な性格で、悲観的になりがち。服装は、セーターとかジーンズとかシンプルなものが好みで、おしゃれには興味がない。着飾ったり、騒いだりするのは好きじゃない。食べ物の好き嫌いが多くて、ピザならマルゲリータを頼む。フェイスブックはほとんど更新しない——つまり人づきあいには関心がない。だけど、きのうは僕と同じでポスト・イットを追っていた。つまり、好奇心はたっぷりある」そして身を乗りだす。「それなのに、何ごとにも関心のないふりを装っている。そんなことをずっと続けていたら、自分で作った沼にはまって溺れてしまうよ」

彼は言葉を切る。顔から笑みが消え、その痕跡だけが残っている。

「まるでストーカーじゃん!」ローレンは無理に笑うけど、ほかのみんなは固まっている。

「そうじゃない」マイケルが言う。「注目してるだけだよ」

「恋でもしてるみたい」とイヴリン。

マイケルは思わせぶりににやりとする。「まあ、そんな感じかもしれない」

「だけど、あなたゲイじゃないの?」ローレンは人が言いたくても言えないことを、いつもずばっと口にする。「噂ではそう聞いたけど」

「へえ、僕の噂を?」マイケルが前のめりになる。「そいつはおもしろい」

「で、どうなの?」ルーカスはさりげなさを装うけど、うまくいっていない。

「僕はジェンダーにはあまりこだわりがないんだ」マイケルはにっこり笑って、ルーカスを指さす。「だから、僕が恋しているのは君かもしれない」

ルーカスはさっと顔を赤らめる。

「つまり、全性愛者《パンセクシャル》ってこと?」ベッキーが尋ねると、マイケルは〝さあね〟というように肩をすくめる。

「ちょっと、トイレ」べつに行きたいわけじゃないけど、わたしはそう言って席を立つ。

トイレの鏡に映った自分を見つめる。P!nkが「グラスを上げろ」とわたしに言っている。しばらくのあいだ、そこに立っている。年配の女性たちが個室に出たり入ったりするたびに、怪訝そうな視線を投げてくる。

わたしはいったい何をしているんだろう。マイケルの言ったことが頭の中で回り続けている。自分で作った沼で溺れる。わからない。どうしてこんなに気になるのか。なぜ頭から離れないのか。

ああ、どうして今夜出てきてしまったんだろう。

鏡の中の自分を見つめ続ける。ふつうの子みたいに、楽しくて、おしゃべりで、快活な子になりなさいと自分に言い聞かせる。その声を聞いているうちに、ほんの少し前向きな気持ちになりはじめる。だけど、ルーカスともう一度顔を合わせる気力は残っていない。きっと、あのアロハシャツのせいだ。

　わたしはトイレを出て、レストランの店内に戻る。

5

「ずいぶん長いトイレだったね」席についたわたしに、マイケルが声をかけてくる。まだいたんだ。いなくなっていることを期待していたのに。

「感心したみたいな口ぶりね」

「すごいおしっこだったんだろうなと思って」

ベッキーとイヴリンとローレンは、今、テーブルの向こう側にいるよく知らない同学年の女子と話している。ルーカスがわたしに短くほほ笑みかける。リタはもっぱらローレンに笑いかけている。

「それで、あなたはストレートなの？」わたしは尋ねる。

マイケルはまばたきをする。「またそれか。君たちにとっては、よっぽど大きな関心事なんだな」

関心なんてこれっぽっちもない。ほんとはそんなことどうだっていい。

マイケルはため息をつく。「まじめな話、男女関係なく、誰にでも魅力は感じるよ。ささいなことでいいんだ。たとえば手がきれいだなとか、そんなちょっとしたことで、会う人みんなを少しずつ好きになる」

「それって……バイセクシャルってこと?」ニックはバイセクシャルだ。だけど、会う人みんなを好きになるわけじゃない。はっきり言って、彼はチャーリーにしか興味がない。

マイケルはにやりとして、身を乗りだしてくる。「そういうの、好きだよね。ゲイとか、バイセクシャルとか、パンセクシャルとか――」

「違う」わたしはさえぎる。「べつに好きじゃない」

「じゃあ、どうしてラベルをつけたがるの?」

わたしは首をかしげる。「しかたないわ。そういう分類がなきゃ、世間が混乱するもの」

マイケルはおもしろそうにわたしを見つめたまま、また椅子に背中を預ける。

〝世間〟なんていう言葉を使ってしまったことが信じられない。

「そんなに気になるなら、君はどうなんだい」マイケルが尋ねる。

「どうって?」

「君のセクシュアリティは?」

「えーっと、ストレート?」

「で、それは君にとってどんな意味があるんだい、トリ・スプリング? これまで生きてきて、たくさんの男を好きになった?」

じつはない。一度も。それはきっと、ほとんどの人間に対するわたしの評価が著しく低いからだ。

わたしは下を向く。「いいえ。だけど、そうじゃないとはっきりわかるまでは、ストレートってことでいいと思う」

マイケルは目をきらっとさせるが、コメントはない。

「わたしに話したかったことは思い出せそう?」

マイケルはきっちり分け目のついた髪をなでつける。「たぶん。明日になれば。そのうちわかるよ」

しばらくすると、そろそろ帰ろうとみんなが言いだす。わたしはうっかり十六ポンド使ってしまい、ルーカスが足りない分の一ポンドを出すと言ってくれた。そういうのが彼の親切なところだ。みんながレストランの外に出ると、ルーカスはイヴリンと熱心に話しはじめた。ここにいるほとんどが、ローレンの家に泊まりに行くことになっているらしい。まだ火曜日だというのに、みんなお酒を飲んで酔っぱらうつもりでいる。わたしのことは、どうせ来ないと思ったから誘わなかったとベッキーは言い訳する(おもしろい、だってほんとうのことだもの)。それを聞いていたベン・ホープが、わたしに哀れみのまなざしを向ける。ベッキーが彼と目を合わせて笑い、ふたりは一瞬にして、わたしへの同情という共通の感情で結ばれる。

わたしは歩いて帰ることにする。マイケルが一緒に歩こうと言い、わたしは断る術を知らず、それで今に至っている。

わたしたちは大通りを無言で歩いている。カーブした石畳の道の両脇にヴィクトリアン様式の茶色い建物が立ち並び、まるで塹壕の底を歩いているみたいだ。スーツを着た男性が、電話に「まだ何か感じる?」と話しながら足早に通り過ぎる。

どうしてついてくるのと尋ねると、マイケルは答える。「こっちが帰り道だからだよ。世界は君を中心に回っているわけじゃないよ、ヴィクトリア・スプリング」皮肉っぽい口調に、またいらっとしてくる。

「ヴィクトリアって」わたしは身震いする。

「何?」

「ヴィクトリアなんて呼ばないで」

「どうして」

「ヴィクトリア女王を連想するからよ。夫に死なれて、生涯黒い服しか着なかった人よ。それに〝ヴィクトリア・スプリング〟って、なんかペットボトルの水の名前みたいだし」

風が強くなってきた。

「僕も自分の名前は好きじゃない」

わたしはとっさに、マイケルと名のつく嫌いな人たちを思い浮かべた。マイケル・ブーブレ、マイケル・マッキンタイア、マイケル・ジャクソン。

「マイケルって〝神のごとき者〟という意味なんだ。だけど、もし神が誰かに似ることを選べたとしたら……」

彼は通りのまん中で立ちどまり、わたしをじっと見つめる。メガネのレンズの向こうから、青と緑の深い広がりの向こうから、理解不能な十億の考えがにじみ出てくる。

「……きっと僕を選ばないだろう」

わたしたちは歩き続ける。

もしわたしがアビゲイルとかチャリティーとか、それこそイヴとか、そんな感じの聖書っぽい名前をつけられていたらどうだろう。わたしは神の存在には懐疑的で、それはわたしが地獄に落ちることを意味する。もし地獄があればだけど、たぶんそんなものは存在しない。あったとしてもどうってことない。地獄でどんなことが起きるにせよ、ここより悪いことが起きるとは思えないから。

すごく寒くなってきた。今は真冬で、雨が降っているのに、着ているのがシャツとセーターと薄いジーンズだけだというのを忘れていた。母さんに迎えにきてもらえばよかった。だけどよけいな面倒をかけたくない。いつだって、「大丈夫よ、ぜんぜん面倒じゃないから」と言いながらもため息をついたりして、どう考えても面倒がっているのがわかるから。

静寂とインド料理のテイクアウトのにおいが続く大通りを右に曲がって、住宅街に入る。三階建ての家が軒を連ねていて、そのひとつがわたしの家だ。

家の前で足をとめる。ほかの家より薄暗いのは、いちばん近くの街灯が切れているからだ。

「ここがわたしの家」そう言って、家に入りかける。

「待って、待って、待って」マイケルの声に、わたしは振りかえる。「ひとつ訊いてもいいかな?」

皮肉を言わずにはいられない。「今のでひとつ終わったけど、いいわよ、続けて」

「僕たち、ほんとうに友達になれないのかな」

まるで、親友の新しい上履きをからかったばかりに、誕生パーティーに呼んでもらえなくなった八歳の女の子が、なんとか挽回しようとしているみたい。

よく見ると、彼もTシャツとジーンズだけだ。

「よく寒くないわね」

「答えてよ、トリ。どうして僕と友達になりたくないんだい」なんだか必死だ。

「あなたこそ、どうしてそんなに友達になりたいの? わたしたち、学年も違うし、共通点も一切ない。まったく理解できないんだけど。どうしてそんなにわたしのことが――」そこで口をつぐむ。〝気になるのか〟と続けかけて、どれほどおぞましい文章になるか気づいたから。

マイケルは下を向く。「それは……僕にもわからない」

わたしは何も言わず、彼を見つめる。

「酔ってるの?」

彼は首を振って笑う。「君に言いたかったこと、ほんとは覚えてるよ」

「そうなの?」

「忘れたなんて嘘だ。ただ、みんなに聞かせたくなかった。ほかのやつらには関係のないことだから」

「じゃあ、どうしてわざわざみんなのいるレストランまでさがしにきたの？　学校でさがせばよかったのに」

一瞬、彼は本気でむっとしているように見えた。「さがさなかったと思う？」彼は笑い声を上げる。「君はまるで幽霊だ！」

背中を向けて立ち去らないようにするには、かなりの意志の力が必要だ。

「君とは前に会ったことがあると言いたかったんだ」

それだけ？　もう聞いたけど。

「それなら、きのう――」

「違うんだ、ヒッグスでじゃない。君が去年トゥルハムに見学に来たときのことだよ。あのとき、学校を案内したのは僕なんだ」

突然、啓示の花が開く。今、はっきり思い出した。シックス・フォームになるにあたって、トゥルハムに転校しようかどうしようかと迷って見学に行ったわたしを案内してくれた男の子がいた。Aレベル試験ではどの教科を選択するつもりかとか、ヒッグスはいい学校かとか、趣味はとか、スポーツは好きかとか、あれこれ話しかけてきたけど、とくに印象に残らないふつうのことばかりだった。

「だけど……」まさか、あれがマイケルだったなんて。「だけど、あなたすごく……ふつうだったわ」

マイケルは肩をすくめて笑みを浮かべる。顔についた雨粒のせいで、泣いているように見える。

「時と場合によっては、僕だってふつうになれる。ほとんどの人にとって、ふつうは通常の状態だ。だけど、君や僕みたいな一部の人間にとって、ふつうはわざわざ引っ張り出してこなくちゃならないものだ。ディナーに着ていくスーツみたいにね」

深いことを言ってるっぽい。

「どうしてわざわざ追いかけてきてまで話したかったの？　そんなに重要なこと？」

マイケルはまた肩をすくめる。「重要じゃないかもしれない。だけど、君に知っておいてほしいと思った。僕は、思ったことは実行することにしてるんだ」

わたしは彼を見つめる。ニックとチャーリーは正しかった。彼はわたしがこれまで会った中で、いちばんおかしな人間だ。

彼は手を上げて、小さく振る。「じゃあまた、トリ・スプリング」

そして立ち去った。わたしは壊れた街灯の下で、黒いセーターを着て雨に打たれながら立ちつくす。何も感じない。そもそも、これまで何か感じたことがあっただろうか。そして気づく。すごくおもしろい。だってほんとうのことだから。

6

ただいまと言って家に入る。オリバー以外の家族は、ダイニングでまだ夕食中だ。わが家では夕食はいつも二、三時間かかるから、オリバーは食べ終わるとテーブルを離れていいことになっている。今は、リビングでマリオカートをやっている。わたしはゲームに加わることにした。もし誰かと一日だけ入れ替われるとしたら、わたしはオリバーを選ぶ。

「トリィィィ！」わたしがリビングに入ったとたん、オリバーはフトンの上を転がって、墓場からよみがえったゾンビみたいにわたしのほうに腕をのばす。スクールセーターの前が白くカピカピになっている。ヨーグルトをこぼしたんだろう。顔は絵の具で汚れている。「レインボーロードをクリアできないよー。助けて！」

ため息をついてとなりにすわり、Ｗｉｉのもうひとつのリモコンを取る。「レインボーロードをクリアするのは無理よ」

「無理じゃない！」オリバーがぐずる。「そんなはずない。ゲームがズルしてるんだ」

「ゲームにズルはできないよ」

「できるよ。僕をだましてるんだ」

「だましてなんかないよ、オリバー」

「だって、チャーリーはクリアできるんだよ。僕はゲームにいじわるされてるんだ」

わたしはわざと驚いた声を出して、フトンから跳ね起きる。「チャーリーのほうがわたしよりマリオカートがうまいと言いたいの？」わたしはやれやれと頭を振る。「そんなことない。マリオカートの帝王はわたしよ」

オリバーが、ふわふわの髪を揺らして笑う。わたしはまた腰を下ろし、オリバーを抱き上げて膝にすわらせる。

「見てて」わたしは言う。「レインボーロードを打ち負かしてやる」

どれくらいプレイしていたかわからないけど、かなりの時間がたったんだと思う。入ってきた母さんは、すごくいらついている。こんなことはめったにない。母さんはいつもだいたい無感情だ。

「トリ、オリバーは一時間前には寝てなくちゃいけないのよ」

オリバーは知らんぷりだ。わたしはゲームから顔を上げる。

「それってわたしの仕事じゃないわ」

母さんは無表情でわたしを見つめる。

「オリバー、もう寝る時間よ」わたしを見たまま言う。

オリバーはゲームをやめ、わたしにハイタッチをして出ていく。オリバーがいなくなったあとも、母さんはわたしを見続けている。

「何か言いたいことがあるの?」わたしは尋ねる。

そういうわけじゃないらしく、母さんは背中を向けて出ていく。わたしは、ルイージサーキットを一度だけやって、自分の部屋に戻る。母さんはわたしのことをあんまり好きじゃないんだと思う。それはたいした問題じゃない。わたしも母さんのことをあんまり好きじゃないから。


ラジオをつけて、朝方までパソコンにかじりつく。ラジオからは、くだらないダブステップの曲が流れてくるけど、音を小さくしているからあまり気にならない。ダイエット・レモネードを取りに、五回ほど階段を下りる以外は、ずっとベッドの中にいる。ソリティアのブログを見にいく。新しい投稿はない。それで、お気に入りのブログを時間をかけてぜんぶチェックしたあと、自分のブログに映画の『ドニー・ダーコ』と『サブマリン』と『ザ・シンプソンズ』のスクリーンショットを載せる。そして、自分でも何を言いたいのかよくわからない湿っぽい文章をいくつか書いたあと、プロフィール写真を変更しようとして、まともな写真を見つけられずに断念し、投稿と投稿のすき間をなくせるかどうかHTMLをいじってみたりする。それから、マイケルのフェイスブックをのぞきにいってみる。彼はわたし以上にフェイスブックを使っていないみたい。そのあと、クイズショーの『QI』を少し観て、おもしろくもなんともないので、きのう途中まで観た『リトル・ミス・サンシャイン』の続きを観る。わたしは映画をその日のうちに観終えることができない。映画が終わってしまうと思うと悲しくなるから。

しばらくして、ノートパソコンを脇に置いて横になる。レストランにいたみんなは、今ごろローレンの家のソファで酔っぱらったり、いちゃついたりしているんだろう。うとうとしはじめたとき、窓の外からみしっという物音が聞こえる。脳内の何かが、通りを巨人か悪魔が歩き回っているのだと判断し、わたしは起き上がって、それが何者であれ入れないように窓を閉める。

ベッドに戻ると、一日では処理しきれないほどたくさんの情報がどっと押し寄せてきて、脳内に小さな嵐を巻き起こす。ソリティアのこと。マイケル・ホールデンのこと。彼はどうしてわたしたちが友達になるべきだと言ったのか、トゥルハムにいたときの彼はどんな人間だったのか。それから、ルーカスのこと。あのもじもじした態度や、そこまで必死になってわたしを見つけようとしていたわけを考える。それにしてもあのアロハシャツ、思い出してもいらっとする。どこかのインディーズ・バンドにでも憧れているんだろうか。わたしは目を開き、気を紛らわすためにネットを巡回する。ようやく気持ちが落ち着き、わたしは眠りに落ちる。ブログのトップページの放つかすかな熱を頬に感じ、ノートパソコンのブーンという音をキャンプ場のコオロギのように懐かしく聞きながら。

7

ソリティアにはあれ以上何も期待していなかった。一度きりのいたずらでおしまいだとみんな思っていた。

けれど、それは大間違いだった。

水曜日、学校中の時計が魔法のように消え、〈光陰矢の如し〉と書かれた紙に取って代わられた。生徒たちは初めのうちはおもしろがっていたが、授業中に携帯を見ることができず、あとどれくらいで授業が終わるのか知る術がないことに気づいて、目玉をかき出したいほどいらいらすることになった。

同じ日、全校集会でもひと騒動あった。ケント先生が講堂の舞台に上がるとき、スピーカーから、八年生のときのヒッグス／トゥルハム共催のディスコでいちばん人気だった、ジャスティン・ティンバーレイクの「セクシー・バック」が流れはじめ、プロジェクターのスクリーンに〈SWAG《イケオジ》〉の文字が映しだされたのだ。

そして木曜日、登校すると校内に二匹の猫が放たれていた。一匹は管理人さんがなんとか追いだしたが、もう一匹の大きな目をしたジンジャー色の痩せた猫は、野放しのまま一日中、教室や廊下を自由に出入りしていた。わたしが遭遇したのは、カフェテリアでランチをとっているとき。まるでわたしたちに交じってセレブのツイッターの炎上や、最近の政治情勢についての話をしたいみたいに椅子に飛び乗ってきた。猫好きのわたしは、新しい友達ができたみたいでうれしかった。そろそろ猫を飼ったほうがいい。十年後には、猫だけが友達になっている可能性はじゅうぶんあるから。

「将来飼うなら、ぜったい猫ね」ベッキーが言う。

ローレンもうなずく。「猫は英国の国獣よ」

「わたしの彼、スティーブっていう猫を飼ってるの」とイヴリン。「いかにも猫っぽい名前じゃない？　スティーブって」

ベッキーがぐるりと目を回す。「ねえ、イヴリン。いつになったら、彼氏が誰なのか教えてくれるの？」

イヴリンは、ちょっと笑って、恥ずかしそうなふりをするだけだ。

「女の人が猫をゴミ箱に捨てるところを監視カメラに撮られて、全国ニュースになったの覚えてる？」わたしが猫の黒い瞳をのぞき込むと、猫は考え深げに視線を受けとめる。

これまでのいたずらの写真は、ぜんぶソリティアのブログに載せられている。

どっちでもいいけど。

今日は金曜日。朝からマドンナの「マテリアル・ガール」がスピーカーから流れている。最初はおもしろがっていたみんなも、そろそろうんざりしはじめている。この曲が昔好きだったわたしでさえ、もう少しで窓から身を投げるところまできている。まだ十時四十五分だというのに。水曜日の時計事件以来、ゼルダと監督生たちは校内をパトロールしているけど、ソリティアがどうやっていたずらを仕掛けているのか突きとめられないでいる。

自習時間、わたしは吐き気がするほど繰り返される音楽をシャットアウトするために、ｉＰｏｄでレディオヘッドの曲を大音量で聴きながら、携帯でチェスをしている。談話室に人はまばらで、そのほとんどが、一月の追試のための勉強をしている十三年生だ。自習時間中は、ここは勉強する生徒たちのために開放されていて、うるさくする人がいないかミス・シュトラッサーが監視している。わたしがこの部屋を好きな理由はそこにある。ただし、今日は静かとはほど遠い。ミス・シュトラッサーはスピーカーに忘れ物のスクールセーターをかけているけれど、効果はほとんどない。

部屋の隅では、ベッキーとベンが一緒にすわっている。勉強も何もせず、ただ見つめ合って笑っている。ベッキーはしきりに髪を耳のうしろにかけ、ベンはベッキーの手を取って何かを描いている。わたしは目をそらす。さよなら、ジャック。

突然肩をたたかれて、びくっとする。ヘッドホンをはずして振り向く。

ルーカスが立っている。今週、廊下ですれ違うたびに、彼は顔をひきつらせたぎこちない笑みを向けてきた。今は肩にカバンをかけて、もう片方の腕に少なくとも本を七冊抱えている。

「やあ」彼はネズミの鳴くような声で言う。

「ハイ」わたしは答える。少しの沈黙のあと、続ける。「えーっと、ここにすわる?」

彼は顔を赤くしながらも「うん、ありがとう」とすぐに答え、机の上にカバンと本を置いて、わたしのとなりの椅子を引いて腰を下ろす。

わたしは携帯を手にしたまま、見るともなく彼を見る。

ルーカスはカバンからスプライトの缶を取りだすと、わたしの前に置いた。まるで猫が半分かじったネズミを飼い主の前に置くみたいに。

「休み時間に売店で買ってきたんだ」彼はわたしの目を見ずに言う。「今もレモネードが好き?」

「えーっと」わたしはスプライトの缶を見下ろして、どう答えるか迷った結果、これが本物のレモネードでも、ダイエット・レモネードでもないことは指摘しないことにする。「あ、うん、好きよ。ありがとう。その……わざわざ買ってきてくれて」

ルーカスはうなずいて、また目をそらす。わたしは缶を開けてひと口飲み、またヘッドホンをつけて、ゲームに戻る。駒を三手動かしたところで、またヘッドホンを外さなきゃならなくなる。

「それってチェス?」ルーカスが尋ねる。無意味な質問は嫌いだ。

「そう」

「チェス・クラブのこと、覚えてる?」

ルーカスとわたしは、小学校のチェス・クラブのメンバーだった。何度も対戦したけど、一度も勝てたことがない。わたしは負けるといつもかんしゃくを起こした。なんて小っちゃいやつだったんだろう。

「いいえ、覚えてないわ」わたしはわけもなくたくさんの嘘をつく。

ルーカスが黙り、一瞬見透かされたような気がしたけど、ただもじもじしているだけで何も言わない。

「本がすごくたくさん」わたしは初めて気づいたみたいに言う。

彼はうなずいて、恥ずかしそうに笑う。「本が好きなんだ。さっき図書館で借りてきた」

T・S・エリオットの『荒地』、トマス・ハーディの『ダーバヴィル家のテス』、アーネスト・ヘミングウェイの『老人と海』、F・スコット・フィッツジェラルドの『グレート・ギャツビー』、D・H・ロレンスの『息子と恋人』、ジョン・ファウルズの『コレクター』、ジェイン・オースティンの『エマ』。知ってる本ばかりだけど、もちろん読んだことはない。

「今はどれを読んでるの?」少なくとも本は話題の種を提供してくれる。

「『グレート・ギャツビー』だよ、フィッツジェラルドの」

「どんな話?」

「ええっと……」彼は黙り込んで考える。「夢に恋する男の話」

わかったふりをしてうなずく。ほんとはわからない。Aレベル試験のために勉強はしているけど、文学について理解できることは何ひとつない。

わたしは『エマ』を手に取る。「これを借りたってことは、ジェイン・オースティンが好きなの？」オースティンの『高慢と偏見』は、今授業で読んでいる。魂を打ち砕かれるような本だ。いい意味じゃなく。あんなの読めたものじゃない。

彼は重大な質問をされたみたいに首をかしげる。「驚いてるみたいに聞こえるけど」

「ええ、驚いてるわ。『高慢と偏見』はひどい作品よ。最初の章もまともに読みきれないくらい」

「どうして？」

「安っぽいメロドラマみたいだから」

誰かが立ち上がって、わたしたちのうしろを通ろうとしたので、わたしとルーカスは椅子を少し前に引く。

ルーカスはわたしを観察するようにじっと見る。あまりいい感じはしない。

「君はずいぶん変わったね」頭を振って目を細める。

「身長はだいぶ伸びたわ、十一歳のころから」

「そうじゃなくて――」彼は口ごもる。

わたしは携帯を置く。「じゃあ、何？」

「前よりもシニカルになった」

シニカルじゃなかった記憶はない。わたしという人間は、皮肉を吐きながら、雨を望みながら母親の胎内から出てきた。

どう返していいかわからない。「もともと、おもしろいことを言うタイプじゃないわ」

「だけど、昔はいろんな遊びを思いつくのが得意だったよ。ポケモンバトルとか、校庭の隅に作った秘密基地とか」

「ポケモンバトルがやりたいの？」わたしは腕組みをする。「それとも、あのころの想像力がもうないと言いたいわけ？」

「違うよ」どんどん深みにはまっていくルーカスを見ていると、滑稽に思えてくる。「そんなつもりで言ったんじゃ……」

わたしは眉を上げる。「いいの。どうせわたしはおもしろみのない人間よ」

言ったとたん、言わなきゃよかったと思う。いつもこうだ。ついうっかり自虐的なことを言って、相手を気まずくさせてしまう。それがほんとうだった場合はとくに。こんなことなら、となりにすわらせるんじゃなかった。

ルーカスはテーブルに置いてあった本に素早く戻る。

スピーカーからは「マテリアル・ガール」がまだ繰り返されている。管理人さんがなんとかしようとしているみたいだけど、今のところ唯一の解決方法は、学校中の電気を切ることらしい。ケント先生の考えでは、それは〝負け〟ということになる。先生は、第二次世界大戦的な価値観の中で生きている。

わたしはコンピューター越しに、窓の外に目をやる。やらなきゃいけない課題があるのはわかっているけど、それよりもチェスをしたり、風の吹きすさぶ灰色の風景を眺めたりするほうがずっといい。わたしにはそういうところがある。ほんとうにやりたいと思うことでなければ、やる気が起きてこない。そしてほとんどの場合、やりたいと思うことは何もない。

「最初の一週間は、うまくいったんじゃない?」空を眺めたまま言う。

「僕の人生で最高の一週間だった」ちょっと大げさに思えるけど、感じ方は人それぞれだ。

ルーカスはピュアな男の子だ。あまりにもピュアで不器用で、ときどきわざと不器用なふりをしているんじゃないかと思えるくらい。そんなはずがないのはわかっているけど、そんなふうに見えてしまう。なぜって、不器用なのが今のはやりだから。とんでもないことだ。不器用なことにかけてはさんざん経験を積んできたわたしに言わせると、不器用だからキュートだとか魅力的だとかいうことはありえないし、不器用がはやりだなんてあってはならない。不器用な人間は、間抜けに見えるだけだ。

「僕たち、どうして友達じゃなくなったんだろう」ルーカスはわたしを見ずに言う。

わたしはちょっと考える。「人間は成長すれば、前に進む。そういうものよ」

ほんとうのことだけど、言ったとたんに後悔する。ルーカスの目に一瞬悲しみのようなものが浮かび、すぐに消える。

「だけど」今度はわたしのほうを向いて言う。「僕たちの成長はまだ終わっていない」

ルーカスは携帯を取りだして、メッセージか何かを読みはじめた。戸惑いの色が顔に浮かんでいく。自習時間の終わりを告げるチャイムが音楽のうしろから遠慮がちに鳴り、ルーカスは携帯をしまって荷物をまとめはじめた。

「次の授業は?」言ってすぐに、わたしの嫌いな意味のない質問だと気づく。

「歴史だよ。じゃあ、また」

行きかけてすぐ、何かを言いたげに振りかえる。だけど何も言わない。わたしがぎこちない笑みを浮かべると、彼も同じ笑みを返して歩き去った。ドアのところで前髪をリーゼント風に立ち上げた男の子と会い、話をしながら談話室を出ていく。

ようやく心穏やかに音楽に戻れる。そういえば、マイケル・ホールデンはどうしているんだろう。火曜日以来、一度も見かけない。彼の電話番号は知らない。知っていたとしても、メッセージを送ることはない。わたしは誰にもメッセージを送ったりしない。

それから一時間は、これといって何もせずに過ごす。ほんとうのことを言うと、出席する授業があるかチェックする気力もない。

ソリティアはいったい誰なんだろう、そんな思いがまた浮かび、何億回目かの結論を出す。わたしには関係ない。今日はニックに用事があるから、わたしがチャーリーをセラピーに連れていくことになっている。忘れないように携帯のアラームをセットして、腕に顔を伏せてうとうとする。チャイムが鳴る直前に目が覚める。神に誓って、わたしはまともじゃない。ほんとうに。いつかわたしは、目覚め方を忘れてしまうだろう。

8

月曜日の午前八時二十一分、わたしは談話室のコンピューター・デスクに頬をつけて、ベッキーが、ローレンの家でのベン・ホープがどれだけキュートだったかを熱く語るのをぼんやり聞いている（あれからもう六日になる）。そのとき、誰かが戸口で「トリ・スプリングを見なかった？」とよく通る声で叫ぶ。

わたしは死からよみがえる。「何？」

ベッキーが、ここにいるわよと声を上げ、机の下に隠れる暇もなく、目の前に監督生のゼルダ・オコロが立ちはだかった。わたしは髪をなでつけ、自分の姿が見えなくなることを祈る。ゼルダは優秀な監督生で、間違いなく楽しくていい人だけど、わたしは彼女の活動に関わることをずっと避けてきた。その種のことに必要な志《こころざし》と情熱を、わたしは持ち合わせていない。

「トリ、あなたをソリティア撲滅作戦のメンバーに任命します」意味をのみ込むのに数秒かかる。

「え、何それ」わたしは言う。「無理、無理」

「決まったことよ。拒否権はないわ。十二年生では誰がいいか、先生がたが投票して決めたの」

「嘘でしょ」わたしは机に突っ伏す。「わけがわからない」

ゼルダは腰に手を当てて、首をかしげる。「わたしたちは今、危機に直面してるの、トリ」早口で断定的で、すごくいやな感じだ。「ヒッグスの危機なの。監督生八人だけではカバーしきれない。それで、パトロール隊を十五人に増員することにした。撲滅作戦は動きだしたわ。明日。０７００《ゼロ・セブン・オー・オー》」

「ごめん、なんて言ったの？」

「ほとんどの妨害行為は、おそらく早朝に行なわれている。だから、明日の朝、張り込みをすることにしたの。０７００。来てね、必ず」

「恨むわよ」わたしは言う。

「わたしを恨むのは筋違いよ。恨むならソリティアを恨んで」彼女は部屋を出ていった。

ベッキー、イヴリン、ローレン、リタが、わたしを取り囲む。ルーカスもだ。たぶんグループの正式メンバーになったんだろう。

「トリって、明らかに先生たちに気に入られてるわよね」ベッキーが言う。「そのうち、ほんとに監督生にさせられるかも」

わたしはベッキーに苦い顔を向ける。

ローレンが言う。「ほんと、ほんと。でも監督生になったら、ランチの行列をスキップできるんだよ。かなりの特権だよね。七年生が羽目をはずしすぎたときには、居残りを命じることもできるし」

「先生に好かれるために何をしたの?」とベッキー。「見たところ、何もしてないみたいだけど」

わたしは肩をすくめる。ベッキーの言うとおり。わたしは何もしていない。

授業に向かう途中、廊下でマイケルとすれ違う。実際はすれ違ったんじゃなく、マイケルが「トリ!」と大声で叫び、わたしが英語のファイルケースを床に落とした。彼は廊下のまん中で立ちどまって、メガネの奥で目をくしゃくしゃにして大声で笑い、その背中に三人の八年生がぶつかった。わたしは彼をちらっと見て、ファイルケースを拾い上げると、すぐにその場を立ち去った。

今は、英語の授業中だ。『高慢と偏見』を読んでいる。六章まで読んで、この本がどうにも我慢できないことがはっきりしてきた。退屈で、陳腐で、読んでいると火のついたマッチの上にかざしたくなる。物語の中の女性は男性のことしか考えておらず、男性はまるっきり何も考えていない。例外はダーシーだけだ。彼は悪くない。教室中でこの本をちゃんと読んでいるのは、見たところルーカスだけだ。いつものように穏やかな表情で文字を追いながら、ときどき携帯に目をやっている。わたしは机の下でこっそりブログをチェックしているけど、おもしろい投稿は何もない。

となりの席のベッキーは、ベン・ホープとずっと話していて、わたしは席を移るか、教室を出るか、死なないかぎり、この状況から逃げられない。今、ふたりはベンのノートでドット・アンド・ボックスをやっている。ベッキーはさっきから負け続けている。

「あ、ずるーい!」ベッキーは声を上げて、ベンからペンを取り上げる。ベンが魅力的な笑い声を上げ、ふたりはペンを奪い合ってささやかな小競り合いをする。とても見ていられない。ゲロを吐いたり、机の下に逃げ込んだりしないように気をつけなくては。

ランチタイム、談話室でベッキーはイヴリンにベンのことをあれこれ話している。しばらくして、わたしは会話に割り込む。「ジャックとはどうなったの？」

ベッキーは無言でわたしを見つめる。「今、答えなきゃいけない？」

わたしは口ごもる。「うん……まあ」

「この前電話したときに興味がなさそうだったから、迷惑なんだと思ってたわ」

わたしは言葉につまる。なんて答えればいいんだろう。迷惑だと思ったわけじゃない。ただ、話を聞いているうちに、自分が嫌いだってことを思い出しただけだ。ほかのいろんなときと同じように。

もしかしたら、わたしのほうこそ、明らかに興味なさそうな受け答えをしてベッキーをいらつかせたのかも。

「彼とはもう終わったわ。あの電話から何日かして、別れたの」ベッキーは無の表情になって、またイヴリンとの会話に戻る。

9

翌朝六時五十五分、父さんの車で学校に向かう。わたしは半分眠っている。運転しながら父さんが言う。「現場を押さえたら、コミュニティー賞をもらえるかもしれないぞ」

コミュニティー賞というのが何なのかは知らないけど、わたしはたぶんそれに世界一ふさわしくない人間だと思う。

学校の玄関ホールには、ゼルダ以下監督生と、指名された生徒たち、そしてケント先生が集まっている。制服を着ているのはわたしひとりだ。外は夜といっていいほどまっ暗で、暖房はまだついていない。タイツを二枚重ねにしてきて正解だった。

ゼルダは、レギンスにランニングシューズ、オーバーサイズのロゴ入りパーカーというスタイルでこの場を仕切っている。「オーケー、パトロール隊のみんな。今日こそは犯人を見つけるわよ。それぞれに校内の別々のエリアを担当してもらいます。自分の持ち場をパトロールして、何か見つけたらわたしに連絡すること。金曜日以降何も起きていないから、今日も何もないかもしれないけど、学校が安全だと思えるまではパトロールを続けるつもりよ。じゃあ、はじめましょう。八時になったら玄関ホールに戻ってきて」

どうして来てしまったんだろう。

監督生たちが寄り集まっておしゃべりをはじめ、ゼルダがメンバーひとりひとりに声をかけ、暖房のついていない学校の暗がりへと送りだす。

ゼルダはわたしに一枚のメモを差しだす。「トリ、あなたにはＩＴフロアをパトロールしてもらうわ。これがわたしの電話番号」

うなずいて、行きかけたとき――

「ねえ、トリ」

「何？」

「あなた、なんだか……」ゼルダの言葉はそこで途切れた。

朝の七時。そろそろ行ったほうがいい。

わたしは持ち場に向かって歩きだす。途中でゴミ箱を見つけて、メモを捨てる。玄関ホールの入口にケント先生が幽霊みたいに立っているのを見て、足をとめる。

「どうしてわたしなんですか？」そう尋ねても、先生はおどけたように眉を上げて、にやりと笑うだけだ。わたしは天井を仰いで、そこから立ち去る。

こんな時間に校内をうろつくのは、なんだか変な感じだ。誰もいないフロアは静まりかえり、空気も動かない。まるで静止画の中を歩いているみたい。

ＩＴフロアは二階のＣブロックにあり、Ｃ11、Ｃ12、Ｃ13、Ｃ14、Ｃ15、Ｃ16の六つのパソコンルームがある。いつものブーンというなり声はしない。コンピューターはぜんぶ死んでいる。C11のドアを開けて照明をつけ、C12、C13、C14も同じように繰り返し、あと二部屋を残したままC14の回転椅子にすわる。ケント先生はいったい何を考えて、わたしをこんなことに巻き込んだんだろう。わたしがパトロールみたいなことを喜んでするとでも思ったんだろうか。床を蹴って椅子を回す。世界がわたしのまわりでハリケーンみたいに渦を巻く。

どれくらいそうしていただろう。時間を確かめようと回転をとめると、目の前で文字盤がゆらりと揺れる。揺れがおさまると、針は七時十六分を指している。少なくとも十六回は考える。わたしはいったいここで何をしているんだろう。

そのとき、どこからかウィンドウズの起動ジングルが聞こえてきた。

椅子から立ち上がり、廊下に出る。左を見て、それから右を見る。廊下はどちらも闇に包まれているけれど、C13の開いたドアから、かすかに青い光が漏れている。忍び足で廊下をそこまで進み、中に入る。

電子ホワイトボードの電源が入っていて、プロジェクターがブーンと音を立ててウィンドウズのデスクトップを映しだしている。わたしはホワイトボードの前に立って、目をこらす。デスクトップの壁紙は、青空の下になだらかな緑の草原が広がる風景だ。見つめているうちに風景がどんどん広がって、ピクセルで構成された偽《にせ》の世界が本物の世界を浸食するように思えてくる。ホワイトボードに接続されたパソコンが低い音を立てている。

そのとき、部屋のドアがアニメの『スクービー・ドゥー』みたいにバタンと音を立てて閉まる。ドアに駆け寄ってノブを回したが、鍵がかかっている。わたしはドアの窓に映る自分をしばらく茫然と見つめる。

パソコンルームに閉じ込められてしまった。

戻りかけたとき、電源の入っていないコンピューターのモニターに、ホワイトボードが映るのが見える。はっとうしろを振りかえると、緑の草原が消えている。代わりにワードの白紙ページが映しだされ、カーソルが点滅している。ホワイトボードに接続されたパソコンのキーをたたいても、マウスを動かしても、画面に変化はない。

じんわり汗が湧いてくる。脳がこの状況を受け入れられない。ようやくふたつの可能性が頭に浮かぶ。

その一：これは知り合いの誰かによる、たちの悪い冗談だ。

その二：ソリティア。

そのとき、白紙の画面に文字が現われはじめる。

パトロール隊に告ぐ
パニックや警報は無用だ

文字がとまる。
これは何？

ソリティアは、若者にとって共通の悩みの種である学校を標的にすることで、青少年を支援することを目的とした、友好的な自警組織である。われわれは君たちの味方だ。われわれのとる（あるいはとらない）いかなる行動も、怖れることはない。
生徒諸君が今後のソリティアの活動を支援し、学校が束縛やストレスや孤独をもたらす場所だという呪縛から解放されることが、われわれの望みである。

何者かが監督生に恐怖心を植えつけようとしている。わたしは監督生じゃないから、怖がるつもりはない。自分の今の気持ちはまだよくわからないけれど、恐怖でないことはたしかだ。

動画を残しておく。これが諸君の朝に新たな気づきをもたらすことを願う。
ソリティア
忍耐は命とり《ペイシャンス・キルズ》

しばらくすると、打ち込まれたメッセージの上に、ウィンドウズ・メディアプレイヤーが立ち上がる。

カーソルが再生ボタンに移動し、動画が動きだす。

画像は少しぼやけているけど、ステージ上にふたりの人物がいるのが見える。ひとりはピアノの前にすわり、もうひとりはバイオリンを手に立っている。立っているほうの人物が、楽器をあごで支えて弓を持ち上げると、ふたりは演奏をはじめる。

最初の八小節が終わり、カメラがズームインして初めて、ふたりがせいぜい八歳くらいだということに気づく。

何の曲かはわからないけど、それはどうでもいい。ときどき音楽を聴いて、その場を動けなくなることがある。たとえば、朝ラジオをつけたとき、あまりに美しい曲が流れてきて、曲が終わるまでベッドから起き上がれなくなることとか。映画を観ていて、悲しいシーンでもないのに音楽が切なくて涙が出てしまうこととか。

これもそんな感じだ。

動画が終わり、わたしは立ちつくしている。

ソリティアは、自分たちが知的で深みのある人間だと言いたいんだろう。こんな動画を見せて、あんな文章を書いて。まるで学校の作文で〝それ故《ゆえ》〟なんていう言葉を使って悦に入っている連中みたいだ。半分笑いたくなり、半分銃を撃ち込みたくなる。

C13のドアがロックされて、わたしが閉じ込められているという状況は変わらない。大声で叫ぶこともできない。どうすればいいのかわからない。いったいどうすればいいんだろう。

ゼルダの電話番号を捨てるなんてばかだった。今日の参加者にほかに知り合いはいない。

ベッキーに電話しても、来てくれるはずがない。父さんは仕事だし、母さんはまだパジャマのままだろう。チャーリーはあと四十五分は登校してこない。

助けてくれそうなのはひとりだけ。

わたしを信じてくれそうな人がひとりだけいる。

わたしはブレザーのポケットから携帯を取りだす。


「もしもし？」

「本題に入る前に、ひとつ質問があるの」

「トリ⁉　マジか。ほんとに電話してきたのか！」

「あなたってほんとうにリアルな人間なの？」

わたしは、マイケル・ホールデンがわたしの空想の産物かもしれないとずっと考えている。彼みたいな人間が、どうしてこの腐りきった世界で生きてこられたのか理解できないからかもしれないし、彼みたいな人間が、わたしのような人嫌いの世捨て人に興味をもつのが理解できないからかもしれない。

この電話番号は、きのうの昼休みにロッカーで見つけた。矢印が描かれたソリティアのピンクのポスト・イットに、電話番号とスマイルマークが書かれていた。すぐにマイケルだとわかった。ほかにこんなことをする人はいない。

長い沈黙のあと、マイケルが言う。「約束する。誓ってもいい。僕は完全にリアルな人間だ。ここで、この地球上で、生きて呼吸してる」

わたしが何も言わないとわかると、彼は続けた。「どうしてそんなことを訊くのかは理解できる。だから怒ってなんていないよ」

「わかった。ありがとう……その……疑問を解消してくれて」

わたしは、パソコンルームに閉じ込められていることを、できる限りなんでもないことのように説明する。

「僕が今日手伝いに来ようと決めたのは、君にとってラッキーだったね。何か起こるんじゃないかと思ってたよ。だから電話番号を教えたんだ。君は自分自身を危険に陥れている」

そのとき、廊下を歩くマイケルの姿が目に入った。携帯電話を耳に当てて、ほんの数メートルの場所にわたしがいることに気づかずに、のんびり通り過ぎていく。

わたしはドアの窓を手のひらで何度もたたく。マイケルは数歩後退すると、柄にもなく眉をひそめてわたしをじっと見つめる。そしてにっこり笑うと電話を切って、大きく手を振る。

「やあ、トリ！」

「ここから出して」手のひらを窓に当てたままで言う。

「ほんとに閉じ込められてるの？」

「いいえ、ドアの開け方を忘れただけよ」

「頼みを聞いてくれたら、開けてあげてもいい」

わたしはもう一度窓をバンバンたたく。動物を脅して何かをさせようとするみたいに。「ふざけてる暇はないの――」

「ひとつだけだ」

わたしは彼をにらみつける。この眼力で、彼が言うことを聞いてくれますように。死んでくれとは言わないけど。

彼は肩をすくめる。どういう意味だろう。

「笑ってよ」

わたしはゆっくり首を振る。「何を考えてるの？　わたしが今どんな状況かわかってる？」

「笑えるってことを証明してくれたら、君が人間だと信じて、外に出してあげるよ」彼は大まじめに言う。

手ががっくりと垂れる。これまでの人生で、今ほど笑えないことはない。「あなたなんて大嫌い」

「嘘だね」

「とにかく、ここから出して」

「さっき君は、僕がリアルな人間かって訊いたよね」彼はメガネを直し、急に静かな声になる。

わたしは身構える。

「僕のほうも、君をリアルな人間じゃないかもしれないと思っていると思わなかった?」

わたしはしかたなくほほ笑む。どんなふうに見えるかはわからないけど、とにかく頬の筋肉を動かして、口角を引き上げ、唇で三日月の形を作ってみせる。マイケルの反応を見ると、ほんとうにやるとは思っていなかったみたい。しまった、やるんじゃなかった。

マイケルの目が大きく見開き、笑顔がはがれ落ち、完全に真顔になる。

「驚いたな。笑うことがそんなにむずかしいことだったとは」

わたしは聞かなかったことにする。「これでわかったわね。わたしたち、どちらも本物の人間だって。早く開けてちょうだい」

マイケルが鍵を開け、わたしたちは向かい合う。横をすり抜けて部屋を出ようとしたとき、彼がドアの枠の両側に手を置いて、わたしの前に立ちはだかる。

「いったい何?」いいかげんにして。なんなのこの人。ああ、神様。

「どうしてパソコンルームに閉じ込められたの?」彼の目は真剣そのものだ。ひょっとして……心配している?「中で何があった?」

わたしは顔を横に向ける。目を合わせたくない。「ソリティアがホワイトボードを乗っ取って、監督生たちへのメッセージを流したの。それと動画も」

マイケルが漫画みたいにはっと息をのみ、ドアの枠に置いていた手を、わたしの肩に置く。わたしはあとずさりをする。

「どんなメッセージ？」興味と恐怖の入り交じった声。「動画はどんなだった？」

ほかの状況なら、あえて話すことはなかったと思う。知ってどうするというのか。

「自分の目で確かめれば」わたしはつぶやく。

わたしが部屋に戻りかけると、マイケルはわたしをスキップで回り込んでホワイトボードに接続されたパソコンに向かう。

「くだらないいたずらよ」わたしは彼のとなりの回転椅子に腰を下ろす。「それに、そのパソコンでは何も——」

ところが、マイケルはまったくふつうにマウスを動かして、ワードの文書にカーソルを動かしている。

そして、メッセージを声に出して読み上げる。

「忍耐は命とり《ペイシャンス・キルズ》」口の中でつぶやく「ペイシャンス・キルズ」

マイケルは動画も観ようと言う。わたしももう一度観ることにする。最初に見たときに素敵な映像だと思ったからかもしれない。動画が終わると、マイケルは言う。「これ、ただのくだらないいたずらだと思った？」

一瞬沈黙が落ちる。

「わたし、バイオリンをやってたの」

「そうなの？」

「今は弾けないけど。何年か前にやめちゃったから」

マイケルは何か言いたげにわたしを見る。けれど、すぐにその表情は消え、急に感心したように言う。「きっと学校のパソコンぜんぶを乗っ取ったんだろうな。それって、なかなかすごいことだよ」

わたしが反論する前に、彼はブラウザを立ち上げて、ソリティアのURLを打ち込む。

ソリティアのブログが現われる。いちばん上に、新しい投稿がある。

マイケルが息をのむのがわかる。

1月11日　00：30
同志諸君
第一回ソリティア・ミーティングを一月二十二日（土）午後八時過ぎに開催する。場所は、リバー・ブリッジから三軒目の家。多数の参加を待つ。

パソコンから顔を上げると、マイケルは投稿の写真を携帯で撮っている。

「これは金星《きんぼし》だ。今日いちばんの発見だよ」

「まだ朝の七時半だけど」わたしは言う。

「毎日、多くの発見をすることが大切なんだ」

マイケルが身体を起こす。「発見なくして前進なし、だ」

それがほんとうなら、わたしの人生について多くのことを説明してくれている。

「何を怖がってるの」マイケルはとなりの椅子にすわると、わたしの顔の高さまで身をかがめる。

「僕たちは前進したんだ。もっと喜びなよ！」

「前進？　何が前に進んだの？」

彼は眉をひそめる。「ソリティアの正体に大きく近づいた。まさに大きな一歩だよ」

「なるほど」

「あんまりわくわくしてないみたいだね」

「わたしが何かにわくわくしてるところを想像できる？」

「もちろん、できるさ」

彼の得意げな顔を横目でにらむ。彼は両手の指をとんとん合わせている。

「とにかく、ミーティングには行かなくちゃ」

そんなこと思いもしなかった。「まさか、本気？」

「もちろん、本気だよ。来週の土曜日だ。君が行かないというなら、引きずってでも連れていくよ」

「どうして行きたいの？　行って何になるの？」

彼の目が大きく見開く。「知りたいと思わないの？」

マイケルは何かに取り憑かれている。わたし以上に妄想癖があり、それはかなりやばい人間だということを意味している。

「ねえ、聞いて。どこかに一緒に出かけるのはぜんぜんかまわないわ、もしそうしたいのなら。だけどわたしはソリティアにはまったく興味がないし、正直言って、あんまり関わりたくない。だから……ごめん」

彼はまじまじとわたしを見る。「おもしろい」

わたしは黙っている。

「ソリティアの連中は、君をこの部屋に閉じ込めた。それなのに、君は興味がないと言う。じゃあ、こんなふうに考えてみたら？　ソリティアは悪の犯罪組織で、君はシャーロック・ホームズだって。僕がジョン・ワトソンになるよ。ただし、僕らが目指すのは、あくまでベネディクト・カンバーバッチとマーティン・フリーマンのシャーロックとワトソンだ。ＢＢＣの『シャーロック』は、ほかのどんなシャーロック・シリーズより偉大だからね」

わたしは彼を見つめる。

「彼らの友情以上、恋愛未満の関係を正しく表現している唯一のシリーズだ」

「ついていけないわ」わたしはつぶやく。

わたしたちは立ち上がり、部屋を出る。というか、わたしが部屋を出ると、マイケルがあとに続きドアを閉めた。そのとき初めて、彼がシャツとネクタイとズボンだけで、セーターもブレザーも着ていないことに気づく。

「寒くないの？」

彼が目をぱちくりさせる。メガネは巨大で、髪は石でできているんじゃないかと思うくらいぴしっと横分けになっている「どうして？　君は寒いの？」

そのまま廊下を進み、端まで来たところで、うしろにマイケルがいないことに気づく。振りかえると、C16の前に立ってドアを開けているところだった。

彼は眉をひそめ、奇妙な表情を浮かべている。

「どうしたの？」

ずいぶん長い沈黙のあと、彼が言う。「なんでもない。何かあるかと思ったけど、何もなかった」

何があると思ったのか尋ねようとしたとき、うしろから誰かに呼ばれる。「トリ！」

振りかえると、ゼルダが颯爽とした足取りでこっちに向かってくる。毎週日曜日の六時に起きてジョギングをしている人はやっぱり違う。「トリ！　何か見つかった？」

どう答えるか、一瞬迷う。

「いいえ、何も見つけなかったわ、わたしたち。残念だけど」

「わたしたち?」

わたしはマイケルを、というか、ついさっきまでマイケルが立っていた場所を振りかえる。彼の姿は消えている。そのとき初めて不思議に思う。彼はどうして朝の七時半に学校に来ようなんて思ったんだろう。

10

その日は一日、C16の前でマイケルが言ったことを考えて過ごす。あとで見に行ってみたけど、彼の言うとおり、変わったことは何もない。

たぶん、パソコンルームに閉じ込められて、少し気持ちが高ぶっているんだろう。

今朝のことは、ベッキーには何も話していない。彼女は、金曜日に開く誕生日の仮装パーティーのことをみんなに広めるのに忙しいし、どのみちまったく興味がなさそうだから。

昼休み、ルーカスが談話室で声をかけてくる。わたしは『高慢と偏見』をもう一章読もうとしたものの、脳みそが溶けだしそうになって、やっぱり映画版を観ようと考えているところだった。談話室はがらんとしている。みんなスーパーまで買い出しに行っているんだろう。学校のランチは刑務所並みだから。

「大丈夫?」ルーカスはそう言って、椅子を引く。わたしはこの言葉が嫌いだ。体調を尋ねているのか、となりにすわっていいか訊いているのかがわからない。「元気よ」と答えればいいのか、「いいわよ」と答えればいいのか、判断がつかない。

「まあまあよ」そう言って、少し背筋をのばす。「そっちは?」

「うん、元気だよ。ありがとう」

彼が言うことをさがしているのが伝わってくる。ばかみたいに長い沈黙のあと、彼はわたしが持っている本をとんとんたたく。「読書は嫌いだって言ってなかった？　どうして映画を観ないの？」

わたしはまばたきをして、「さあ、どうしてかな」と答える。

また、ばかみたいに長い沈黙のあと、彼が尋ねる。「金曜日、ベッキーの誕生パーティーに行く？」

間抜けな質問だ。

「ええ、そのつもり。あなたも行くでしょ？」

「うん、行くよ。誰の格好をするの？」

「まだ決めてない」

ルーカスは、わたしが意味のあることを言ったみたいに、熱心にうなずく。

「きっと凝った仮装をするんだろうな」そう言って、すぐにつけ加える。「君は子どものころ、いろんな格好をするのが好きだったから」

ジェダイの格好をしたことはあるけど、それ以外は覚えていない。わたしは肩をすくめる。「何かさがしてみるわ」

彼は顔を赤くして、わたしが本を読もうと試みるのをしばらく黙って見ていた。気まずいったたらない。頼むからどこかへ行って。しばらくすると、彼は携帯を出して、メールを打ち、そのあとイヴリンに話しかけに行った。それにしても、ルーカスはなぜ忘れられたくない幽霊みたいにいつもわたしのまわりをうろちょろしているんだろう。話すことなんてひとつもないのに。そりゃ、一時は友情を復活させられたら素敵だろうなと思ったけど、わたしにはむずかしすぎる。わたしは誰とも話したくない。

家に帰ると、チャーリーに今日あったことをぜんぶ話す。ソリティアの謎めいたメッセージについてはなんとも言えないけど、マイケルとはもう話さないほうがいいと彼は言う。そのことについてどう思っているのか、自分でもよくわからない。

夕食の席で、父さんが訊いてくる。「それで、今朝はどうだった?」

「何も見つからなかった」また嘘をついた。わたしは病気なのかもしれない。

父さんはわたしに貸そうと思っている本のことを話しはじめる。父さんはしょっちゅう本を貸してくる。三十二歳で大学に行き、英文学の学位を取った父さんは、今はＩＴ企業で働いているけれど、昔からわたしがチェーホフやジョイスをたくさん読むような哲学的な思考のできる人間になることを期待している。

今回勧められたのは、フランツ・カフカの『変身』だ。わたしは笑顔でうなずいて、興味のあるふりをしたけれど、うまくいったかどうかはわからない。

チャーリーがすぐに話題を変えて、週末にニックと観た『17歳の肖像』という映画の話をはじめる。チャーリーの説明を聞くかぎり、世界中の十代の女子を完全に見下し、ばかにした映画みたいだ。次にオリバーが、新しく買ってもらったおもちゃのトラクターが、これまでのよりどうかっこいいのかを説明する。わたしたちは一時間かけずに夕食を食べ終え(たぶんこれは新記録)、母さんも父さんも満足げだ。

「よくやったな、チャーリー! えらいぞ」父さんに背中をたたかれて、チャーリーはいやそうに顔をそむける。母さんはうなずいて笑みを浮かべ、精いっぱいの感情表現をしている。まるで、チャーリーがノーベル賞でも受賞したみたい。チャーリーは無言でキッチンから逃げだし、リビングでわたしと一緒に『ビッグバン★セオリー』を観る。たいしておもしろくないけど、毎日一エピソードは見てしまう。

「わたしが登場人物だとしたら、誰だと思う?」観ながらチャーリーに尋ねる。

「シェルドンだ」チャーリーが迷うことなく答える。「まあ、彼ほど自分の意見を声高に主張したりはしないけどね」

わたしはチャーリーに顔を向ける。「むかつく」

チャーリーが鼻で笑う。「このドラマが多少はおもしろいのは、彼がいるからだよ、ヴィクトリア」

わたしはちょっと考えて、うなずく。「たしかにそうかも」

ソファに寝そべるチャーリーを、わたしはしばらくじっと見つめる。目はうつろで、まともにテレビを観ていないみたい。しきりにシャツの袖をもてあそんでいる。

「じゃあ、僕は誰だと思う?」彼が尋ねる。

わたしはあごをなでて考える。「ハワードよ。ぜったい。だって、いつも女の子を口説いてるから……」

チャーリーがとなりのソファからクッションを取って投げつけてくる。わたしは悲鳴を上げてソファの陰に隠れ、クッションを投げ返して反撃する。

今夜は、映画の『プライドと偏見』を観ているけど、本と同じくらいひどい。許せるのはダーシーだけだ。エリザベスが初めて会った彼をどうして高慢だと思うのか、まったく理解できない。どう考えても、彼はただシャイなだけだ。ふつうの人間なら、彼が内気なのだとわかって、気の毒に思うはずだ。だって彼は、パーティーや社交が大の苦手なのだ。彼は少しも悪くない。ただそういう性格なのだ。

またブログをチェックして、寝ころんで雨の音を聞いているうちに、時間がたつのを忘れ、パジャマに着替えるのも忘れる。読んでいない本の山に『変身』を加える。『ブレックファスト・クラブ』をつけたけど、あまり観る気にならず、クライマックスのシーンまで飛ばす。みんなが輪になってすわり、個人的でディープなことを打ち明けて、泣いたりするところだ。そのシーンを三回観てから消す。巨人か悪魔の足音がしないか耳を澄ませるけど、今夜聞こえてくるのは、太鼓が轟くようなゴロゴロという低い音だけだ。渦巻き模様の壁紙に、腰の曲がった黄色い影が行ったり来たりを繰り返し、わたしを眠りに誘い込む。誰かがわたしの上にかぶせた巨大なガラスの檻《おり》の中で、空気がゆっくりと酸っぱくなっていく。わたしは夢の中で、崖の上をぐるぐる走り回っている。崖から飛び降りようとするたびに、赤い帽子の少年がわたしをキャッチする。

11

「冗談じゃないのよ、トリ。すっごく重要な決断なんだからね」

わたしはベッキーの目をまっすぐ見つめる。「わかってる。この決断で人類の未来が決まるかもしれないんだよね」

金曜日の午後四時十二分。わたしはベッキーの部屋のダブルベッドの上であぐらをかいている。部屋はピンクと黒で統一されていて、人間ならさしずめ、庶民派のキム・カーダシアンってとこだ。壁にはエドワード・カレンとベラ・スワンのポスターが貼られていて、見るたびにシュレッダーにかけたくなる。

「それは言いすぎ。だけど冗談ぬきで、真剣に決めなきゃ」ベッキーは両手に衣装を持って見くらべている。「ティンカー・ベル？　それとも天使？」

わたしも見くらべる。片方が緑で、片方が白だということ以外、大きな違いはない。

「ティンカー・ベル」わたしは答える。少なくともティンカー・ベルは映画のキャラクターだけど、天使は概念上の存在だ。だから、万人に天使だとわからせるにはハードルが高い。

ベッキーはうなずいて、天使の衣装をすでに積み上がった衣装の上に放りだす。「やっぱりそうよね」そう言って着替えはじめる。「で、トリは誰になるの？」

わたしは肩をすくめる。「わたしはこのままでいい」

ベッキーはブラとショーツだけで、両手を腰に当てる。べつに恥ずかしがる必要はない。親友になってもう五年以上たつんだから。だけど、やっぱり目のやり場に困る。いつから下着姿を平気で見せるようになったんだろう。

「トリ、着替えなきゃだめよ。誕生日は仮装パーティーにすると言っておいたでしょ」

「わかった」わたしは選択肢を真剣に考える。「じゃあ……白雪姫はどう？」

ベッキーは黙っている。わたしが冗談だと言うのを待ってるみたい。

わたしは顔をしかめる。「何か？」

「べつに。何も言ってないわよ」

「白雪姫は無理だと思ってるんでしょ」

「思ってないわよ。大丈夫、なれるわよ。なりたいなら」

「わかった。ちょっと考えてみる」わたしはうつむき、両手の親指をくるくる回す。「髪を……

カール……してみようかな」

ベッキーは満足げな笑みを浮かべて、妖精の羽のついた緑のドレスを着る。

「今夜は誰かに話かけてみる？」とベッキー。

「質問？　それとも命令？」

「命令よ」

「約束はできない」

ベッキーは笑って、わたしの頬を手のひらでぽんぽんたたく。そういうの、やめてほしい。「大丈夫。わたしがついてるわ。いつだってそうでしょ？」


いったん家に帰り、白いブラウスと、黒いフレアスカートに着替える。アルバイトの面接のために買ったものだけど、結局面接には行かなかった。お気に入りの黒のセーターに黒のタイツ。髪を三つ編みにして、アイラインをいつもより太めに引く。

ウェンズデー・アダムスの完成だ。白雪姫と言ったのは冗談。ディズニーは好みじゃない。

七時過ぎに家を出る。ニックとチャーリーとオリバーが夕食の席についている。母さんと父さんはお芝居を観に行っていて、ホテルに泊まることになっている。車で二時間かけて帰ってくるより、一泊してきたほうがいいと勧めたのは、チャーリーとわたしだ。両親は、チャーリーのそばにいられないのが少し心配だったみたい。わたしもベッキーのパーティーをパスしようかと思ったけど、チャーリーが大丈夫だと言うので、わたしも両親も出かけることにした。大丈夫だ。今夜はニックも泊まってくれるし、わたしもあまり遅くなるつもりはない。

ダークなパーティーだ。照明を落とした家の中から、ティーンエイジャーがあふれ出している。

外で輪になってタバコを吸っている子たちとすれ違う。その中の何人かは、パーティーでしか吸わない子たちだ。喫煙はすごく無意味だ。メリットは、死ぬ確率が上がることくらい。みんな死にたいんだろうか。たぶん、そうなんだろう。

今日来ているのは、ほとんどがヒッグスとトゥルハムの生徒たちだ。十一年生から十三年生まグループのみんなは、サンルームにいる。わたしの知らない人たちもいて、部屋は超満員だ。でいるけど、全員がベッキーの個人的な知り合いというわけじゃない。

「トリ！」イヴリンが、わたしを見つけて手を振ってくる。ソファの端っこに無理やりすわって、わたしをじーっと見つめている。「誰のコスプレ？」

「ウェンズデー・アダムス」

「誰、それ？」

「『アダムス・ファミリー』、観たことない？」

「ないわ」

「そう」わたしは落ち着きなく足を動かす。イヴリンの衣装はかなりシックだ。おだんごにまとめた髪、昆虫っぽいサングラス、一九五〇年代風のドレス。「それって、オードリー・ヘプバーン？」

イヴリンは腕を大きく振り上げる。「サン・キュー！　ようやくカルチャーのわかる子に出会えた！」

ルーカスも来ていて、ほぼ一体化している女子と男子のとなりにすわっている。ベレー帽をかぶり、ストライプのTシャツの袖をロールアップして、くるぶし丈のぴたぴたのブラック・ジーンズを穿いて、本物のニンニクでできた首飾りをして、すごくファッショナブルにも、すごく奇天烈にも見える。彼は缶ビールを持った手を、照れくさそうに振る。「トリ！　ボン・ジュール！」

わたしは手を振り返し、すぐにその場から逃げだす。

キッチンに行くと、そこには十一年生がたくさんいる。さまざまなディズニープリンセスに扮した女の子たちと、スーパーマンに扮した男子が三人。みんな興奮気味にソリティアの話をしている。どうやらクールだと思っているらしい。ひとりの女の子など、自分も仲間に入りたいと言っている。

話題の中心は、ブログに投稿されたソリティアのミーティング。マイケルにパソコンルームから救いだされたときに見つけた、あの投稿のことだ。話を聞くかぎりでは、町の全員が参加しそうな勢いだ。

気がつくと、わたしのとなりに女の子がぽつんとひとり立っている。十一年生だと思うけど、はっきりとはわからない。彼女は、デイヴィッド・テナント演じるドクター・フーの見事なコスプレをしている。あまりに孤独な様子に、わたしは親近感を覚える。

女の子がわたしをちらりと見る。見ていなかったふりをするには遅すぎる。何か言わなきゃ。

「そのコスチューム……すごく素敵ね」

「ありがとう」彼女が言い、わたしはうなずいて立ち去る。

ビールもウォッカもバカルディ・ブリーザーも素通りして冷蔵庫に直行し、ダイエット・レモネードをプラスチックのカップに注いで、庭に出る。

見事な庭だ。なだらかな傾斜になっていて、いちばん低いところに、落葉したヤナギに囲まれた池がある。気温は零度くらいだというのに、ウッドデッキや芝生の上にいくつもグループができている。本格的な投光器が、太陽のような明るさで、十代の男女の影をゆらゆらと芝生の上に落としている。ベッキー／ティンカー・ベルが、別の十二年生のグループと一緒にいるのを見つけて近づく。

「ハイ」声をかけて、輪に入る。

「トリィーー！」ベッキーの手には、ベイリーズ・アイリッシュ・クリームのボトルがあり、プラスチックのくるくるストローが刺さっている。

「ねえねえ、聞いて！　すごいことがあったの。なんだと思う？　聞いたら死んじゃうかも。それくらいすっごいことなんだから」

わたしは笑顔を返す。ベッキーに肩を揺すぶられて、服にベイリーズをかけられているけど、それでもとにかく。

「死ぬ・覚悟は・いい？」

「いいわよ、いつでも――」

「ベン・ホープを知ってるわよね」

もちろん知ってる。そして、ベッキーが何を言おうとしてるかも。

「ベン・ホープにデートに誘われちゃった」彼女は甲高い声を上げる。

「すごいじゃない！」

「でしょ、でしょ！　ああ、誘われるなんて思ってもいなかった！　さっきおしゃべりしてたとき、わたしのことどう思うって訊いたら、好きだって言ってくれたの。照れくさそうに！　超・超キュートだった！」それからしばらく、ベッキーはベイリーズを飲みながら、延々とベン・ホープのことを話し、わたしは心からよかったという気持ちでほほ笑みながらうなずく。

しばらくすると、ベッキーはミニーマウスの格好をした女の子をつかまえて、そっくり同じ話をしはじめる。わたしは少し退屈になって、携帯で自分のブログをチェックする。小さな⑴のマークが、メッセージがあることを告げている。

匿名メッセージ：本日の考察：なぜ車は救急車に道を譲るのか？

何度かメッセージを読み返す。誰からのメッセージだろう。誰からでもおかしくないけど、リアルな知り合いでわたしのブログを知っている人はひとりもいない。たぶんどこかの暇人が書き込んだんだろう。なぜ車が救急車に道を譲るのかって？　それは、この世界にいるのがろくでもない人間ばかりじゃないからに決まってる。

この世界にいるのは、ろくでもない人間ばかりじゃない。

わたしがそう結論づけたとき、ルーカスがわたしを見つけてやってきた。少し酔っているみたい。

「君のその格好、誰だかわからないな」いつものように、すごく恥ずかしそうだ。

「ウェンズデー・アダムスよ」

「そうか、よく似合ってる。すごくキュートだよ」わかったみたいな顔でうなずいているけど、わたしにはわかる。ルーカスは、ウェンズデー・アダムスが何者なのかまったくわかってない。

わたしは彼の肩越しに、投光器に照らされた庭を見る。大勢の人影が闇の中にとけ込んでいる。

なんだか気分が悪くなってきた。このダイエット・レモネード、変な味がする。捨ててしまいたいけど、コップを手に持っていないと、よけいに手持ち無沙汰になってしまいそうだし。

「トリ?」

わたしは顔を上げる。ニンニクのネックレスはあまりいいアイデアじゃない。お世辞にもいいにおいとは言えない。「え?」

「大丈夫かって聞いたんだ。なんだか、中年の危機《ミッドライフ・クライシス》まっただ中みたいに見えるから」

「違うわ、ただ、人生の危機まっ最中なだけ」

「なんだって? よく聞こえない」

「大丈夫よ。ただ、退屈なだけ」

ルーカスはわたしがおもしろい冗談を言ったみたいに笑っているけど、冗談なんかじゃない。パーティーはいつだって退屈だ。

「向こうでほかの人たちと話してくれば?」わたしは言う。「わたしといても、おもしろい話なんてないし」

「君はいつもおもしろいことを考えてるよ」とルーカス。「ただ口に出さないだけだ」

わたしは、飲み物を取ってくると嘘をつく。コップにはまだ半分以上残っていて、気分が悪いにもかかわらず。わたしは家の中に逃げ込む。なんだか息が苦しくて、無性に腹が立つ。酔ってばか騒ぎしているティーンエイジャーの群れをかき分けて、一階のバスルームに入って鍵をかける。誰かがここで吐いたにおいがする。鏡の中の自分を見るとアイラインがにじんでいて、手直しをする。なぜか涙が湧いてきて、またアイラインがにじみだす。泣きそうになるのをぐっとこらえる。手を三回洗って、ばかみたいに見える三つ編みをほどく。

誰かがドアをノックしている。さっきからここにいて、涙があふれては乾き、あふれては乾くのを鏡の中でじっと見ていた。ノックの主の顔を殴る気満々でドアを開けると、そこにいたのは、あのいまいましいマイケル・ホールデンだ。

「ああ、助かった」彼は中に入り、わたしがいることも、ドアが開いていることもおかまいなしに、便座を上げておしっこをはじめた。「ほんと、助かったよ。花壇でおしっこしなきゃならないところだったよ、まったく」

「レディーの前でおしっこするのは平気なのね」

彼は冗談めかして片手を振る。

わたしはバスルームから出る。

玄関から外に出ようとしたとき、マイケルが追いかけてきた。彼はシャーロック・ホームズのコスプレをしている。それっぽい帽子までかぶって。

「どこに行くんだい」

わたしは肩をすくめる。「中は暑すぎるわ」

「外は寒すぎるよ」

「いつから気温を感じられるようになったの？」

「皮肉抜きでふつうに会話できないの？」

背中を向けて歩きはじめると、彼はまたあとからついてくる。

「どうしてついてくるの？」

「ほかに知り合いがいないから」

「同級生に友達はいないの？」

「それは……」

家の敷地を出てすぐの歩道で足をとめる。

「どうして。ベッキーは君の友達だろ？　今日は彼女の誕生日なのに」

「帰るわ」

「ベッキーは気にしないわ」たぶん、気づきもしないだろう。

「帰って何をするの？」マイケルが尋ねる。

ブログをチェックする。寝る。ブログを書く。「べつに何も」

「ここの二階の部屋で、映画を観ないか？」

ほかの人が言ったのなら、部屋の中でセックスしようと誘っているように聞こえるだろう。だけど、マイケルのことだ、本気で映画を観ようと言ってるんだろう。

気がつくと、コップの中のダイエット・レモネードがなくなっている。いつ飲んだんだろう。

家に帰りたいけど、帰っても眠れないにきまってる。自分のベッドで、ただ横になっているだけ。

シャーロックの帽子をかぶったマイケルは、ほんとに間抜けに見える。ツイードのジャケットは、きっと死体から盗んできたんだろう。

「いいわ」わたしは言う。

12

誰かと関係を築くときには、越えなければならない一線がある。その一線を越えたとき、ただの顔見知りが、よく知る相手に変わる。マイケルとわたしは、ベッキーの十七歳の誕生パーティーでその一線を越える。

わたしたちは、二階のベッキーの部屋に忍び込んだ。わたしはベッドに腰を下ろして寝ころがり、マイケルは部屋の中を物色しはじめる。エドワード・カレンと無表情なベラ・スワンのポスターをちらっと見て通り過ぎ、ダンス発表会の写真やメダルが飾られた棚や、何年も手つかずの児童書が並ぶ本棚を手でたどり、くしゃくしゃのドレスやパンツ、Ｔシャツ、ショーツ、ブラ、教科書、通学カバン、それに雑多な紙類が折り重なった山をいくつもまたいで、クローゼットの扉を開け、畳んだ服が収まった棚の片隅にようやくささやかなＤＶＤのコレクションを見つけた。

まず『ムーラン・ルージュ』を見せ、わたしの表情を見てすぐ棚に戻す。次の『女の子のコト、男の子のコト』でも同じことが繰り返される。しばらくして、三枚目のＤＶＤをつかむと薄型テレビに直行し、電源を入れる。

「『美女と野獣』を観よう」マイケルが言う。

「いやよ」わたしは言う。

「いいから、いいから」

「やめて、お願い。ねえ『マトリックス』はどう？　『ロスト・イン・トランスレーション』は？

『ロード・オブ・ザ・リング』は？」わたしは何を言ってるんだろう。ベッキーが持ってるわけないのに。

「君のためを思ってのことだ」彼はＤＶＤをセットする。「君の心理的発達に問題があるのは、ディズニー映画が足りていないからだと思うよ」

いったい何のことなのか、尋ねる気にもならない。彼がとなりにやってきて、枕にもたれてすわる。画面にディズニーのロゴが現われるだけで、目が血走ってくる。

「ディズニー映画、一度くらいは観たことあるだろ？」

「それは、まあ」

「どうして嫌いなの」

「嫌いだとは言ってないわ」

「じゃあ、どうして『美女と野獣』を観たくないの？」

わたしはそっぽを向く。映画がはじまったのに、マイケルは観ていない。「嘘っぽい映画は好きじゃないの。登場人物やストーリーがあまりにも……できすぎてるのが。現実はそれほど都合よくいかないわ」

マイケルは寂しそうに笑う。「それが映画のいいところじゃないの？」

どうしてわたしはここにいるんだろう。どうして彼はここにいるんだろう。階下から安っぽいダブステップのビートが聞こえてくる。画面はアニメーションを映しているが、キャラクターが動くだけで音は聞こえない。マイケルが話しはじめる。

「知ってるかい、原作ではベルにはお姉さんがふたりいるんだ。でも、アニメのベルはひとりっ子だ。どうしてなのかな。ひとりっ子って退屈なんだよ」

「ひとりっ子なの？」

「そう」

これは少し興味深い。「わたしは弟がふたりいるわ」

「君と似てる？」

「いいえ、ぜんぜん」

画面ではベルがマッチョな男に言い寄られている。いけすかない男だけど、本が嫌いなところは共感できる。

「この主人公、まさに本の虫ね」わたしは青い服の女性に首を振る。「すごく不健康そう」

「Aレベル試験で英文学を選択してるんだろ？」

「試験のための勉強はするけど、魅力は一切感じない。本は嫌いなの」

「僕は英文学を取ってればよかったと思うよ。たぶん得意だっただろうに」

「どうして選択しなかったの」

彼はにやりと笑う。「本は楽しむもので、勉強するものじゃないから」

ベルは父親を救うためにみずからの自由を犠牲にした。すごく感傷的だ。そして今、そのことを嘆いている。

「君の意外な一面を教えてよ」マイケルが言う。

わたしは少し考える。「わたしの誕生日は、カート・コバーンが自殺したと言われてる日なの。知ってた？」

「うん、じつは知ってた。まだ二十七歳だったんだよね。気の毒に。僕たちも二十七歳で死ぬかもしれないな」

「死がロマンチックだなんて幻想よ。自殺したことを理由に、カート・コバーンが崇高な魂の持ち主だったみたいに持ち上げるのはやめたほうがいいと思う」

マイケルは黙り、しばらくわたしをじっと見つめる。「たしかに」

ベルは食事を拒否している。でもそれは、屋敷内のカトラリーや食器たちが彼女のために歌と踊りを披露するまでだ。今、ベルはオオカミに追いかけられている。ストーリーの展開が早すぎて、とてもついていけない。

「あなたの意外な一面を教えて」わたしは言う。

「そうだな。信じられないほど頭が悪いってことかな」

わたしは疑いの目で彼を見る。まさか、そんなはずがない。

彼はわたしの考えていることがわかったみたいだ。「ほんとだよ。八年生のときから、どの教科でもC以上の成績をとったことがない」

「え、どうして?」

「僕は……」

マイケルみたいな人が頭が悪いなんてありえない。マイケルみたいな人、というのは、自分でこうと決めたことをやり遂げる人ということだ。そういう人は頭がいいにきまっている。例外なく。

「試験になるときまって……質問とずれた答えを書いてしまう。頭の中の知識をうまくアウトプットできないんだ。たとえば、生物学のAレベル試験では、ポリペプチド合成が何なのかを完全に理解しているはずなのに、どう答えていいかわからない。頭の中がまっ白になって、何を聞かれているのかわからなくなってしまう。それって地獄だよ、マジで」

話しながら、彼は空中にぐるぐる渦を描く。きっと彼の頭の中ではいろんな情報がまとまりなくばらばらに飛び交っているんだろう。わかるような気がする。

「不公平だよな」彼は続ける。「学校ってところは、文章を書くのが得意だとか、記憶力がいいとか、方程式が解けるとか、そういうやつでなきゃ相手にされない。生きる上で大事なことはほかにもあるはずなのに。まっとうに生きることとか」

「学校なんて大嫌い」わたしは言う。

「君は何でも嫌いなんだな」

「おもしろいわね。それって正解よ」

マイケルがまたこっちを向く。わたしたちは顔を見合わせる。テレビの画面では、バラの花びらがはらりと散っている。きっと何かを暗示しているのだろう。

「右と左で目の色が違うのね」

「僕はアニメの魔法少女なんだ。言わなかった？」

「まじめな話、どうしてなの？」

「青いほうの目は前世の力を隠し持っていて、守護天使を呼びだすときに使うのさ。闇の力と戦うときにね」

「酔ってるの？」

「詩人なんだ」

「はいはい、テニスン卿」

彼はにやりとする。「〝川はやがて流れをとめ、風はやがて吹きやみ、雲はやがて消え去り、鼓動はやがてとまる。万物は死にゆく〟」たぶん何かの詩の引用だろうけど、聞いたことがない。

わたしは枕を投げつける。狙いに狂いはなかったけれど、彼は首をかがめて避《よ》ける。

「わかった、わかった」彼は笑う。「それほどロマンチックな理由じゃない。二歳のときに石をぶつけられたんだ。だから、片方の目はほとんど見えてない」

画面では、ベルと野獣がダンスをしている。ちょっと奇妙だ。女の人が歌いはじめる。どこかで聴いたことがある曲で、気がつくとわたしも一緒に歌っている。途中からマイケルも一緒に歌いだす。わたしたちは交互に歌う。

それからは、しばらく黙って画面に浮かぶ色を見ている。どのくらい沈黙が続いただろう。気がつくと鼻をすする音がして、となりで顔に手をやる気配がする。横を向くと、マイケルが泣いている。涙を流して。いったいどうしたんだろう。画面に目を戻すと、野獣がたった今、息を引き取ったところだった。ベルが彼を抱きしめて泣いている。そして、野獣の毛皮に涙がこぼれ落ちると、あらあら不思議、夢みたいな魔法が起きて、野獣は奇跡的に死からよみがえった。おまけに、美男子にもなった。そんな都合のいい話があるだろうか。こういうところがいちばん気に入らない。非現実的で感傷的で、とても見ていられない。

それなのに、マイケルは泣いている。どうしたらいいのか、ほんとうにわからない。彼は片手で顔を押さえて、目と鼻をくしゃくしゃにしている。必死に涙をこらえているみたい。

ベッドに置かれた彼のもう片方の手をとんとんたたく。皮肉じゃなくて慰めだと伝わればいいんだけど。幸い意図は伝わったらしく、マイケルがわたしの手をぎゅっと握ってきた。

ほどなくして映画は終わった。マイケルがリモコンで電源を切り、わたしたちは沈黙のまま暗い画面を見ていた。

長い沈黙のあと、マイケルが言う。「君の弟を知ってるよ」

「チャーリーを?」

「うん、トゥルハムで……」

彼に顔を向ける。だけど、何を言っていいかわからない。

マイケルが続ける。「話したことはないけど。彼はいつも物静かで、親切だった。ほかのやつらと違っていた」

それで、わたしも話すことにした。どうしてそう思ったのかはわからない。だけどどうしても話したくなった。脳の限界だ。もう抱えておけない。

わたしはチャーリーのことを話した。

一から十までぜんぶ。

摂食障害のこと、強迫性障害のこと。自傷行為のこと。

ほんとうはそんな話を持ちだすべきじゃなかった。チャーリーは精神科の病院に数週間入院して、今はセラピーを受けている。ニックもいてくれる。だから、まだ回復途中だけど、きっとよくなる。いろんなことがきっとよくなる。

いつの間にかわたしは眠りに落ちている。といっても完全に眠っているわけじゃない。起きているのか夢を見ているのかわからない。これはいつものことだ。こういう状況で眠るなんて変かもしれないけど、そういうことはもう気にならなくなっている。驚いたのは、あまりに突然眠りが訪れたこと。ふだんはものすごく時間がかかる。いつもは眠りに落ちる前に何度も寝返りを打ったり、となりに誰かが寝ているような気がして、手をのばしてその人の髪をなでようとしてみたり、そんなばかみたいなことをするものだ。あるいは、自分の両手を握り合わせて、しばらくすると誰かほかの人の手を握っていると思えてきたりする。わたしはどこかおかしいんだと思うぜったいに。

だけど今日は、ほんの少しだけ身体を動かして、彼の胸にもたれる。かすかに焚き火のにおいがする。途中で、誰かがドアを開けて、ベッドで半分眠っているわたしたちを見たような気がする。その誰かはしばらくわたしたちを見て、また静かにドアを閉めた。一階の喧騒は収まってきているけれど、音楽はまだ鳴り響いている。窓の外に巨人や悪魔の気配がないか耳を澄ますが、外は静かだ。わたしを捕えようとするものは何もない。よかった。部屋の中にも邪悪なものの気配はない。

そのとき、電話が鳴った。

01：39
着信　自宅

「もしもし？」

「トリ、まだ帰ってこないの？」

「オリバー？　どうしてベッドにいないの？」

『『ドクター・フー』を見てたんだ」

「〝嘆きの天使〟のエピソードじゃないわよね」

「……」

「オリィ？　大丈夫？　どうして電話してきたの？」

「……」

「オリバー？　もしもし？」

「チャーリーが変なんだよ」

わたしがよほどおかしな顔をしたんだろう。マイケルはおびえたようにこちらを見ている。

「何が……あったの」

「……」

「何があったの、オリバー？　チャーリーに何かあったの？　チャーリーは、今どこ？」

「キッチンにいるけど、入れないんだ。チャーリーがドアを開けてくれなくて。中から声はするんだけど」

「……」

「ねえ、いつ帰ってくるの、トリ?」

「すぐ帰るわ」

わたしは電話を切った。

マイケルは完全に目覚めている。ベッドのまん中であぐらをかいているわたしの向かいで、同じようにあぐらをかいている。

「くそっ」わたしは言う。「くそっ、くそっ、くそっ、くそっ、くそっ、くそっ、なんで、なんでなの!」

マイケルは尋ねない。「家まで送るよ」

わたしたちは走った。ドアから飛びだし、階段を下りて、人の群れをかき分けて。まだ盛り上がっている人もいれば、床で寝ている人、いちゃついている人、泣いている人もいる。玄関まであと少しというところで、ベッキーにつかまった。完全に酔っぱらっている。

「わたし、酔ってるの」ベッキーが腕をぎゅっとつかんでくる。

「ベッキー、わたし行かなくちゃ」

「あなたってすごくキュートよ、トリ。帰らないで。愛してる。すごくキュートで素敵よ」

「ベッキー――」

ベッキーがわたしの背中にしがみついてくる。「悲しまないで、トリ。お願い、約束して。これ以上悲しまないって」

「約束する。だけど、ほんとにもう――」

「ジャックなんて大嫌い。あんなやつ……くそったれよ。わたしには……ベンがいるわ。彼ってすごく素敵。あなたみたいに。あなたは世の中ぜんぶを憎んでるけど、それでも素敵よ。あなたってまるで……幽霊みたい。好きよ、トリ……大好き。これ以上……もう……悲しまないで」

こんなに酔っぱらっているベッキーを置いて、ほんとは帰りたくない。だけど、帰らなきゃ。マイケルに背中を押されて、わたしはベッキーを置き去りにした。濃いメイクをして、髪を逆毛でめいっぱいふくらませて、足元がふらふらのベッキーを。

マイケルは走り、わたしも走る。マイケルが自転車にまたがる。昔ながらの自転車だ。今どき、こんなのに乗ってる人がいたなんて。

「うしろに乗って」マイケルが言う。

「冗談でしょ」

「じゃあ歩いて帰る?」

わたしはうしろに飛び乗る。

こうして、シャーロック・ホームズとウェンズデー・アダムスは、夜の町に飛びだした。彼のこぐスピードがあまりに早いので、家々はグレーと茶色の波線になってうしろに流れ去り、わたしは指の感覚がなくなるほどきつく彼の腰にしがみつく。なんだかすごく幸せな気分だ。そんなふうに感じるのはおかしい、そう思えば思うほど、相反する感情がこの瞬間をより狂おしく、より輝かしく、より計り知れないものにしている。冷たい空気が顔を切り裂き、涙がにじんでくる。どこを走っているのかもわからない。この町は知りつくしているはずなのに。ETと一緒に空を飛んだあの少年も、こんな気持ちだったのかもしれない。たった今死んでもかまわない、そんな気持ちだ。

十五分もかからずに家に着く。マイケルは家に入ろうとしない。彼は紳士だ。それは認める。振りかえって見ると、彼はサドルにまたがったままでいる。

「大丈夫であることを祈るよ」マイケルが言う。

わたしはうなずく。

彼もうなずく。そして自転車で去っていく。わたしは鍵を開けて、家に入る。

13

オリバーが眠そうに階段を下りてくる。きかんしゃトーマスのパジャマを着て、腕にテディベアを抱えて。ありがたいことに、チャーリーが危機的状況にあることはわかっていない。

「大丈夫、オリバー？」

「うぅーん」

「ベッドに行く？」

「チャーリーは？」

「大丈夫。わたしにまかせて」

オリバーはうなずくと、目をこすりながら、また階段を上っていく。わたしはキッチンに急ぐが、ドアが閉まっている。

なんだか胸がむかむかする。頭はまだ半分眠っている。

「チャーリー」ドアをノックする。

中は静まり返っている。ドアを開けようとするが、何かでふさがれているみたいだ。

「開けて、チャーリー。ドアを壊すわよ、冗談じゃなく」

「来ちゃだめだ」ゾンビみたいな、生気のない声。それでもほっとする。少なくとも、チャーリーは生きている。

ハンドルを押し下げ、身体全体でドアを押す。

「来ないで！」パニックじみたチャーリーの声に、わたしもパニックになる。だってチャーリーはいつだって穏やかで、それがチャーリーだから。「入ってこないで！　お願い！」ドアの向こうから、ガタガタと物を動かす音が聞こえてくる。

全体重をかけて押し続けると、ドアをふさいでいる物が少しずつ動くのがわかる。なんとか入れるだけのすき間を作って、中にすべり込む。

「入っちゃだめだ！　僕にかまわないで！」

わたしはチャーリーを見る。

「出ていって！」

チャーリーは泣いている。暗くてはっきりとは見えないけど、目は赤く、目の下が紫色になっているみたい。テーブルの上には、手をつけられないまま冷たくなったラザニアの皿がある。食器棚や冷蔵庫や冷凍庫から食べ物がぜんぶ出され、サイズや色で分けられて部屋のあちこちに積み上げられている。チャーリーの手にはティッシュが握られている。

彼は治っていない。

少しも。

「ごめん」チャーリーはしわがれた声で言うと、椅子にすわり込み、うつろな目をして頭をのけぞらせる。「ごめん。ほんとにごめん。こんなはずじゃなかった。ほんとにごめん」

わたしはどうすることもできない。吐くのを我慢する以外は。

「ごめん」チャーリーは言い続けている「ほんとにごめんなさい」

「ニックはどうしたの？　どうしてここにいないの？」

彼は顔を赤らめ、聞きとれない声で何か言う。

「なんて言ったの？」

「けんかしたんだ。それで、ニックは出ていった」

わたしは首を振る。左から右へ左から右へと、ものすごい勢いでぶんぶんと。「あのばか、なんてことしてくれたの」

「違うよ、ヴィクトリア、僕が悪いんだ」

気がつくと、携帯に番号を打ち込んでいた。二回目の呼び出し音でニックが出る。

「もしもし？」

「自分が何をしたかわかってる？」

「トリ、いったい――」

「もしオリバーが電話してこなかったら、あの子は……」その先は言えない。「ぜんぶあんたのせいよ」

「俺は――待ってくれ、何かあったのか」

「何があったと思うわけ？　またはじまったの。あんたのせいで、元に逆戻りよ」

「俺は何も――」

「信じてたのに。一緒にいてくれてると思って安心してたのに。キッチンに行ったらチャーリーは……出かけるんじゃなかった。家にいるべきだった。わたしたちは――わたしはあの子のそばにいるべきだった」

「待てよ、いったい――」

携帯をぎゅっと握る。全身が震えている。チャーリーは涙をはらはら流して、わたしを見ている。すごく大人びて見える。実際、もう子どもじゃない。あと三か月もすれば十六歳になる。今のわたしと同じだけど、わたしよりずっと年上に見える。十八歳といってもおかしくない。

わたしは携帯を投げだし、椅子を起こしてとなりにすわり、チャーリーの身体に腕を回す。


ニックがやってきてすぐにチャーリーを抱きしめると、けんかの原因がなんだったにせよ、ふたりはごめんと何度も言い合う。そのあと、みんなでキッチンを片づける。チャーリーはわたしが彼の大事な缶や袋の山を崩すたびに、顔をゆがめて頭を抱え込む。かまわず片づけ続けると、やがて一緒に片づけはじめる。

わたしはラザニアを片づけ、救急箱から絆創膏を出してチャーリーの腕に貼る。そのころには、彼もだいぶ落ち着いてきて、何よりも自分自身に腹を立てている。回復の過程では、いい日も、悪い日も、ときにはすごく悪い日もある。それはわかっていた。だけど、こんなふうに自分を傷つけるのは、最悪なときだけだ。前にこういうことが起きてから、三か月近くなる。セラピーがうまくいっていると思っていた。順調に回復していると思っていた。そう思いたかった――。

「ずっと調子はよかったのに」チャーリーは悲しげにふっと笑う。

「今日はたまたまよ」神様、ほんとうにそうでありますように。たまたま調子がよくなかっただけ。たまたま再発しただけで、このままよくなりますように。すべてがうまくいきますように。

片づけが終わると、ニックと一緒にチャーリーをベッドに連れていく。

「ごめん」チャーリーはベッドに横になり、額に腕を当てている。

わたしは戸口に立っている。ニックは、彼には小さすぎるチャーリーの予備のパジャマを着て、予備の寝具を床に敷いてチャーリーを見つめている。不安と愛しさの入り交じった表情で。ニックのことはまだ許していない。だけど、挽回してくれると信じている。彼はチャーリーのことを大事に思ってくれている。ものすごく。

「いいの」わたしは言う。「だけど、母さんと父さんには連絡しなきゃ」

「うん」

「あとでまた様子を見にくるから」

「わかった」

わたしはまだそこに立っている。しばらくして、チャーリーが言う。「トリ……大丈夫?」

おかしな質問だ。心配されるようなことをしたのは、チャーリーのほうなのに。「わたしは大丈夫よ、ぜんぜん」

明かりを消して下に行き、父さんに電話する。父さんは落ち着いている。あまりの落ち着きぶりに、腹が立ってくる。もっと取り乱して、大声を出して、パニックになればいいのに、そうはならない。今すぐ家に帰ると言うだけだ。わたしは電話を切って、ダイエット・レモネードをグラスに注ぎ、しばらくリビングにすわっている。真夜中だ。カーテンは開けっ放しになっている。

チャーリー・スプリングのような人間は世界中にあまりいない。とくに男子校には、彼みたいな人はほとんどいない。わたしに言わせれば、男子校は地獄みたいなものだ。それはわたしが男子をよく知らないからかもしれないし、トゥルハムの校門から出てくる男子の印象が悪すぎるからかもしれない。髪にエナジードリンクをかけ合ったり、互いをゲイだと呼んでからかったり、赤毛の子をいじめたり。知らないけど。

チャーリーの学校生活について、わたしは何も知らない。

また二階に行って、チャーリーの部屋をのぞいてみる。チャーリーのベッドでニックも一緒に寝ている。チャーリーは彼の胸で丸くなっている。わたしはドアを閉める。

自分の部屋に行く。また身体が震えだし、鏡をじっと見つめる。自分がほんとうにウェンズデー・アダムスなんじゃないかと思えてくる。チャーリーが前回再発したときのことを思い出す。

十月のことだ。あのときは、今日よりもっとひどかった。

部屋はまっ暗で、ノートパソコンのわたしのブログのページだけが、淡いブルーの光を放っている。わたしは部屋の中をぐるぐる歩き回る。歩きすぎて足が痛くなると、携帯でボン・イヴェールを、それからミューズを、それからノア・アンド・ザ・ホエールを再生する。悩みを吐露するめんどくさい曲ばかりを聴きながら、泣いたり、泣かなかったりする。携帯に届いているメッセージは読まない。暗闇に耳を澄ませる。やつらがわたしを捕まえにきている。心臓の鼓動が足音になる。おまえの弟は壊れている。おまえに友達はいない。誰もおまえに同情しない。『美女と野獣』なんて嘘っぱちだ。ああ、おもしろい。だってほんとうのことだから。ベッキーの声が聞こえる。これ以上悲しまないで。もうこれ以上悲しまないで。

14

14：02
着信　マイケル・ホールデン

「もしもし？」

「起こしちゃったかな」

「マイケル？　いいえ」

「よかった。睡眠は大切だ」

「どうしてこの番号がわかったの？」

「僕に電話してきただろ。パソコンルームから。あのときの番号を登録しておいたんだ」

「抜け目ないわね」

「機転がきくと言ってほしいね」

「チャーリーが気になって電話くれたの？」

「君が気になって電話した」

「……」

「チャーリーは大丈夫？」

「大丈夫よ。ゆうべはちょっと具合が悪かっただけ。今は両親とセラピーに行ってるわ」

「君は今どこ？」

「ベッドの中」

「午後二時に？」

「ええ」

「よかったら……」

「何？」

「行ってもいいかな？」

「何のために？」

「君が家でひとりぼっちだというのが気にくわない。猫とテレビだけが友達の独居老人みたいで」

「それで？」

「僕は親切な若者なんだ。ちょっと立ち寄って、ビスケットと紅茶を一緒に楽しみながら、戦争の思い出話を聞いてあげようと思って」

「紅茶は嫌いなの」

「だけど、ビスケットは好きだろ？　ビスケットはみんな好きだ」

「今日は食べたくないわ」

「どっちにしてもそっちに行くよ、トリ」

「わざわざ来る必要ないわ。わたしはぜんぜん大丈夫だから」

「嘘だね」

マイケルがやってくる。わたしはわざわざパジャマから着替えたり、髪をとかしたり、自分が人間らしい顔をしているか確かめたりしない。どうだっていい。お腹はぺこぺこだけど、ベッドからも出ない。このまま起き上がらないでいたら餓死するだろうけど、それはそれでしかたがない。そこではっと気づく。それだと、両親はみずから進んで飢える子をふたりも持つことになる。それはだめだ。いったいどうすればいいのか。ベッドに横になっているだけなのに、ストレスが半端ない。

玄関のベルが、わたしをベッドから起き上がらせる。

開けたドアを片手で押さえて、玄関ポーチに出ると、いちばん上の段に彼が立っている。髪を横分けにして、ばかばかしいほど大きなメガネをかけたマイケルは、すごく背が高く、すごくお坊ちゃまっぽい。自転車がチェーンでフェンスにつながれている。ゆうべは気づかなかったけど、自転車には籠《かご》までついている。マイナス十億度くらいの寒さなのに、彼は今日もＴシャツとジーンズだけだ。

マイケルはわたしを上から下まで眺める。「これは、これは」

彼はわたしがドアを閉めかけるのを片手でとめると、有無を言わさずわたしを抱きしめる。腕が身体に回され、あごが髪に触れる。わたしは気をつけの姿勢のまま身動きがとれず、頰は彼の胸で押しつぶされる。まわりで風が渦巻いているけど、ふしぎと寒さは感じない。

家に入ると、彼が紅茶をいれてくれる。紅茶は嫌いだと言ったのに。キッチンのテーブルに並んですわり、色あせたマグから飲む。

「土曜日はいつも何をしてるんだい？　出かけたりするの？」マイケルが尋ねる。

「しないわ。出かけなくてすむなら」わたしは答える。「あなたは何をしてるの？」

「さあ、何だろう」

わたしは赤茶けたお湯をすする。「わからないの？　自分のことなのに」

彼は椅子にもたれる。「流れる時の中で、やることはさまざまだ。意味のあることも、そうでないこともある」

「あなたは楽天家だと思ってたわ」

彼がにやりとする。「意味がなければ、やるに値しないというわけじゃない」明かりはついておらず、キッチンは薄暗い。「それで、今日はどこに行く？」

わたしは首を振る。「出かけるのは無理よ、オリバーがいるから」

マイケルが目をしばたたく。「オリバー？」

しばらく待ってみるけど、マイケルは思い出しそうにない。「わたしの七歳の弟。言ったでしょ、弟がふたりいるって」

彼はまた目をしばたたく。「うん、そうだ、そうだったね」なんだかすごくうれしそうだ。「君に似てるの？　会わせてもらえるかな」

「もちろん、いいけど……」

オリバーを呼ぶと、一分ほどでトラクターを持って下りてくる。まだパジャマとガウンのままだ。ガウンのフードにはトラの耳がついている。オリバーは、階段の手すりから身を乗りだして、キッチンをのぞき込む。

マイケルは彼に手を振り、輝く笑顔で自己紹介をする。「やあ！　僕はマイケル！」

オリバーも元気いっぱいに自己紹介をする。「僕はオリバー・ジョナサン・スプリング！」そして、手に持ったトラクターをぶんぶん振り回す。「これはトラクター・トム」オリバーはトムを耳元に持っていって、しばらく耳を澄ませる。「トラクター・トムは、君を危ない人だと思わないって。だから、リビングのトラクターに入ってもいいよ。入りたければ」

「入れてもらえるなら、すごくうれしいよ」マイケルはちょっとびっくりしてるみたい。オリバーがわたしと違いすぎるから。

オリバーは彼を品定めするように眺め、口元に手をあてて大声でささやく。「この人、トリのボーイフレンド？」

わたしは思わず笑う。声を出したほんとうの笑いだ。マイケルも笑い声を上げたが、すぐに笑うのをやめて、わたしを見つめる。たぶん、わたしが心から笑っているところを見たことがないんだろう。まともな笑顔すら見たことがないかもしれない。何も言わず、ただわたしをじっと見つめている。

こうして、土曜日の残りは、マイケル・ホールデンと過ごすことになった。

わたしはわざわざ着替えたりせず、マイケルはキッチンの戸棚にあったものを使って、チョコレートケーキの作り方を教えてくれる。その日はずっと、三人でチョコレートケーキを食べ続けることになった。マイケルがケーキをスライスじゃなく、キューブ状にカットするのを見て、どうしてそんな切り方をするのかと訊くと、「人と同じやり方をするのが好きじゃないんだ」と答える。

オリバーは階段を行ったり来たりして、数も種類も膨大なトラクターのコレクションをマイケルに見せる。マイケルは礼儀正しく熱心にオリバーの話を聞いている。四時になると、わたしは自分の部屋で一時間ほど仮眠をとり、そのあいだ、マイケルは床に寝そべって『変身』を読んでいる。目を覚ますと、マイケルは主人公がほんとうの主人公ではない理由だとか、主人公のはずの人物が死ぬなんておかしいとか話しはじめ、しまいには、結末をばらしてごめんとわたしにわびる。わたしは、自分が読書をしないことを、彼に思い出させる。

そのあと、オリバーと三人でリビングのトラクターに入って、マイケルがわたしのベッドの下から見つけてきた〝人生ゲーム〟という古いボードゲームで遊ぶ。モノポリーみたいにお金をやりとりするゲームで、目指すゴールは、最高の仕事、高い収入、大きな家、たくさんの保険など、最も成功した人生を送ることのようだ。すごくおかしなゲームだ。二時間くらいそれで遊んだあと、またケーキを食べて、次にPS2でソニック ヒーローズをやる。オリバーはわたしたちふたりを見事に打ち負かし、わたしは罰ゲームとして、そのあとずっと彼をおんぶしていることになる。オリバーを寝かしつけると、わたしはマイケルに『ザ・ロイヤル・テネンバウムズ』を観せる。ルーク・ウィルソンとグウィネス・パルトロウが、愛し合っていることを秘密にすると決めるシーンで、わたしたちはふたりとも泣く。

母さんと父さんとチャーリーが帰ってきたのは、夜の十時だった。マイケルとわたしはリビングのソファにすわり、マイケルがわたしのノートパソコンをステレオにつないで、ピアノ音楽を聴かせてくれていた。聴いているうちにふたりとも眠くなり、わたしは彼の肩でうとうとしはじめたけど、ロマンチックな感じは一切ない。

チャーリーはわたしに何も言わずに二階に直行する。母さんと父さんはリビングの入口で金縛りにあったみたいにフリーズして、まばたきを繰り返している。

「おじゃましてます」マイケルがソファから跳び起きて、父さんに手を差しだす。「マイケル・ホールデン、トリの新しい友達です」

父さんが手を握り返す。「マイケル・ホールデンだね。ようこそ、マイケル」

マイケルは母さんとも握手している。ちょっと違う気がするけど、どうなんだろう。社交上のマナーは詳しくない。

「そうなの。トリのお友達なのね」

「おじゃましてご迷惑じゃなければいいんですが。トリとは二週間ほど前に知り合ったんです。今日は留守番だと聞いたから、少し寂しいんじゃないかと思って」

父さんがうなずく。「親切にありがとう、マイケル。遠慮せずにいつでも来てくれよ」

あまりに紋切り型の会話に、もう少しで寝てしまいそうになる。もちろん寝たりはしないけど。

「さっき『変身』を読ませてもらいました。お父さんのお勧めだそうですね。素晴らしい作品だと思いました」

「そう思うかい？」父さんの目に文学の光が灯る。「どんなところがよかった？」

ふたりが文学談義を続けるあいだ、わたしはソファに寝そべっている。母さんがもの問いたげな視線をちらちら送ってくる。わたしは母さんにテレパシーを送る。いいえ、マイケルはボーイフレンドなんかじゃないわ。この人は、『美女と野獣』を観て泣き、チョコレートケーキの作り方をわたしに教え、レストランまでわざわざ追いかけてきて、そのくせ理由を忘れたふりをするような人なんだってば。

15

おかしな夢を見ていたせいで、目が覚めたとき自分が誰なのか思い出せない。だけどすぐにちゃんと目が覚めて、今日が日曜日だと気づく。ソファで眠ってしまったらしい。ガウンのポケットから携帯を出して時間を見ると、朝の七時四十二分だ。

すぐに二階に上がってチャーリーの部屋をのぞくと、彼は安らかな顔をして眠っている。いつもこんなふうならいいのに。

きのう、マイケル・ホールデンはいろいろなことを話してくれた。どこに住んでいるか、とか。そんなわけで——どんなわけかは自分でもわからないけど——このわびしい日曜日、何かに背中を押されたわたしは、ソファから立ち上がり、ダイイング・サンにある彼の家に行ってみることにした。

ダイイング・サンは、眼下に川を望む崖の上にある。そこは郡にただひとつの崖で、どうしてそんなところに崖があるのかはわからない。川を見下ろす崖なんて、ふつうは映画か、秘境を扱ったドキュメンタリーでしか見かけない。それにしても〝死にゆく太陽《ダイイング・サン》〟というのはすごくドラマチックな名前だと思う。崖の先端に立つと、真正面に太陽が沈んでいくのが見えるのだ。何年か前、町を探索しようと思いたったことがあり、そのとき崖の縁《ふち》からほんの数メートルのところに、いまにも崖から飛びだしそうな横長の茶色い家が建っていたのを覚えている。

そのときのことが鮮明に記憶に残っているから、わたしは長い田舎道を歩いて、朝の九時にダイイング・サンまでやってきて、今、茶色い家の前に立っているんだと思う。

マイケルの家には木の門と木の扉があり、正面の壁には〈ジェーンズ・コテージ〉と書かれた看板がかかっている。農夫とか孤独な老人が住んでいそうな家だ。わたしは門の前に立つ。ここに来たのは間違いだった。完全な間違いだ。今はまだ朝の九時。日曜の九時に起きている人なんていない。ノックなんてできない。小学生じゃあるまいし。

わたしは道を引き返す。

二十歩ほど歩いたところで、ドアが開く音がした。

わたしは足をとめる。来るんじゃなかった。こんなところに来るんじゃなかった。

「トリ?」

「トリ? トリだよね」

わたしはスローモーションで振りかえる。マイケルが門を閉め、駆け足でこちらに向かってくる。そして、わたしの前で立ちどまり、いつものまばゆいばかりの笑顔を見せる。

一瞬、これがマイケルだとは信じられない。なんだかすごくむさくるしい。いつもはジェルで横分けに固めた髪は、カールしてあちこちに乱れ、毛糸のセーターや分厚い靴下を着込めるだけ着込んでいる。メガネは鼻からずり落ち、まだ完全に目覚めていないようで、いつもの高めの声が少ししわがれている。

「トリ！」そう言って、咳払いをする。「トリ・スプリングだ！」

どうして来てしまったんだろう。いったい何を考えていたんだろう。わたしはなんてバカなんだろう。

「ほんとに来てくれたんだね」マイケルは、頭を前後に揺すりながら言う。ただただ驚いているとしか表現できない。「ひょっとしたら、と思ったけど、まさか来るとは思わなかった……わかるだろ？」

わたしはそっぽを向く。「悪かったわ」

「違うんだ。来てくれてほんとにうれしいよ。嘘じゃない」

「帰るわ。おじゃまするつもりじゃ――」

「だめだよ」

マイケルは楽しそうに笑い、くしゃくしゃの髪を指でかき上げる。そんな仕草はこれまで見たことがない。

気がつくと、わたしも笑顔を返していた。なぜかはわからないけど。

車がやってきて、わたしたちは道の端に寄る。空はまだ少しオレンジ色で、町の方向以外は耕作放棄の畑ばかりで、背の高い雑草が波のように風になびいている。なんだか映画『プライドと偏見』のワンシーンみたい。霧の立ちこめる草原にいるふたりの前に、太陽が昇ってくるあのラストシーンだ。

「よかったら……出かけない？」そう言って、あわててつけ加える。「今日ってことだけど」

彼は感極まった顔をしている。ああ、わたしはなんてバカなんだろう。

「も、もちろん、喜んで。ワオ、行くよ、行くよ」

ああ、まったく。

わたしは家を振りかえる。

「素敵な家ね」中はどんな感じなんだろう。両親はどんな人なんだろう。彼の部屋はどんななんだろう。ポスターは？　照明は？　自分で描いた絵を飾っているかもしれないし、古いボードゲームが棚に積み上がっているかもしれない。ビーンバッグがあるかもしれない。フィギュアを集めているかもしれない。ベッドのシーツはアステカ柄で、壁は黒で、箱にいくつもテディベアが入っていて、枕の下に日記帳があるかもしれない。

家を振りかえったマイケルの表情が、突然沈む。

「うん、まあね」そして、また視線をわたしに戻す。「だけど、今日は出かけよう」

彼は門まで駆け足で戻り、鍵をかけた。それにしてもおかしな髪型だ。でも、けっこう似合っていて、目で追ってしまう。戻ってきてわたしを追い越すと、彼は振りかえって手を差しだす。大きすぎるセーターが、風にはためく。

「行こうか」

わたしは彼に一歩近づき、そして信じられないほど感傷的なことをする。

「この髪――」青いほうの目にかかったひと房の髪に手をのばす。「落ちてきてる」そして、それを横に流す。

そのとき、自分がやっていることに気がついて、うしろに飛びのいて身震いする。

マイケルは、氷河期かと思うほど凍りついた表情でわたしをまじまじと見つめたあと、間違いなく少し赤くなる。差しだされていた手をわたしが取ると、彼は飛び上がらんばかりになる。

「すごく冷たい手だ。血は通ってる?」

「いいえ。わたしは幽霊よ。忘れたの?」

16

道を歩いていると、どこか空気が違う。わたしたちは手をつないでいるけれど、断じてロマンチックな感じじゃない。頭の中でマイケルの顔がぐるぐる回り、わたしはひとつの結論に達する。となりを歩くこの男の子のことを、わたしは知らない。彼のことを何ひとつ知らないのだ。

マイケルに連れられて、カフェ・リヴィエールという名前のカフェに入る。川のそばにあるカフェにありがちな名前で、わたしも何度か来たことがある。床を掃除している年配のフランス人オーナー以外、店には誰もおらず、わたしたちはギンガムのテーブルクロスのかかった、花の飾られた窓際のテーブルにつく。マイケルは紅茶を飲み、わたしはクロワッサンを食べる。

なぜかわからないけど無性に会話がしたくなり、わたしのほうから口を開く。「それで、どうして転校してきたの？」

マイケルの表情がさっと変わり、思っていたほど気軽な質問じゃなかったことがわかる。

わたしはあわてて言う。「あ、いいの、ごめん。大きなお世話ね。答えなくていいから」

彼はしばらくのあいだ紅茶を飲み続ける。ようやくカップを置くと、ふたりのあいだにある花をじっと見つめる。

「いや、いいんだ。たいしたことじゃない」そう言って、何か思い出したようにふっと笑う。「僕はトゥルハムであまりうまくいってなかったんだ。それは先生のせいでも、生徒のせいでもなくて……それで、環境を変えれば、何か変わるんじゃないかと思った。ひょっとしたら女の子とのほうがうまくやれるかもしれないとか、そんなたわいのないことを考えてさ」肩をすくめて笑うけど、おかしくて笑ってるんじゃない。違う種類の笑いだ。「そんなわけないよね。明らかに僕ってやつは、男とか女とか関係なく、誰にとっても手に負えない存在なんだ」

なぜかすごく悲しくなってくる。それは、いつものわたしの悲しみ、つまり必要もないのに自分からわざわざ呼び寄せるタイプの悲しみじゃなく、内側からあふれ出すタイプの悲しみだ。

「ドラマの『ウォータールー・ロード』とか『スキンズ』に出ればいいのに」

わたしが言うと、彼はまた笑う。「どうして?」

「だって、あなたって……」それだけ言って、肩をすくめる。マイケルは笑みを返す。

またしばらく沈黙が流れる。わたしはクロワッサンを食べ、彼は紅茶を飲む。

「来年はどうするの?」なんだかインタビューしてるみたい。でも、さっきとは違って、ほんとうに知りたい気がする。「大学は?」

マイケルはカップをいじっている。「いや、うん。どうかな。どっちみちもう遅いんだけどさ。UCAS（大学進学出願のためのオンライン申請）の締め切りはきのうだったから。大学の専攻って、いったいどうやって決めればいいんだ?　授業中どのペンを使うかさえ決められないのに」

「うちの学校では、十三年生になったら大学に願書を出すよう指導されるんじゃなかった？　ほんとにそこに行くかどうかは別にして、少なくともインターンシップに応募するようにって」

マイケルが眉を上げる。「学校は、指導はできても強制はできないよ」

あまりの正論に、顔面を殴られたような気がした。

「だけど……どうしてひとつも出願しなかったの？　やっぱり行きたいと思うかもしれないのに」

「学校が嫌いだからだよ！」声はかなり大きく、首を激しく振っている。「三年ものあいだ椅子にすわって、僕の人生に何ひとつ役に立たないことを勉強しなきゃならないなんて、考えるだけでうんざりだ。試験は昔から苦手だったし、これからだってきっとそうだ。何より、まともな人生を送るには、大学に行かなきゃならないとみんなが思っていることにむかつくんだ！」

わたしは口もきけずに、ただすわっている。

一分ほど沈黙が続いたあと、ようやくマイケルがわたしの目を見る。

「たぶん、僕はスポーツを続けることになると思う」声には落ち着きが戻り、顔にははにかんだような笑みが浮かんでいる。

「そう。何をやってるの？」

「え？」

「どんなスポーツをやってるの？」

「スピードスケート」

「スピードスケートって、あの氷の上でやる？」

「そう」

わたしは首を振る。「すごく特殊なスポーツを選んだものね」

マイケルはうなずく。「たしかに」

「上手なの？」

一瞬の間がある。

「まあまあだ」

雨が降ってきた。川に雨が落ち、窓では雨粒と雨粒が出会って流れ落ちていく。ガラスが泣いているみたいだ。

「スケート選手というとかっこよく聞こえるかもしれないけど、かなりハードなんだ。どんなスポーツでもそうだけど、かなりむずかしい」

わたしはまたクロワッサンをかじる。

「雨が降ってきた」彼は頬杖をつく。「また晴れてくれれば、虹がかかるよ。きれいだろうな」

わたしも窓の外を見る。空は灰色だ。「虹がなくても、じゅうぶんきれい」

カフェのオーナーが何かつぶやいている。ひとりのおばあさんが、ゆっくりした足どりで店に入ってきて、わたしたちの近くの窓辺の席にすわった。そのとき、テーブルの花が造花だと気づく。

「これからどうする？」マイケルが尋ねる。

わたしは少し考える。

「今日の午後、映画館で『スター・ウォーズ／帝国の逆襲』の上映があるわ」

「スター・ウォーズのファンなの？」

わたしは腕を組む。「それって驚くこと？」

マイケルがわたしを見る。「ひと言でいえば、君には驚かされっぱなしだ」

そのとき、彼の表情が変わる。

「君はスター・ウォーズが好きなんだね」

わたしは眉をひそめる。「ええ、そうだけど」

「それから、バイオリンが弾ける」

「まあ……そうだけど」

「猫は好き？」

わたしは笑いだす。「いったい何の話？」

「いいから、もう少しだけつき合ってよ」

「わかった、いいわよ。そうね、猫は大好きよ」

「それから、マドンナをどう思う？　ジャスティン・ティンバーレイクは？」

マイケルは変人だ。だけど、この会話は変人の領域を越えて、狂気の域へと向かいつつある。

「そうね、好きな曲はいくつかあるわ。だけど、いったい何の話か教えてくれない？　あなたのメンタルが心配になってきたわ」

「ソリティアだよ」

わたしたちはフリーズして、お互いを見つめ合う。『スター・ウォーズ』のいたずら映像。バイオリンの動画。放たれた猫。マドンナの「マテリアル・ガール」、ジャスティン・ティンバーレイクの「セクシー・バック」――。

「あなたが言いたいことって、つまりそういうこと？」

「そういうことって、どういうこと？」マイケルはわざととぼける。

「ソリティアのいたずらが、ぜんぶわたしと関係してると言いたいんでしょ」

「で、君の意見は？」

「この一年で聞いた中で、いちばんばかげたことだと思う」

わたしは立ち上がり、コートに腕を通す。「わたしは間違いなく、地球上でいちばん退屈な人間よ」

「それは君の考えだろう」

それ以上反論する代わりに、わたしは尋ねる。「あのいたずらにどうしてそんなに興味があるわけ？」

彼は黙り込み、また椅子の背にもたれる。「どうしてかな。ただ、知りたくてたまらないんだ。やってるのは誰なのか。なぜそんなことをするのか」彼はくすっと笑う。「僕の人生は、それくらい悲しいってことだ」

最後のセリフの重みがわたしの胸に届くまで数秒かかる。

マイケル・ホールデンの口からこういう言葉を聞くのは初めてだ。

まるで、わたしのセリフみたい。

「偶然ね」わたしは真顔で言う。「わたしも同じよ」

カフェを出る前に、マイケルはおばあさんに紅茶のポットをおごる。そのあと、どれだけ速く滑れるか見せると言って、わたしをスケートリンクに連れていく。彼はそこのスタッフ全員と仲がいいらしい。マイケルがスタッフ全員とハイタッチをして入っていくと、スタッフはわたしにもハイタッチを求めてくる。恥ずかしいけど、ちょっといい気分だ。

マイケルはとてつもないスケーターだ。滑るというより、飛び去っていく。わたしを追い越す瞬間、すべてがスローモーションになる。彼の顔がこちらを向き、口を大きく横にのばしたあの笑顔が目に飛び込んできて、次の瞬間、ドラゴンみたいな白い息だけを残して姿を消す。わたしはというと、七回も尻もちをついた。

氷の上でいつまでもふらついているわたしを見かねて、マイケルが一緒に滑ろうと誘ってくれた。彼がうしろ向きに滑り、わたしは顔面から転ばないように、彼の手にしがみつく。あまりに真剣なわたしの顔を見て、彼は笑いすぎて目尻に涙をにじませている。わたしがコツをつかんだあとは、ザップの「ラジオ・ピープル」に合わせてふたりでリンクを何周もする。これは一九八〇年代の隠れた名曲で、映画『フェリスはある朝突然に』で使われていたわたしのお気に入りでもある。一時間ほど滑ったあと、帰りぎわにマイケルは、スケート・クラブの掲示板に貼られた、十歳の彼がトロフィーを頭の上に掲げている写真を見せてくれた。

リンクの外に出ると、町には数人の老人のほかは誰もいない。眠くなるような日曜日。わたしたちは、アンティーク・ショップをぜんぶ見て回る。古いバイオリンを見つけて弾いてみると、意外にもたくさんの曲を思い出すことができる。マイケルがピアノで参加してきて、わたしたちは店の主人に追いだされるまで、ジャムセッションを楽しむ。別の店では、素敵な万華鏡を見つける。木でできていて、望遠鏡みたいにスライドさせることができる。わたしたちは代わりばんこにのぞき込んで、さまざまに変化する模様を眺め、マイケルはついに買うと決める。値段はそれなりにして、どうして買ったのかと尋ねると、誰にものぞかれないまま店に放っておかれると思うとつらくなるからだと彼は答える。

それから川沿いを散歩して、石投げをしたり、橋の上で〝プー棒投げ〟をしたりする。カフェ・リヴィエールに戻って遅い昼食をとり、マイケルはまた紅茶を飲む。そのあと映画館に移動して『スター・ウォーズ／帝国の逆襲』を観る。当然、文句なしにおもしろい。今日は八〇年代にタイムスリップしたみたいな日だから、そのまま続けて『ダーティ・ダンシング』も観る。こっちは文句なしにくだらない。

映画の途中で、わたしのブログにまたメッセージが届く。

匿名メッセージ：本日の考察：なぜ人は電車に新聞を置いていくのか？

マイケルにメッセージを見せる。

「素晴らしい質問だ」彼は言う。

どこが素晴らしいのかさっぱりわからず、わたしは前のときと同じように削除する。

時間はわからないけど、だいぶ暗くなってきた。わたしたちはダイイング・サンに戻る。崖の縁に建つマイケルの家が、暗い空に光を投げかけている。崖の上のこの場所は、世界でいちばんいいところだ。最高の宇宙の果てだ。

崖の縁ぎりぎりに立つと、耳元を風が吹き抜けていく。腰を下ろして縁から足をぶらぶらさせて、彼にも同じようにさせる。

「太陽が沈んでいく」彼が言う。

「日はまた昇る」言ってすぐに後悔する。

彼の頭がロボットみたいに回転する。「もう一回言ってよ」

「え？」

「もう一回言ってみてよ」

「何を？」

「今言ったことを」

わたしはため息をつく。「日はまた昇る」

「誰の作品だったっけ」

もう一度ため息をつく。「アーネスト・ヘミングウェイ」

彼はあきれたように首を振る。「君は文学が嫌いだ。ものすごく嫌ってる。『高慢と偏見』なんて読む気にもなれない、そうなんだろ？」

「……」

「ヘミングウェイの小説をほかに三つ挙げよ」

「何それ。本気で答えさせるつもり？」

彼がにやりとする。

わたしはあきらめ顔で言う。『誰がために鐘は鳴る』、『老人と海』、『武器よさらば』」

彼はぽかんと口を開く。

「どれひとつ読んだことがないけど」わたしは言う。

「わかった、テストを続けよう」

「ウザすぎ」

「『ベル・ジャー』の作者は誰？」

「……」

「知らないふりはだめだよ、スプリング」

名字だけで呼ばれるのは初めてだ。このことが、わたしたちの関係性にどんな意味を持つのかはわからない。

「わかったわよ。シルヴィア・プラス」

「『ライ麦畑でつかまえて』の作者は？」

「J・D・サリンジャー。ちょっと簡単すぎない？」

「じゃあ、『エンドゲーム』の作者は？」

「サミュエル・ベケット」

「『自分ひとりの部屋』は？」

「ヴァージニア・ウルフ」

彼はわたしをまじまじと見つめる。「『美しく呪われた人たち』は？」

答えたくないけど、やめられない。彼に嘘はつけない。

「F・スコット・フィッツジェラルド」

マイケルは首を振る。「タイトルはぜんぶ知ってるのに、一冊も読んだことがない。金貨の雨が降ってるのに、拾うのを拒否しているようなものだ」

最初の数ページさえがんばって読めば、中には楽しめる本もあることはわかっている。だけど、そんなことはしない。わたしが本を読めないのは、そこに現実がないとわかっているから。矛盾していることは認める。同じ現実じゃなくても、映画は大好きだから。だけど、本と映画とはまったく違う。映画を観るのは、部外者の立場で外からのぞき込んでいるようなものだ。でも本を読むのは――中に入り込むことだ。物語の内側に入って、主人公になることだ。

一分後、マイケルが尋ねる。「トリ、ボーイフレンドがいたことはある?」

わたしは鼻で笑う。「ないに決まってるでしょ」

「そんなにムキになるなよ。君はセクシーな野獣だ。その気になればすぐに彼氏くらいできるのに」

セクシーな野獣だった覚えは一度もない。

わたしはため息をつく。「彼氏はいらない。ひとりでじゅうぶん満足してるわ」

これを聞いて、マイケルは大笑いする。ひっくり返って、両手で顔を押さえて笑っている。それを見るうちに、わたしも笑ってしまう。わたしたちは太陽が沈みそうになるまで、狂ったように笑い続ける。

ようやく笑いが収まると、マイケルは草の上に寝ころがる。

「気を悪くしないでほしいんだけど、ベッキーって学校ではあんまり君と一緒にいないよね。たぶん、知らなければ、君たちが親友だとは思わなかっただろうな」そう言ってわたしに目を向ける。「話もあまりしてないみたいだし」

またいきなりの話題転換。わたしは足を組む。「それは……うまく言えないけど、だからわたしたち親友なのかも。あまり話さなくていいから」わたしは彼を振りかえる。彼は大の字になって、片腕をおでこに載せている。髪があちこちに乱れ、夕日の名残が青いほうの目の中で万華鏡のようにちらちら輝いている。わたしは目をそらす。「ベッキーはわたしよりずっと友達が多いというのもあると思う。でも、それはぜんぜんかまわない。気にはならないし、理解できる。わたしはすごく退屈な人間だから。もしわたしとだけずっと一緒にいたら、ベッキーの生活はすごくつまらなくなると思う」

「君は退屈なんかじゃない。それどころか、退屈じゃない人間の典型だ」

沈黙が落ちる。

「君は最高の友達だと思うよ」その言葉に、わたしはまた振りかえる。彼が笑いかけてきて、その表情が初めて出会った日の彼を思い出させる。子どもみたいにきらきらしていて、どこかとらえどころがなくて。「君みたいな友達がいて、ベッキーはほんとにラッキーだな」

ベッキーがいなければ、わたしは何者でもない。わたしたちの関係は変化してきているけど、ベッキーのことをどれだけ好きか考えるだけで、今でも涙が出そうになることがある。

「それは逆よ」わたしは言う。

雲はほとんどなくなってきている。空は地平線にオレンジ色を残したまま、徐々に濃紺になって頭上に広がっている。まるで宇宙の入口みたい。さっき観た『スター・ウォーズ』の映画のことを考える。子どものころは、ジェダイになりたくてたまらなかった。もしなれたら、わたしのライトセーバーは緑だっただろう。

「そろそろ帰らなくちゃ」わたしはようやく言う。「親に言わずに出てきたから」

「オーケー、わかった」ふたりで立ち上がり、マイケルが言う。「送っていくよ」

「その必要はないわ」

断ったけど、結局彼はついてくる。

17

家に着くと、空はまっ暗で星は見えない。

マイケルが振りかえり、わたしの身体に腕を回してきた。あまりに突然で反応もできず、また気をつけの姿勢のまま身動きがとれなくなる。

「今日はほんとに楽しかった」ハグしたままで、彼が言う。

「わたしも」

彼は腕をほどく。「僕たち、友達になれたかな？」

わたしはためらう。どうしてだろう。ためらう理由なんてないのに。

そして言葉が口から出た瞬間、言ったことを後悔する。

「それって……ほんとに友達になりたいってこと？」

マイケルは少し困ったような、ほとんど申し訳なさそうな顔になる。

「なんだか、自分のために言ってるみたいに聞こえるけど」わたしは言う。

「友情なんて自分本位なものだよ。世の中が私欲のない人ばかりだったら、他人のことなんて放っておくだろうね」

「そのほうがいい場合もあるわ」

この言葉に彼は傷ついたようだ。言わなければよかった。彼の幸せな気持ちを台無しにしてしまった。「君はそう思うの？」

どうして、ただ友達だと言って終わらせられないんだろう。

「これはいったい何？　これまでのことも、今日のことも。あなたと出会ったのはたった二週間前よ。わからないんだけど。どうして友達になりたいのか、わたしにはさっぱりわからない」

「このあいだもそう言ってたね」

「このあいだ？」

「どうしてそうむずかしく考えるんだ」

「苦手なのよ……そういうのが」

彼が悲しそうな顔をする。

「うまく説明できないけど」わたしは言う。

「わかったよ」彼がメガネをはずして、セーターの袖で拭く。メガネをかけていない顔を見るのは初めてだ。「気にしないで」もう一度メガネをかけると、悲しげな表情は嘘のように消え、そこにいるのはいつものマイケルだ。熱意のかたまりの、スケート選手の、レストランまで追いかけてきたのに言うことを忘れ、わたしに家から出て楽しむことを強要する以外に何もない男の子。

「もうあきらめたほうがいいのかな」彼はそう言って、自分で答える。「いや、そんなことはない」

「なんだかわたしに恋してるみたい。ありえないけど」

「恋してないってどうして言える？」

「じゃあ、恋してるの？」

彼はウインクする。「それはミステリーだ」

「ノーだと解釈しておくわ」

「そうだと思った。君なら、ノーととるにきまってる。それならわざわざ質問する必要ないのに」

もう限界。ウザすぎる。「いいかげんにして！　そりゃわたしは、社交性のないこじらせた悲観主義者だけど、手に負えないサイコパスみたいに扱うのはやめてよね！」

すると突然――ホラー映画で悲鳴が上がる瞬間みたいに――ほんとうにいきなり、彼はまるっきりの別人になる。笑顔が消え、瞳の青と緑が暗くなる。こぶしを握りしめ、押し殺したような声で言い放つ。

「実際に手に負えないサイコパスかもしれない」

わたしはあぜんとして凍りつき、吐きそうになる。

「そう思いたければ思えば」

わたしは背を向けて、家に入り、ドアを閉める。

チャーリーはニックの家に行っている。チャーリーの部屋に行き、ベッドに横になる。ベッドの横には世界地図があり、いくつかの場所が丸で囲んである。プラハ。京都。シアトル。ニックと一緒に写った写真も何枚かある。ロンドンで観覧車に乗るニックとチャーリー。ラグビーの試合中のニックとチャーリー。ビーチにいるニックとチャーリー。彼の寝室はきれいに片づいている。神経質すぎるほど整っていて、除菌スプレーのにおいがする。

ベッドサイドの引き出しには、以前はお菓子がきちんと仕分けされて入っていたけれど、彼が精神科の病院に入院しているあいだに母さんが見つけて捨ててしまった。今、そこにはたくさんの本が入っている。父さんにもらった本だろう。わたしは引き出しを閉める。

自分の部屋からノートパソコンを持ってきて、ブログをいくつかチェックする。

こうなったのはわたしのせいだ。

マイケルが言ったことを、わたしは怒っている。あんなことを言うなんて、ぜったいに間違っている。だけど、わたしも言わなくていいことを言った。明日、マイケルは話しかけてくるだろうか。悪いのはたぶんわたしだ。ぜんぶわたしのせいだ。

明日、ベッキーはどれだけベンの話をするだろう。たくさんするにきまっている。ほかに一緒に過ごせそうな人を考える。ひとりも思いつかない。もう家から二度と出たくない。週末にやらなきゃならない宿題はあっただろうか。わたしはひどい人間だ。

史上最高の外国映画、『アメリ』を観る。これはすごくオリジナルなインディーズ映画だ。恋愛の本質をとらえている。本物の恋愛だとわかる。よくある〝かわいい女の子とハンサムな男の子が出会い、最初は反発し、やがて相手の意外な面に気づいて、互いを好きになり、最後に告白して、めでたしめでたし〟みたいな感じじゃない。アメリの恋には真実がある。嘘がなくて、信じられる。すごくリアルだ。

わたしは階下に下りる。母さんはパソコンに向かっている。おやすみと言ったけど、少なくとも二十秒は聞こえなかったみたいだから、わたしはダイエット・レモネードのグラスを持って、また二階に戻る。

18

ベッキーは学校でずっとベン・ホープと一緒にいる。今も一緒だ。談話室で互いに顔を見合わせて、やたらとにこにこしている。わたしが近くの回転椅子にすわって数分後、ベッキーはようやくわたしに気づく。

「あら、トリ」ベッキーは笑顔を向けてくるが、あいさつはおざなりに聞こえる。

「おはよう」ベッキーは椅子にすわり、ベンの膝に足を載せている。

「君と話すのは初めてだよね」ベンが話しかけてくる。すごくハンサムだから、必要以上にどぎまぎしてしまう。すごく居心地が悪い。「名前はなんていうの？」

「トリ・スプリング。数学で同じクラスの。あと、英文学も」

「そうか、どうりで見たことがあると思った！」ぜったい見てないと思うけど。「僕はベンだ」

「ええ」

しばらく黙って顔を見合わす。わたしが何か言うのを待っているみたい。彼は明らかにわたしという人間を知らない。

「え、待って。トリ・スプリング？」彼が目を細めてわたしを見る。「ひょっとして……チャーリー・スプリングのお姉さん?」

「ええ」

「……ニック・ネルソンとつき合ってる、あのチャーリー・スプリングの?」

「そうよ」

感じのいい笑顔が一瞬にしてはがれ落ち、不安げな表情が残る。一瞬、わたしの反応をうかがっているように思えたが、その表情はすぐに消えてなくなる。「奇遇だな。彼のことはトゥルハムで見たことがある」

わたしはうなずく。「奇遇ね」

「チャーリーを知ってるの?」ベッキーが尋ねる。

ベンはシャツのボタンをもてあそぶ。「知ってるってほどじゃない。見かけたことがあるだけで。世間はせまいよな」

「そうね」わたしは言う。

ベッキーが何か言いたげにわたしを見つめてくる。わたしも見つめ返し、もうここにいたくないとテレパシーを送る。

「トリ、社会学の宿題はやった?」

「うん。あなたは?」

ベッキーはにやにやして、横目でベンを見る。ふたりは意味ありげな視線を交わす。

「わたしたち、忙しかったの」ベッキーはくすくす笑う。

〝忙しい〟という言葉の意味については考えないことにする。

イヴリンはさっきから背中を向けて、わたしが話したことのない同学年の子とおしゃべりしていたけど、いきなり椅子を回して、ベンとベッキーに目を丸くしてみせる。

「うっそ、もうそんなことになっちゃってるの？」

わたしはカバンを探って宿題のプリントを見つけ、ベッキーに渡す。

「授業の前に返してくれればいいから」

「まあ」彼女はプリントを受け取る。「なんていい子なの。ありがと、ハニー」

ベッキーに〝ハニー〟なんて呼ばれたことは、これまでの人生で一度もない。〝親友〟とか〝相棒〟とかならあるし、〝あんた〟と呼ばれたことなら何千億回もある。だけど〝ハニー〟なんて言われたことは一度もない。

チャイムが鳴り、わたしはあいさつもせずにその場をあとにする。


休憩時間にロッカーで教科書をさがしていると、ルーカスがやってくる。わたしに声をかけたがっているのを見ているとかわいそうになってきて、わたしはなんとか会話をしようとがんばる。〝がんばる〟というのはつまり、無視はしないということだ。彼は金曜日から髪が伸びたみたいに思える。

話題はベッキーのパーティーの話になる。

「僕はわりと早めに帰ったけど、君はいつのまにかいなくなってたね」

マイケルと一緒のところを見たんだろうか。

「そうね」ロッカーの扉に手をかけたまま、ちらっと彼を見る。「わたしも家に帰ったの」

ルーカスはうなずいて、ズボンのポケットに両手を突っ込む。だけど、わかる。彼はわたしが家に帰ったんじゃないことを知っている。短い沈黙のあと、彼はまた話しはじめる。

「ベッキーは僕のプレゼントを気に入ってくれたかな」彼は肩をすくめて、わたしに目を向ける。

「君へのプレゼントを買うのは得意だったけど」

わたしはうなずく。それはほんとうだ。「たしかに」

「四月五日だったっけ」

彼はわたしの誕生日を覚えている。

わたしは背中を向け、必要以上に時間をかけてロッカーから数学の教科書を出す。「よく覚えてたわね」

またぎこちない沈黙。

「僕の誕生日は十月だ」じゃあ、もう十七歳ということか。「覚えてないと思うけど」

「覚えるのは苦手なの」

「いいよ、気にしないで」

ルーカスが笑う。だめだ、もう限界だ。三時限目を告げるチャイムがようやく鳴ったときには、ほっとしすぎて気を失いそうになる。

四時限目の前に、またソリティアの襲撃がある。

学校のパソコンでアクセスできるウェブサイトが、ソリティアのブログだけになる。そこには、上半身裸のジェイク・ギレンホールの写真が大きく貼られ、その下にこんな文章が表示されている。

同志諸君

われわれのフォロワーが、ついに二千人に達した。感謝のしるしに、このギレンホールによって、本日のヒッグスのIT授業をすべて破壊する。ヒッグスの生徒でない諸君も、ギレンホールで目の保養をしてくれ。

忍耐は命とり

教師たちがあわててパソコンルームから生徒を追いだし、ITの授業は当分のあいだ中止になる。ソリティアも、たまにはいいことをする。

ケント先生はパトロールだけでは足りないと決意したようだ。気持ちはわかる。

昼休み、わたしは職員室に〝面談〟に呼ばれる。これは〝尋問〟を指す教師用語だ。ケント先生がパソコンに向かい、シュトラッサー先生はとなりでしきりに目をしばたたいている。わたしは椅子に腰を下ろす。正面の壁には、〈困ったときは相談を〉と書かれたポスター。すごく無意味だ。

「心配しないで、時間はかからないわ」シュトラッサー先生が言う。「それから、ここで発言したことは、誰が言ったか特定されないことになっているから安心して」

ケント先生が、シュトラッサー先生を目で制する。

「われわれは、君が何か気になることを見たり聞いたりしなかったか知りたいだけだ」

「とくに何も」わたしは答える。ブログに届いたメッセージのことも、C13のパソコンがハッキングされたことも、ソリティア・ミーティングのことも黙っている。「何も知りません」

これは嘘だ。それはわかる。ただ、どうして嘘をつくのかはわからない。わかるのは、自分が見たり聞いたりしたことを話せば、巻き込まれそうな気がすること。巻き込まれるのはぜったいに避けたい。

「わかった」ケント先生は言う。「ただ、警戒しておいてくれ。君は監督生ではないが……わかるね」

わたしはうなずいて席を立つ。

「トリ」ケント先生の声に、わたしは振りかえる。先生は何か言いたげな表情でわたしを見る。

けれど、その表情はすぐに消える。

「油断は禁物だ。これ以上事態を悪化させるわけにはいかない」

昼休みの終わりごろ、談話室でブログをチェックしていると、ベッキーとローレンとリタがカフェテリアから戻ってくる。今日はルーカスとイヴリンはいない。

今日はランチを作ってこなかったし、お金もない。だけど、正直言って、食べ物のことは考えたくない。パソコンの前にいるわたしを見て、ベッキーがやってくる。わたしはブログを閉じて、書きかけの英文学のレポートを表示させる。

「ひとりで何してるの？」

「英文学のレポートを終わらせようと思って」

「レポート？　そんな宿題あったっけ？」

「ミニ・エッセイよ。テーマは『高慢と偏見』の主人公たち。提出期限は明日よ」

「ああ、もうぜったい無理。わたしって、宿題するより自分の人生を楽しみたいタイプなんだって最近わかってきた」

わたしは、わかるというようにうなずく。「ま、そうね」

「わたしのフェイスブック、見てくれた？」

「うん」

ベッキーはため息をついて、頬を両手で押さえる。「すごく幸せ！　まだ信じられない！　彼って、わたしがこれまで出会った中でいちばん素敵な男性なの」

わたしは笑ってうなずく。「よかったね！」そう言って、また笑ってうなずく。まるで、チャーチル保険会社の笑うブルドッグみたいに。

「土曜日、彼にメッセージを送ったの。パーティーで言ったことってぜんぶ本気？　それともお酒のノリ？　って。そしたら彼は、いや、ぜんぶ本気だよ。ほんとに君が好きだ、って」

「すごい！」

「わたしも彼のことが大好き」

「よかったね！」

ベッキーは携帯を取りだしてスクロールし、それを振り回して笑う。「こんなに幸せなのって何年ぶりかな！」

わたしは膝の上で手を組む。「ほんとよかったね、ベッキー！」

それが本心からの言葉じゃないとベッキーは思っている。わたしにとってはどうでもいいことだと思っている。「ありがと」と言うベッキーに、ほんとうにうれしいんだと伝えたい。だけど、彼女のすることぜんぶが、わたしを人生の落伍者のように感じさせるのもたしかだ。

数秒のあいだ、ふたりとも何も言わない。ただ顔を見合わせて笑っている。

「週末は何をしてたの？」ベッキーは沈黙を破るためだけに尋ねる。

わたしは髪を指でとかす。髪がひと筋だけ、間違った方向に流れている。「べつに何も。わたしのこと、よく知ってるでしょ」

ベッキーは視線を合わせたままだ。「あなたはもっと社交的になれると思う。ただ、やってみないだけで。その気になれば、ボーイフレンドだってすぐにできるのに」

「ボーイフレンドなんてほんとにいらないから」

わたしはレポートに戻る。ちょうど書き上げたとき、昼休み終了のチャイムが鳴る。レポートを印刷しているあいだに、わたし以外のみんなはそれぞれの授業に向けて出ていく。わたしも教室に向かって歩きはじめ、ちょうど角を曲がったとき、マイケルが向こうからやってくる。彼を見ると、何かを蹴ったり殴ったりしたくなってくる。

マイケルが立ちどまり、「どこへ行くの」と訊いてきたけど、わたしはそのまま校門を出て歩き続ける。死んだような町に人影はなく、北極並みの寒さなのに、コートは学校に置いてきてしまった。ようやくたどり着いた家には誰もおらず、わたしはベッドにもぐり込み、母さんが夕食だと起こしにくるまで眠る。なぜ学校から逃げだしたのか、自分でもわからないまま。


夕食後は、チャーリーが摂食障害の専門クリニックでセラピストと面談することになっていて、わたしも母さんや父さんと一緒に行くことにした。ひとり残るオリバーのために、ニックが家に来てくれている。母さんと父さんが先にカウンセリング・ルームに入り、チャーリーとわたしは待合室に残る。去年、チャーリーが入院して以来、ここに来るのは初めてだけど、以前と変わらずやりすぎなくらい陽気な雰囲気だ。壁には笑顔とともに大きな虹と太陽の絵が描かれている。

ここはティーン専門のクリニックだ。今、待合室にいるのは、本を読んでいるわたしと同年代の女の子と、『シュレック』を見ている十三歳くらいの男の子。彼の映画の趣味に、わたしは心の中で拍手を送る。

チャーリーは、金曜日からずっとわたしに話しかけてこない。わたしのほうも話しかけていない。数分後、沈黙を破ったのはチャーリーだった。

「どうして僕たち、話をしないの」チャーリーは、大きめのチェックのシャツとジーンズという格好で、死んだような暗い目をしている。

「わからない」なんとかそれだけ言う。

「僕に怒ってるんだよね」

「そんなことない」

「そうにきまってる」

わたしはソファの上で膝を抱える。「あんたのせいじゃないわ」

「じゃあ誰のせい?」彼は身を乗りだしてくる。「悪いのは誰なんだよ」

「誰も悪くないわ」わたしはきっぱり言う。「ひどいことは起こるものなの。何も悪くない人にも起こるものなの。そのことは知ってるでしょ」

チャーリーは少し頭を下げて、じっとわたしを見る。

「週末はどうしてたの？」とチャーリー。

一瞬口ごもってから言う。「マイケル・ホールデンと一緒にいた」

チャーリーが眉を上げる。

「べつにそういうんじゃないの」

「何も言ってないよ」

「だけど考えてたでしょ」

「どうして週末マイケルと一緒にいたの？　友達になったの？」彼の目がきらっと光る。「そんなこと思ってもみなかったよ」

わたしは顔をしかめる。「マイケルはわたしのこと〝手に負えないサイコパス〟なんて言ったのよ。彼はわたしなんて……」

ウォーター・サーバーが気泡を吐きだす。少し開いた窓からの風が、一九八〇年代のブラインドをカタカタ揺らしている。チャーリーがわたしに顔を向ける。

「ちゃんと話すのは何年ぶりかって気がするな。ほかにどんなことがあった？」

わたしはこの数日の出来事を順に話す。「ベッキーはベン・ホープとつき合いはじめて、ずっと彼のことばかり話してる。母さんと父さんとは、土曜からちゃんと話してない。あんまり眠れてない。あとは……マイケル」

チャーリーがうなずく。「盛りだくさんだね」

「うん。だから、いろんなことを考えちゃう」

「ちょっと待って。ベッキーはベン・ホープとつき合ってるの？」

「そうよ」

「トゥルハムに通ってた、あのベン・ホープ？」

「彼を知ってるの？」

その質問にチャーリーは一瞬びくっとしたように思えたが、少し間を置いて、「うん、前は友達だった。今はもう違うけど」

「ふーん」

「僕は明日も学校を休むつもりなんだ」

「そうなの」

「うん。母さんと父さんがそうしろって。大げさに考えすぎなんだよ」

わたしは鼻を鳴らす。「忘れたの？　あんたは自傷を再発させたのよ」

チャーリーがふんぞり返る。「まるで悲劇の主人公だよね」

「水曜日は一緒にバスに乗っていこうか？」いつもはわたしは歩いて、チャーリーはバスで学校に行く。わたしはバスが嫌いだ。

チャーリーの表情がやわらぎ、笑みが浮かぶ。「うん。ありがとう」そう言って、ソファの上で身体ごとこちらを向く。「マイケルにチャンスを与えるべきだと思う」

チャンス？

「たしかに、ニックも僕も彼は変なやつだと言ったし――そして、実際変なやつだし――姉さんがひとりでいるほうが楽だって思うのはわかるけど、ひとりで考え込んでる時間が長ければ長いほど、その分、人とのつき合い方を忘れてしまうんじゃないかな」

「べつにわたしは――」

「マイケルは大丈夫だよ。もうわかってるはずだ。それなのにどうして受け入れられないの。自分に理解できないものを受け入れないなら、いろんなものを疑ってるうちに人生が終わってしまうよ。そうなったら、一生自分の頭の中だけで生きることになる」

看護師が、父さんと母さんのいるカウンセリング・ルームに来るようチャーリーに声をかけ、話は中断される。チャーリーは立ち上がったが、なかなか行こうとしない。わたしを見下ろしている。

「それって悪いこと？」わたしは尋ねる。

「ヴィクトリア、そんなことばかりしてると、こういうところに行き着くんだ」

19

翌日の五時限目、火災報知器が鳴る。ｉＰｏｄでコールドプレイの「フィックス・ユー」を何度も繰り返し聴きながら（感傷的すぎるのは自覚している）、談話室の椅子にすわったちょうどそのとき、サイレンが鳴り響いた。

わたしたちは今、凍てつく校庭で、グループごとに並んで立っている。

ケント先生のオフィスで小火《ぼや》があったという話を、少なくとも三人から聞いたけど、女子校に五年もいると、口コミの情報はあてにならないことはよくわかっている。

近くに知っている人がいないので、震えながらあたりを見回す。少し離れたところにマイケルがいる。十三年生の中で、なんとなく浮いた感じだ。彼はどこにいても場違いに見える。

彼が学校でわたしをさがしたり電話をかけたりしてこないのは、日曜日にわたしがキレたからだろうか。彼はまだわたしと友達になりたいと思っているんだろうか。チャーリーの言うとおりかもしれない。チャーリーが大丈夫だと言うなら、きっと大丈夫だし、彼にチャンスを与えるべきだ。だけど問題はそこじゃない。わたしは彼の申し出を断ってしまった。彼がもう一度チャンスをくれるとは思えない。べつにかまわない。それでいい。少なくとも、今週の土曜日のソリティアのミーティングには行かずにすんだ。

だけど、マイケルから目を離せない。何かがおかしい。彼は半分閉じた目で、ぼんやり本に目を落とし、こっちが緊張するほど凍りついた顔をしている。いまにも泣きそうに見える。本のタイトルはわからないけど、すごく分厚い本の最後のほうのページを読んでいる。ネクタイを結ばずに、スカーフみたいに首に巻きつけ、横分けの髪はまるで漫画みたいだ。彼が何を読んでいるのかすごく知りたい。本は好きじゃないけど、人が何を考えているかは、何を読んでいるかでわかるから。

そのとき校庭に最後のグループに交じって、ルーカスがやってきた。イヴリンとリーゼントの男の子も一緒だ。ルーカスもマイケルと同じくらい悲しそうな顔をしている。みんな悲しいのかもしれない。なにもかもが悲しい。すべてが悲しい。

ルーカスはイヴリンの秘密のボーイフレンドなんだろうか。その可能性はある。

ルーカスのこともマイケルのことも、もう考えたくない。ポケットから携帯を出して、ソリティアのブログにアクセスし、ページが開くのを待つ。トップにまだジェイク・ギレンホールがいることを期待しながら。

けれど、そこにジェイクはおらず、代わりに新たな投稿があった。手の写真だ。人差し指が、学校の火災報知器のボタンの保護ガラスを破ろうとしている。その下には、こんな文章がある。

さあやってみようか
世界を揺るがすようなことを

ブログの写真をじっと見つめるうちに、どこかに閉じ込められたような気分になってくる。この呼びかけが、この二行の詩が、頭の中でぐるぐる回り、わたしに問いかけているように思えてくる。だけど、どうしてこれが詩の言葉だとわかったのだろう。学校の授業以外では、詩なんか一度も読んだことがないのに。マイケルに訊いてみたらどうだろう。彼ならどんな詩の一部か知っているかもしれない。だけど、マイケルはわたしのことを手に負えないサイコパスだと思っている。だからその考えは消えた。

20

家に帰り、いつもと同じことをする。ニックとチャーリーにただいまと言う。ノートパソコンの電源を入れる。映画を観る。

そのあと、いつもとは違うことをする。

わたしはマイケルに電話をかける。

16:49
発信中

M：もしもし？
T：もしもし、トリだけど
M：トリ？　マジか？　またかけてきてくれたの？　二週間で二回目だ。君が電話好きだなんて、思ってもみなかったよ
T：好きじゃないわ。断じて

M：

T：このあいだは大騒ぎしすぎた。悪かったわ。あやまろうと思って電話したの

M：

T：

M：僕のほうこそ、ごめん。サイコパスだなんて思ってないよ

T：ほんとに？　かなり有力な仮説だと思うけど

M：だけど、僕たちどうしてあやまらなきゃならないんだ。けんかの原因がなんだったかも思い出せないのに。そもそもけんかじゃなかったと思うし

T：なかったことにするつもり？

M：君はどうなの？

T：何が？

M：なんだろ

T：わたしはただ、きつく言いすぎたからあやまりたかっただけ

M：

T：あなたと友達になりたいと思って。もし……よければ……だけど

M：もう友達じゃないか。訊く必要なんてないよ。もう友達なんだから

T：

M：チャーリーは大丈夫？
T：大丈夫よ
M：君は？
T：元気よ
M：
T：
M：ベッキーとベンはずっと一緒にいるね
T：ほんと、そう。ほとんど結合してるみたいなもんよね
M：君は？
T：え？
M：君は幸せ？
T：うん、もちろん。よかったと思ってる。ベッキーは親友だもん。わたしもうれしい
M：そういう意味じゃなくて
T：じゃあ、どういう意味？
M：
T：
M：土曜日のソリティアのミーティングに、一緒に行こうとまだ思ってくれてる？

T：

M：ひとりでは行きたくないな

T：わかる

M：一緒に来てくれる？

T：わかった

M：

T：風みたいな音がするけど。どこにいるの？

M：リンクだよ

T：スケートリンクってこと？

M：それ以外にある？

T：滑りながら電話してるってこと？

M：男もマルチタスクができるってことだよ。君はどこにいるの？

T：家にきまってるでしょ

M：しょぼくれてるな

T：うしろで流れてる曲は何？

M：

T：映画音楽よね

M：そうなの？
T：『グラディエーター』のテーマよ。「ナウ・ウィ・アー・フリー」って曲
M：
T：
M：君の映画の知識は、まるで魔法《マジカル》だな
T：マジカル？
M：君はマジカルだ、トリ
T：あなたこそ、スケートができるじゃない。あれって人間が乗り物なしで飛ぶのにいちばん近い行為だと思う
M：
T：あなたは飛べるのね、マイケル
M：
T：何？　聞こえない
M：僕は飛べるんだ
T：あなたは飛べるのね
M：これまで誰も……
T：

M：君とはホグワーツで会ったほうがよかったな
T：それか、ネバーランドで
M：それか、両方で
T：うん、両方で

21

水曜日の朝、バスでチャーリーのとなりにすわっていると、穏やかな気持ちになってくる。ブログにはメッセージがたくさん届いているけど、読む気にならない。今日はあまりにも天気がよすぎる。

トゥルハムの校門の前でニックと落ち合う。ニックがチャーリーにキスをして、ふたりは笑っておしゃべりをはじめる。ふたりが中に入っていくのを見届けて、わたしはヒッグスへときびすを返す。

マイケルと仲直りできて、心のつかえがとれた感じだ。日曜日はどうしてあんなに大騒ぎしたのかわからない。嘘だ。理由はわかっている。それは、わたしがばかだからだ。

数学のコンプトン先生は何を考えたのか、今日の授業はいつも一緒にすわらない人同士でペアを組んで課題に取り組んでもらうと言いだした。そんなわけで、水曜日の一時限目の数学の授業で、わたしはベン・ホープのとなりにすわっている。互いに目だけで挨拶を交わし、コンプトン先生が台形公式について考えうるかぎり最も複雑な方法で説明するあいだ、わたしたちは黙ってすわっている。ベンはペンケースを持ってきておらず、ボールペンと小さな定規を胸ポケットに入れている。教科書も忘れてきたみたい。たぶんわざとだと思う。

授業の途中で、コンプトン先生がコピーをとるために出ていって、しばらく戻ってこない。よせばいいのに、ベンはわたしと話そうと決めたみたいだ。

「チャーリーはどうしてる?」

わたしはゆっくりと左を向く。驚いたことに、彼はほんとうに気にかけているように見える。

「えっと……」真実を話すべきか、嘘をつくべきか。「まあまあ、元気よ」

ベンはうなずく。「そう、よかった」

「チャーリーが、あなたとは以前知り合いだったと言ってたわ」

ベンの目が大きく見開く。「うん、まあね。だけど、なんて言うか、チャーリーのことは誰もが知ってるから。わかるだろ?」

たしかに。誰もが知ってる。二か月も学校を休んだら、噂にならないわけがない。

「そうね」

また沈黙が戻る。他のみんなはおしゃべりに夢中で、授業は終わりに近づいている。コンプトン先生はコピー機にのみ込まれたんだろうか。

気がつくと、わたしは話している。自分のほうから。これはかなりレアなことだ。

「チャーリーはトゥルハムのみんなに好かれてる」わたしは言う。「そうでしょ?」

ベンはボールペンで机をとんとんたたきはじめる。こわばった笑みが顔に広がる。

「まあ、みんなとは言わないけどね」そう言って冷笑する。わたしが物問いたげな顔をすると、すぐに言いつくろう。「いや、つまり、全員から好かれる人間なんていないだろ?」

わたしは咳払いをする。「それはそうね」

「今はもう、親しくないんだ」

「そう、そうなんだ」

22

昼休み。談話室。わたしは両手で頭を抱えて、汚れたコンピューターの画面に映る自分を見つめている。ストレスを抱えているとかじゃなく、それがいちばん楽な体勢だから。

「やあ」ルーカスがにっこり笑って、わたしのとなりにすわる。わたしは顔を上げてルーカスを見る。今日はあまりもじもじしていない。これはめざましい進歩だ。

「どうしてそんなに元気そうなの」わたしは尋ねる。

ルーカスは肩をすくめる。「元気だとだめなの？」

わたしはわざと皮肉っぽく天を仰ぐ。「いいえ、ただ気に入らないだけ」

彼はしばらくわたしを見つめる。わたしは携帯を出して、ブログをチェックする。

「えーっと、土曜日は何か予定ある？」ルーカスが訊いてくる。

「何もないわ、たぶん」

「じゃあ……何かしようよ」

「一緒に？」

「うん」さっきとは違って恥ずかしそうだ。「君がよければ、だけど」

「何かするって、たとえば?」

彼は首を振る。「とくに決めてないけど……どこかに出かけるとか」

これは検討の余地のある申し出かもしれない。トライしてみてもいいかもしれない。試しに一度だけ。世の中に通用するまともな人間になるために。「夕方からは用事があるけど、昼間は空いてるわ」

ルーカスの顔がぱっと輝く。「よかった! 何がしたい?」

「べつに。あなたが言いだしたのよ」

「そうだな……じゃあ、よかったらうちに来ない? 一緒に映画を観てもいいし……」

「イヴリンはそれでいいの?」

思いきって訊いてみる。

「えっと……」ルーカスがふっと笑う。まるで、わたしが冗談を言ったみたいに。「どういう意味?」

「イヴリンよ」声が尻つぼみになる。「あなたとイヴリンって……そうじゃないの?」

「いや……僕たちは……べつに……」

「わかった。ならいいわ。ちょっと訊いてみただけ」

「何話してるの?」ベッキーが向こうの席から呼びかけてくる。わたしとルーカスは揃って回転椅子をくるりと回す。「おもしろそうな話みたいね。わたしゴシップに飢えてるの。さあ、話して」

わたしはルーカスの膝に両脚を乗せる。もう遠慮する必要はない。「見ればわかるでしょ、わたしたちいちゃついてるの。邪魔しないで、ベッキー」

一瞬、ベッキーはわたしの言うことを信じたようだ。わたしは勝利の喜びにひたる。

その日の午後、マイケルと廊下ですれ違う。彼は立ちどまり、わたしをまっすぐに指さす。「その君」彼が言う。

「わたし？」

わたしたちは階段の下に移動する。「土曜日は空いてる？」彼はまたあの変てこなマグカップを持っている。白いシャツに紅茶をこぼした染みがある。

空いてると答えようとして、思い出した。「えっと、ルーカスと約束したの。ごめん」

「わかった。気にしないで」マイケルは紅茶をひと口飲む。「だけど、ソリティアのミーティングはキャンセルなしだよ」

「うーん」

「忘れてた？」

「まさか。学校中その話で持ちきりだもの」

「だろうね」

わたしたちはじっと顔を見合わせる。

「やっぱり、行かなくちゃだめ？」わたしは言う。「わたしがソリティアになんの興味もないこと、わかってるんでしょ」

「わかってる」マイケルは言う。つまり、興味があろうがなかろうが、行かなくちゃならないってことだ。

階段を駆け上がる下級生が、だんだん少なくなってきた。わたしも英文学の授業に行かなくちゃ。

「とにかく、行くのは決まりだ。土曜日の夕方に家に来てよ。君とルーカスが……乳繰り合うのが終わったら」マイケルは眉をぴくぴくさせる。

わたしはゆっくりと首を振る。「その言葉を実際に使ってるとこ、初めて聞いたわ」

「それはよかった」彼は言う。「君の一日を少しでも特別なものにできてうれしいよ」

23

何年か前までは、毎日学校が終わると、てくてく道を歩いてトゥルハムの校門の前でチャーリーと待ち合わせをしていた。それから一緒に、バスで帰るか、歩いて帰るかしていた。バスに乗っている時間はたった十分でも、わたしはｉＰｏｄをフルボリュームで聴かなくちゃならなかった。二十歳になるまでに耳が聞こえなくなるかもしれないと思ったけど、あの男子たちの声を毎日聞いていたら、とても二十歳までは生きのびられないと思ったから。十六歳まで生きてこられたのは奇跡だ。

チャーリーに付き添うために、水曜日からまたバスに乗るようになったけど、今のところそれほど悪くはない。話をするいい機会になっている。チャーリーと話すのは嫌いじゃない。

今日は金曜日。マイケルがわたしの家に来るという。

じつは、わたしも来るといいなと思っていた。

ニックがトゥルハムの校門の前でわたしを待っている。ブレザーとネクタイで、いつもかっこよく決めている。校章のエンブレムの上に〈ＲＵＧＢＹ《ラグビー》〉のワッペンを太陽の光にきらっとさせ、レイバンのサングラスをかけて、マイケルとわたしが近づくのを見ている。

る。

「元気？」ニックはアディダスのバッグを斜めにかけ、ポケットに手を突っ込んでうなずきかける。

「元気よ」わたしは言う。

ニックはマイケルを見る。「マイケル・ホールデン？」

マイケルは身体のうしろで手を組む。「ニック・ネルソンだよね」

マイケルのごくふつうの反応に、ニックの警戒がとけるのがわかる。「そう。君のことは覚えてる。

「まあね。トゥルハムにいたときは、噂の的だった」

「まあね。ちょっとしたセレブだ」

「よく言うよ」

マイケルがにっこりする「ニコラス・ネルソン。君の名前って完璧だな」

ニックは、まるでずっと前から友達だったみたいに、いつもの温かい笑い声を上げる。「だろ？」

トゥルハムの男子たちが、目の前をいっせいに駆け抜けていく。バスが出るわけでもないのにと思って目で追うと、数メートル先でヒッグスの十年生の女子たちと合流して、楽しげにじゃれ合っている。少なくともカップルが三組はいそうだ。ああ、なんてこと。

ひそかに動揺して、わたしは額をかく。「チャーリーは？」

ニックは校舎を振り向く。「クラスで古典が好きなのはチャーリーだけだから、ロジャース先生に古代ギリシャの格言か何かの話につき合わされてるんだろう」

「トーーリィー！」

振りかえると、ベッキーが渋滞した車のあいだを縫って、パープルの髪をなびかせて弾むように駆けてくる。

わたしたちのところまで来るとベッキーは言う。「ベンが、去年提出した課題をトゥルハムに取りに行かなくちゃならないって言うから、ついてきたの。ここで一緒に待たせてもらうわね。首相官邸の猫のラリーみたいに、ひとりで待っていたくないから」

最近は、ベッキーと一緒にいて、笑うのがすごくむずかしいと感じることがある。だけどなんとか笑みを返す。

マイケルもニックも、わたしには読みとれないうつろな表情でベッキーを見ている。

「みんなここで何してるの？」

「チャーリーを待ってるの」

「そうなんだ」

「中に入ってさがそうか」とニック。

だけど誰も動かない。

「まるで『ゴドーを待ちながら』だな」マイケルがつぶやく。お芝居のタイトルだというのはわかるけど、いったい何が言いたいのかはわからない。

さらに気まずいことに、どこからともなくルーカスが現われる。

ニックが両手を上げて迎える。「よお、ルーカス」ふたりは男っぽいハグをするけど、ルーカスのほうはすごく間抜けに見える。ふたりが交わす会話に〝相棒〟とか〝ダチ〟とかいう言葉があまりに多くて、マイケルは鼻を鳴らして「バカっぽいな」と大きすぎる声でつぶやく。幸い、ルーカスとニックには聞こえなかったみたい。わたしはくすっと笑う。

「ここで何してるの？」ルーカスはわざとマイケルを見ないようにしている。

「チャーリーを待ってる」とニック。

「ベンを待ってるの」とベッキー。

「中に入ってさがせば？　僕もこれから美術の課題を取ってこようと思ってるんだ」

「ベンも課題を取りに行ってるのよ」ベッキーが言う。

ベンの名前を聞くたびに、ニックが顔をしかめるように見える。気のせいかもしれない。

「じゃあ、中に入ろう」ニックがサングラスを鼻の上に押し上げる。

「だめだよ」マイケルがわたしにだけ聞こえる声で皮肉っぽく言う。「なぜさ？　チャーリーを待つんだ。ああ！」たぶんお芝居のセリフなんだろうけど、『ゴドーを待ちながら』は読んだことも観たこともないからよくわからない。

ニックが学校の中に入っていく。ベッキーがすぐあとに続き、残るわたしたちも続く。

シックス・フォームになるとき、この学校に進まなかった理由を思い出した。すれ違う見知らぬ男の子たちには妙な圧があり、なんだか閉じ込められているような気がしてくる。教室棟に入ると、壁はさらに高く感じられ、薄暗い照明がちかちかしている。一瞬、去年トゥルハムの数学の体験授業に来たとき、教室に案内してくれたマイケルのうしろ姿がフラッシュバックする。

ときおり錆びたオイルヒーターの横を通り過ぎるけど、熱を発しているものはひとつとしてなさそうだ。寒くてたまらない。

マイケルはわたしの左どなりを歩いている。「久しぶりに思い出したよ。ここはまるで悲惨を材料に建てられたような場所だ」

わたしたちは、暗がりから現われるような廊下を何度も曲がりながら進む。マイケルが口笛を吹きはじめる。トゥルハムの男子生徒たちは、わたしたち、とくにマイケルを変な目で見ている。上級生らしきグループが「よお、マイケル・ホールデン。まだ生きてたのか！」と叫ぶと、マイケルは相手のほうにくるりと向きを変え、両手の親指を立てて見せる。両開きのドアを抜けると、そこは広大なロッカーの迷路だ。ヒッグスのロッカールームとはずいぶん違う。誰もいないと思っていると、声が聞こえてくる。

「あいつらになんて言ったんだ？」

わたしたち五人は固まる。

声が続く。「姉貴にあることないこと言いふらしてもいいと言った覚えはないぞ」

もうひとりの誰かが、聞きとれない声で何か言う。誰なのかはわかる。たぶんみんなもわかっている。

ベッキーをちらっと見る。こんな顔をしているベッキーを見るのは久しぶりだ。

「笑わせるなよ。誰かに言いたくてしょうがなかったんだろう。おまえが目立ちたがり屋のゲス野郎だってことはみんな知ってる。注目されたくて言ってるんだってみんなわかってる。姉貴に俺とのことを広めてもらいたくて、嘘を吹き込んだのか。食べないから人よりえらいと思ってるくせに、ちゃっかり学校に戻ってきて、ニック・ネルソンとくっついてからは、俺のことなんて見向きもしなかったくせに、俺についての根も葉もない噂を広めようとしてる。ふざけるのもいいかげんにしろ」

「君が何を聞いたのかは知らないけど」チャーリーの声が、今度はちゃんと聞こえる。「僕は誰にも言ってない。それに、君がまだ人に知られるのを怖がってるだなんて、ほんとうに信じられない」

バシッという鋭い音に続いて、どさっと倒れる音。わたしはとっさに声のほうへと駆けだした。ロッカーの角を曲がると、チャーリーが床にうずくまっている。ニックがベンの脇腹にタックルし、ふたりは列のあいだをふっ飛んで壁にぶつかる。わたしはチャーリーのそばにかがみ込んで、両手で上を向かせる。チャーリーがまた傷ついたことにわたしは震え、おののき、わけがわからなくなり、ニックが「ファック・ユー！」と叫び、マイケルとルーカスがニックをベンから引き離し、わたしは床にすわり込んだまま、震える手で弟を支えている。今朝、目覚めなきゃよかった。今日も昨日も、ずっと目覚めなければよかった――。

「あいつが悪いんだ！」ベンはあえぎながら叫んでいる。「あいつは大嘘つきだ！」

「チャーリーは何も言わなかった」わたしは最初は冷静に言う。そして大声で叫ぶ。「ひと言も何も言わなかった！」

みんな黙っている。ベンの荒い息だけが聞こえる。わたしが彼の魅力だと思っていたものは灰になって、消え失せた。

マイケルが、ニックをルーカスにまかせて、わたしのとなりにひざまずく。チャーリーは顔を殴られたばかりで、目の焦点が定まらず放心状態だ。

「僕の名前がわかるか」そう尋ねるマイケルは、いつものマイケルではなく、まったく別人だ。真摯ですべてを知りつくした存在に見える。

一瞬間を置いて、チャーリーがしわがれ声で言う。「マイケル・ホールデン」そして、顔をゆがめて笑う。「まいったな……顔を殴られるなんて、初めての経験だよ」

ニックが我に返って素早く床にひざまずき、チャーリーを腕に抱く。「病院に連れていったほうがいいかな。どこが痛い？」

チャーリーは手を上げて、ニックに人差し指を振ると、その手を落とす。「たぶん……大丈夫だと思う」

「脳震盪《しんとう》を起こしてるかも」ニックが言う。

「病院には行きたくない」チャーリーは強い口調で言う。ふとまわりを見回すと、ベッキーがいなくなっている。ベンはよろよろと立ち上がり、ルーカスはただおろおろしている。

チャーリーが驚くほどさっと立ち上がる。あざができるかもしれない。チャーリーはベンをまっすぐに見る。ベンが見つめ返し、そのとき、ベンの目に何かが宿っていることに気づく。

不安だ。

「言わないよ」チャーリーは言う。「君みたいなクズじゃないから」ベンが鼻で笑い、チャーリーはそれを無視する。「だけど、君がそんな人間で気の毒だとは思う」

「うせろ」ベンは吐き捨てるように言うが、声は震え、いまにも泣きそうに見える。「彼氏と一緒にとっととうせろ」

ニックはまた向かっていきそうになる自分を、必死で抑えているのがわかる。

わたしたちが行こうとしたとき、ベンがわたしの目をとらえる。わたしが見返すと、彼の表情はさっきの憎しみから、後悔のようなものに変わっている。わたしがそう思いたいだけだろうか。ベンに何か言ってやりたい。だけどうまく言葉にならない。せめてこの視線で、彼が死にたいと思ってくれるといいんだけど。

誰かに腕を取られて、わたしは顔を向ける。

「行こう、トリ」ルーカスが言う。

わたしはそうする。

ルーカスに背中を押され、ニックとマイケルがチャーリーの両脇を支えてロッカールームを出ていきかけたとき、ベッキーとすれ違う。さっきまで別のロッカーの列の陰に隠れていたみたい。わたしたちは目を見合わせる。ベッキーはベンと別れるつもりだろう。そうじゃなきゃおかしい。さっきの話をぜんぶ聞いていたはずだし、ベッキーはわたしの親友で、チャーリーはわたしの弟だ。

そのとき起こったことを、わたしは理解できない。

「ベンをかわいそうに思わなきゃいけないのか?」誰かが言う。たぶん、マイケルだ。

「どうして誰も幸せじゃないの?」誰かが言う。たぶん、わたしだ。

24

午前九時四分、誰かが携帯に電話をかけてきたけど、わたしはベッドにいて、携帯は手の届かないところにあるから、そのまま鳴らしておく。九時十五分、家の電話が鳴ってチャーリーが部屋に入ってくる。目を閉じて眠っているふりをしていると、彼はそのまま出ていく。ベッドがここにいろと言っている。カーテンが朝の日差しをさえぎってくれている。

午後二時三十四分、父さんが部屋のドアを開けて何かごちゃごちゃ文句を言って、わたしを最低の気分にさせる。五分後、わたしは階下に下りて、リビングのソファにすわる。

母さんがアイロンをかけにやってくる。

「いいかげん、着替えないの?」

「着替えないわ。死ぬまでずっとパジャマで暮らす」

母さんは何も言わず、リビングを出ていく。

しばらくすると、父さんがやってくる。「やっと生き返ったな」

わたしは黙っている。生きてる感じはしない。

父さんはわたしのとなりにすわる。「よかったら話を聞こうか?」

話すつもりはない。

「あのな、幸せになりたいなら、努力をしなくちゃだめだぞ。とにかく一生懸命やることだ。おまえの問題は、がんばろうとしないことだ」

ちゃんとがんばってる。わたしなりに。これまで十六年間ずっと。

「チャーリーはどこ？」わたしは尋ねる。

「ニックのところだ」父さんは首を振る。「それにしても、クリケットのバットで自分の顔を殴っただなんて、まだ信じられないよ。あの子はよほど不運な星の下に生まれたらしい」

わたしは黙っている。

「今日は出かけないのか」

「行かない」

「どうして。マイケルはどうした。また一緒に出かければいいのに」

ちゃんと答えないでいると、父さんはわたしを見る。

「ベッキーは？　しばらく家に来てないようだけど」

わたしはまた黙り込む。

父さんはやれやれという顔をして、ため息をつく。「むずかしい年頃だな」年頃というだけで、すべて説明がつくと思ってるみたいに。

やがて父さんは、ぶつぶつ言いながらリビングを出ていく。

片手にダイエット・レモネード、もう片方の手に携帯を持ってベッドにすわる。マイケルの番号を見つけ、緑のボタンを押す。どうして電話するのかわからない。きっと父さんのせいだ。

直接、留守電につながる。

わたしは携帯をベッドに放り投げ、寝転がってベッドカバーにすっぽりくるまる。

もちろん、マイケルがいつでも電話に出てくれるとはかぎらない。彼には彼の生活がある。家族とか、学校の課題とか、ほかにもいろいろ。マイケルも世界も、わたしを中心に回っているわけじゃない。

わたしは自己中だ。

くしゃくしゃのシーツを手探りして、ようやくノートパソコンを見つけ、電源を入れる。何かを知りたいと思ったとき、わたしがまっ先に頼るのはいつもグーグルだ。

そしてわたしは今、たしかに知りたいと思っている。いろんなことを。

検索バーに〝マイケル・ホールデン〟と入力して、Enter キーを押す。

マイケル・ホールデンというのは、それほどめずらしい名前じゃない。さまざまなマイケル・ホールデンが表示される。ツイッターのアカウントもたくさんあるけど、わたしのさがしているマイケル・ホールデンは見当たらない。たしかに、ツイッターをやるタイプじゃない。わたしはため息をついて、パソコンを閉じる。少なくとも、努力はしてみた。

そのとき、パソコンを閉じたのが合図みたいに、携帯が鳴る。手に取ると、画面には〈マイケル・ホールデン〉の名前。ふだんのわたしにはない熱意らしきものを込めて、緑のボタンを押す。

「もしもし？」

「トリ！　どうした？」

返事をするのに、必要以上に時間がかかる。

「えーっと……たいしたことじゃないわ」

マイケルの声のうしろで、低いざわめきが聞こえる。

「今、どこ？　何かしてるの？」

今度は彼が一瞬黙り込む。「ああ、そうか。言ってなかったね。今、リンクにいるんだ」

「練習？」

「じゃなくて……今日は大会なんだ」

「大会？」

「そう！」

「どういう大会？」

彼はまた言葉につまる。「えっと、じつは……全国スピードスケート・ユース大会の最終予選なんだ」

胃がひっくり返りそうになる。

「もう行かなくちゃ。終わったら電話するよ。そのあと、一緒にミーティングに行こう」

「……わかった」

「オーケー、じゃ、またあとで！」

電話が切れる。わたしは携帯を耳から離して、じっと見つめる。

全国スピードスケート・ユース大会の最終予選。

ただの地元の大会じゃない。

それって――

すごく大きな大会だ。

マイケルは、わたしに見にきてほしかったんだ。それなのに、わたしはルーカスと約束があると言って断ってしまった。そして結局、ルーカスとの約束もすっぽかした。

わたしは迷うことなく、ベッドからとび起きる。


リンクの外にチャーリーの自転車を停める。午後四時三十二分、あたりは薄暗い。間に合わないかもしれない。どうして来たのか自分でもわからないけど、とにかくここまで来た。スピードスケートのレースって、どれくらい時間がかかるんだろう。

マイケルはどうして先に言ってくれなかったんだろう。

わたしは走りに走って、誰もいないエントランスを抜け、両開きの扉を開けて、スタジアムに入る。リンクを囲む客席に観客はまばらで、右手のベンチにはレースを控えた選手たちがすわっている。十六歳くらいの子も、二十五歳くらいに見える人もいる。男性の歳を見分けるのは得意じゃない。

リンクの外周に沿って歩き、プラスチックの囲いが低くなったところを見つけて、中をのぞき込む。

リンクではレースが行なわれている。一瞬、どうやってさがせばいいのか途方に暮れる。選手たちは同じような全身を覆うウェアを着て、同じような流線形のヘルメットをかぶっていて、まったく見分けがつかない。八人の選手が目の前を滑っていく、冷たい風がわたしの顔と、とかさずに出てきた髪に吹きつける。コーナーを曲がるとき、選手たちは指先が触れるくらい氷すれすれまで身体を傾ける。どうして転ばないでいられるんだろう。

二回目に前を通り過ぎたとき、そこにマイケルがいた。大きなゴーグルの奥で大きく目を見開き、真剣そのものの表情をしている。わたしを見つけると、彼は身体をひねり、髪をうしろになびかせて、なんとなんと、わたしに顔を向けたままで滑っていく。その瞬間、何かが変わったことがわかる。

彼は見つめている。たぶんわたしを。彼の顔だけが拡大され、光を放ち、ほかのすべては霧の中へ消えていくように感じる。プラスチックの囲いにつかまったとたん、身体中の力が抜け、足元からくずれ落ちそうになる。

彼はほんとうにわたしを見ていたんだろうか。わたしは歓声も上げてもいない。ただここに立っていただけだ。

マイケルが先頭に躍りでた。観客たちが歓声を上げるが、そのとき、別の選手が集団から飛びだし、マイケルに追いつき、そして追い越し、気がつくとレースは終わり、マイケルは二着になっていた。

選手たちがゲートのほうに向かってくる。わたしはリンクから離れて、観客席の陰に身を隠す。トラックスーツを着た大人たちが選手を出迎え、そのうちのひとりがマイケルの背中をたたいている。でもどこかおかしい。マイケルの様子がいつもと違う。

いつものマイケル・ホールデンじゃない。

彼はスケート靴とゴーグルを脱ぎ、ヘルメットと手袋を取って、床に落とす。

顔がくしゃくしゃにゆがみ、握りしめたこぶしは色を失っている。トラックスーツの男性の脇をすり抜けて、ベンチのほうへと歩いていく。ロッカーの前で足をとめ、呼吸で胸を上下させながら無表情にじっと見つめる。恐ろしいほどの形相でロッカーにこぶしを打ちつけ、抑えたうめき声を上げる。そして振りかえり、ヘルメットの山を蹴って床に散乱させる。両手で髪をぎゅっとつかんでいる。

こんなマイケルを見るのは初めてだ。

何も驚くことじゃない。出会ってまだ三週間しかたたないんだから。だけど、わたしの人に対する印象が変わることはほとんどないし、変わったとしてもこれほど激しく変わることはない。でも、考えてみれば、いつも笑っている人を見て、その人がずっとハッピーだと決めつけるのはおかしな話だ。親切にしてくれた人を、百パーセント〝いい人〟だと決めつけるのも間違っている。ただ、マイケルがあんなに何かに真剣になったり、怒りを爆発させたりするとは思っていなかった。父さんが泣いているのを見るくらい不思議な感じだ。

でも、いちばん恐ろしいのは、これだけたくさん人がいるのに、このことに気づいている人がほかに誰もいないことだ。

だから、わたしは人をかき分けて彼に向かう。腹が立ってしかたがない。みんなが知らんぷりをしていることが許せない。わたしはマイケル・ホールデンの姿を目にとらえながら、人にぶつかるのもかまわずに進んでいく。ようやくたどり着くと、彼はポケットに入っていた紙切れをびりびりに破いている。どう声をかけていいかわからない。けれど、口からは勝手に言葉がこぼれる。

「そうよ、マイケル・ホールデン。そんな紙、破っちゃいなさい」

彼は破いた紙を床に落とし、顔を上げてまっすぐわたしを見る。

怒りの表情がやわらぎ、悲しみに変わる。

「トリ」声は聞こえず、ただ口だけがそう動く。

身体に張りつくウェアを着て、顔を上気させて、髪は汗に濡れ、目は怒りに燃えているけれど、これはたしかにマイケルだ。

ふたりとも、何を言っていいのかわからない。

「二着だったね」ようやく口にしたのは、何の意味もない言葉だ。「すごいと思う」

つらく、悲しく、途方に暮れたような表情は変わらない。彼はポケットからいつものメガネを出してかける。

「勝てなかった」彼は言う。「予選落ちだ」

彼は顔をそむける。涙がにじんでいるように見える。

「来てくれるとは思わなかった。一瞬、幻覚かと思ったよ」しばらく間をおいて、「僕のこと〝マイケル・ホールデン〟って呼んだのは初めてだね」

彼の胸は、まだ大きく上下している。スパンデックスのウェアに身を包んだ彼は、背が高く大人びて見える。ウェアは赤をメインに、オレンジと黒の部分がある。わたしの知らない彼の日常がこのスーツの中にある。氷の上で何百時間も過ごし、トレーニングを積み、正しい食事を心がけ、大会に出場し、スピードを競う。わたしは何ひとつ知らない。そんな彼のことを知ってみたい。

わたしは何度か口を開きかけては閉じ、ようやく言う。

「よく怒るの?」

「怒ってばかりだ」

沈黙。

「たいていは、ほかの感情に上書きされてるけど、基本的にはいつも怒ってる。そしてときどき……」視線がふっと右にそれる。「ときどき……」

場内が歓声に沸き、またいらだちが募る。

「ルーカスと何かあったの」マイケルが尋ねる。

わたしは寝ていて〝気づかなかった〟電話を思い出す。「あ、うん。べつに何も……っていうか、出かけなかったの。あんまり気が進まなくて」

「そうか」

「なんて言うか……じつは、ルーカスのことはちょっと苦手なの」

「そうなんだ」

彼の表情が少し変わり、なんだかほっとしたように見える。気のせいだろうか。わたしたちはしばらく黙ったままでいる。

「何も言わないのかい？　こんなのただのスケート大会だ、たいした意味はないって言いたいんじゃないの？」

わたしはじっくり考える。「いいえ、意味はあると思う」

彼はにやりとする。いつものマイケルに戻った、と言いたいところだけど、そうじゃない。笑顔の中に、いつもと違う何かがある。

「幸福とは」彼は言う。「深い思索の代償である」

「誰の引用？」わたしは尋ねる。

マイケルはウインクする。「僕だ」

人混みの中でまたひとりになったとき、奇妙な感覚に気づく。うれしいのとは違う。マイケルが全国ユース大会の最終予選で二位になったのは、たしかにすごいことだけど、今のわたしは、マイケルがわたしと同じくらい嘘をつくのがうまいということに、ただ戸惑っている。

25

誰の家かはわからないけれど、〝リバー・ブリッジから三番目の家〟は、ほんとうに川のすぐそばにある。広大な庭が川に向かって傾斜していて、せせらぎがちょろちょろと土手に打ちよせている。何世紀も使われていないような古い手漕ぎボートが木にくくりつけられていて、川の向こうには平らな田園地帯が見渡せる。夜の闇に包まれた畑は地平線にとけ込み、どこまでが大地で、どこからが空なのかよくわからない。

〝ミーティング〟と言われていたけど、これはミーティングじゃない。

パーティーだ。

いったいどんなものを想像していたのか。きっと椅子があって、スピーカーがあって、ちょっとつまめるお菓子があって、パワーポイントのプレゼンテーションか何かがあるんだと思っていた。

夜の空気は冷たく、雪が降ってきそうだ。胃がきりきり痛んでくる。家に帰ってベッドにもぐり込みたい。わたしはパーティーが嫌いだ。これまでもそうだったし、これからもずっとそうだ。理由があるわけじゃなく、パーティーとパーティーを好きな人が、ただ嫌いなのだ。自分を正当化するつもりはない。わたしがめんどくさい人間なだけだ。

わたしとマイケルは、タバコを吸う人たちをすり抜け、開いたドアから家の中に入る。夜の十時ちょっと過ぎ。音楽が鳴り響いている。明らかに、ここには誰も住んでいない。居間と庭のパティオにあるデッキチェア以外に家具はなく、家全体に生活の気配がない。壁に掛けられたいくつかの絵だけが、この家に生命を吹き込んでいる。食べ物はなく、お酒のボトルとカラフルなプラスチックのコップだけがいたるところに置かれている。廊下や部屋を歩き回る人たちの多くが、タバコを吸ったり、マリファナを吸ったりしている。すわっている人はほとんどいない。ヒッグスの生徒たちもたくさんいるけれど、マイケルはここにたむろしている参加者の中にソリティアの黒幕はいないと考えている。見たことのない年上の子たちもいる。中には二十歳くらいの人もいて、内心ちょっと落ち着かない。

どうしてこんなところに来てしまったんだろう。

ふと見ると、ベッキーのパーティーでドクター・フーのコスプレをしていた十一年生の女の子がいる。あのときと同じようにひとりぼっちで、所在なさげに見える。飲み物を持たずにすごくゆっくり廊下を歩き、寂しげに絵を見つめている。濡れた石畳の通りに、赤い傘と暖かそうなカフェのウインドウが描かれた絵。彼女は何を考えているのだろう。わたしと同じことを考えている気がする。彼女はわたしに気がついていない。

最初にばったり会ったのは、ベッキーとローレンだ。ふたりはこの町のパーティーにはぜんぶ参加しているから、今日来ていることは当然予想できたし、酔っぱらっていることも当然予想できた。ベッキーはボトルを持っていないほうの手で、わたしたちを指さす。

「あっ、トリとマイケルだ。やっほー！」ベッキーはそう言うと、ローレンの腕をバシバシたたく。「ローレン！　ローレン！　ローレン！　ローレン！　〝スプロールデン〟よ！」

ローレンは眉を上げる。「ねえ、ちょっと！　マイケルとトリで〝モリ〟にしようって言ってなかった？　それか〝トリケル〟」そう言ってため息をつく。「あんたたちの名前ってぴったりこないんだよね。語呂がよくないっていうか。カートとブレインで〝クレイン〟とか、ロンとハーマイオニーで〝ロマイオニー〟とかみたいにうまくいかない」そう言ってふたりでげらげら笑っている。

わたしはますます落ち着かなくなってくる。「ふたりがソリティアに興味があるとは思わなかったわ」

ベッキーはボトルを振り回し、肩をすくめて目をくるりと回す。「固いこと言わないの。パーティーはパーティーよ、いいじゃん。だけど……すごくない？　わたしたちソリティアに潜入しちゃったー、みたいな……」ベッキーは指を口元にやる。「しーっ、静かに」ボトルからひと口飲む。「ねえ、ねえ、この曲なんだかわかる？　さっきからどうしてもわからなくて」

「〝スメルズ・ライク・ティーン・スピリット〟ニルヴァーナよ」

「そう、それそれ。思い出した。だけど、このタイトルって歌詞には出てこないよね」

ローレンに目を向けると、彼女は何かに怯えたように周囲を見回している。

「大丈夫、ローレン?」

彼女ははっとわれに返り、はしゃいだ声を上げる。「このパーティー、やばくない?」そう言って、そこらじゅうに手を振り上げる。「イケメンが次から次へと湧いてくるし、ドリンクはタダだし!」

「そりゃよかったわね」いい人でいようという意志がゆっくりと薄れていく。

ローレンは聞こえなかったふりをして、ベッキーとふたり、なんでもないことに笑いながら去っていく。


マイケルとわたしは、家の中をひととおり見て回る。

映画やチャンネル4のティーン向けドラマみたいに、すべてがスローモーションになったり、ライトが点滅したり、みんなが人差し指を突き上げてとび跳ねたりするようなことはない。現実のパーティーではそんなことは起こらない。みんなただ立ったり歩いたりしているだけだ。

マイケルはいろんな人に話しかけて、ソリティアのことを尋ねる。途中で、同じ学年の女の子たちと静かに過ごしているリタを見かける。わたしを見て手を振る、ということは、行かなきゃいけないってことだ。

わたしが近づくと、リタが「ハイ」と声をかけてくる。「チャーリーはどうしてる? ベン・ホープとけんかしたって聞いたけど、そうなの?」こんな小さな町では、プライバシーはあってないようなものだから、全員が知っていたとしても驚かない。

「けんかじゃないわ」思わず大声になってしまい、咳払いをする。「ああ、うん、大丈夫。あざができたけど、心配ないわ」

リタは安心したようにうなずく。「そうなんだ。よかった、たいしたことなくて」

それからマイケルとわたしは、キッチンで十三年生たちのおしゃべりに巻き込まれる。マイケルはその中の誰とも話したことがないらしい。

「あのブログが誰のしわざか、ほんとに誰ひとり知らないんだから」ひとりの女の子が言う。「黒幕はこの家の持ち主のクスリの売人だとか、学校をクビになった教師の復讐だとか、いろんな噂があるけれど」

「まあ見てなって」〈JOCK《体育会系》〉のロゴ入りキャップをかぶった男子が話に割り込んでくる。「とにかく、ブログをチェックし続けようぜ。今日このあとの投稿で、もっと詳しいことがわかるらしいから」

しばらく沈黙が落ちる。床に敷かれた新聞紙に目をやると、そこには〝死者二十七人〟という見出しと、燃えている建物の写真がある。

「どうして?」マイケルが言う。「誰に聞いた?」

男の子は魚みたいなとろんとした目でまばたきをして言う。「おまえ、なんで飲んでないの?」

わたしは人並みの人間になることに決め、それにふさわしい飲み物をさがすことにした。マイケルが姿を消してなかなか戻ってこないので、わたしはそこらへんに置いてあった大きな古いボトルを持ってきて、外のデッキチェアにひとりすわる。なんだか、アルコール依存症の中年おやじになったみたい。十一時を過ぎ、みんな酔っぱらっている。DJが庭に移動してきてしばらくすると、ここが小さな町の庭なのか、レディング・フェスの会場なのかわからなくなってくる。リビングの窓越しに、ニックとチャーリーが見える。隅っこのほうで、この世の最後の日みたいな感じでキスしている。チャーリーは顔にあざがあるけど、すごくロマンチックな感じ。たぶん、ふたりはほんとうに愛し合っているんだろう。

わたしはマイケルをさがしに行こうと立ち上がったが、ボトルの中身がかなり強かったらしく、いつのまにか時間も空間もリアリティーも、すべての感覚を失い、自分が何をしているのかまったくわからなくなっていた。気がついたときには、また廊下にいて、濡れた石畳の通りに赤い傘と暖かそうなカフェのウインドウが描かれた絵の前に立っていた。なぜか見るのをやめられない。絵の前から振り向くと、廊下の先にルーカスがいた。わたしに気がついたのかどうか、彼はすぐに部屋の中へと消えた。あとを追って家の中をさまようちに、自分がどこにいるのかわからなくなる。あの赤い傘は、暖かいカフェのウインドウはどこだろう。

マイケルがどこからともなくやってきて、わたしの手首をつかむ。そして、そのときいた場所（たぶんキッチン）のボーイロンドンのキャップとチノパンの海からわたしを救いだし、家の中をずんずん歩いていく。どこに行くのかわからない。だけど黙ってついていく。理由はわからないけど。

歩きながら、手首をつかむ彼の手をずっと見ている。お酒を飲んだからか、寒いからか、それとも彼がいないあいだ、なんとなく寂しかったからかわからない。でもとにかく、彼の手がわたしの手首を包む感触がすごく気持ちいいとずっと考えている。変態っぽい意味じゃなくて。彼の手は、わたしのよりずっと大きくて温かくて、彼の指がわたしの手首を包む様子は、ジグソーパズルのピースがぴたっと合うように、初めからこうなることが決まっていたように思える。違うかもしれない。わたしは何を言ってるんだろう。

やがて庭に出て、騒いだり踊ったりする人混みの中に入ると、彼は足をとめてぬかるんだ地面の上でわたしに向き直る。彼に見つめられると、なんだか変な感じがする。お酒のせいだ。でもそうじゃない。目の前の彼は、とても素敵に見える。髪が変な方向にあちこち跳ねて、メガネにかがり火がちらちらと反射している。

わたしがお酒を飲んだことはわかっているだろう。

「踊らない?」喧騒の中で、彼が声を張り上げる。

わたしはなぜか激しく咳込み、彼はあきれた顔をして笑う。わたしはプロムや結婚式のダンスを思い浮かべ、ほんの数秒、自分たちが今いるのが知らない誰かの庭で、地面はぬかるみ、まわりは似たような格好をした人ばかりだというのを忘れてしまう。

彼はわたしから手を離すと、その手で髪をなでつけ、それから永遠に感じられるほどわたしをじっと見つめる。何を見ているのだろう。次の瞬間、彼はいきなりわたしの両手首をつかみ、文字どおりわたしの足元にひざまずく。

「僕と踊ってくれないか」彼は言う。「ダンスなんてかっこ悪くて時代遅れだってことはわかってる。君がそういうのを好きじゃないことも知ってるし、正直言って僕も同じだ。夜は長くは続かないし、みんなすぐにノートパソコンとベッドの待つ家に帰ることもわかってる。明日はたぶん誰にも会わないし、月曜日にはまた学校に行かなきゃならない。だけど、試しにやってみたら――踊るってことだけど――ひょっとしたらほんの数分でも、こういうのぜんぶも、ここにいる人たちも……最悪ってわけじゃないと思えるかもしれない」

わたしはひざまずいている彼と目を合わせる。

そして声を上げて笑い、同じようにしゃがみ込む。

そのとき、わたしは自分でも思いがけないことをする。

ひざまずくと――なぜかそうしてしまった――彼に身体をあずけて、両手を背中に回したのだ。

「いいわ」彼の耳元で言う。

彼はわたしの腰に腕を回してふたり同時に立ち上がらせて、さっきと同じようにわたしの手を引いて人波の中に入っていく。

わたしたちは、ＤＪを取り囲む群衆の輪の中に到着する。

彼がわたしの肩に手を置く。わたしたちの顔は数センチしか離れていない。周囲があまりに騒がしく、彼は大声を上げる。

「トリ！　ザ・スミスの曲だよ、トリ！」

ザ・スミスはインターネット時代にふさわしい美しいザ・スミスの曲だ！　美しいバンドだ。もっと具体的に言うと、モリッシーが誰もが欲しがる鬱屈したカリスマ性を持つという残念な理由だけでよく聴かれているバンドだ。もしネットの世界が実際の国だったら、「ゼア・イズ・ア・ライト」は国歌になるだろう。

わたしは少しだけ身体を引く。「ブログって……やってる？」

彼は一瞬戸惑った顔をするが、すぐににっこり笑って首を振る。「なんだよ、トリ！　ザ・スミスを好きになるには、ブログをやってなきゃだめなのか？　今って、そういうルールになってるのか？」

もういい。今夜は何も考えないでおこう。ブログもネットも映画も他人の服装もどうだっていい。思いっきり楽しもう。たったひとりの友達マイケル・ホールデンと、息が切れるまで一緒に踊って楽しもう。家に帰って空のベッドと向き合わなきゃならないときまで。

わたしたちはとび跳ね、ばかみたいに笑い合って、お互いを見たり、空を見たり、ほんとは何も見ていなかったりする。モリッシーが内気さについて歌うのを聴いていると、結局のところ、物事はそれほど悪くはならないように思えてくる。

26

午前零時十六分、トイレに行かないと膀胱が破裂しそうだから、家の中に入る。全員がソリティアの新しい投稿を待っている。最新の情報では、零時三十分に公開されるらしい。みんな携帯を手にすわり込んでいる。用をすませてトイレから出ると、ルーカスが廊下の隅でひとりメールか何かを打っているのが見える。わたしの視線に気づいてさっと立ち上がると、こっちに来るのではなく、すっとどこかへ行ってしまった。やっぱりわたしを避けているみたい。

ルーカスを追ってリビングに行く。一緒に出かける約束を忘れていたことをあやまりたいけど、彼は目を合わせようとしない。そのままイヴリンのほうに歩いていく。イヴリンは、フープ・イヤリングとフェイクファーのコート、逆さ十字柄のレギンスとチャンキー・ヒールを身に着け、ぼさぼさの髪を頭のてっぺんでおだんごにしている。ルーカスも今夜はヒップスターっぽい装いだ。オーバーサイズのジョイ・ディヴィジョンのTシャツの袖をロールアップして、ぴたぴたのジーンズとデザートブーツを履いている。ルーカスがイヴリンに何かささやくと、彼女はうなずき返す。やっぱりそうだ。ルーカスはあんなことを言っていたけど、間違いなくふたりはつき合っている。

また外に出る。雪が降りだしている。かなり本格的に。音楽は鳴りやんでいるけど、みんな庭を駆け回り、大声で叫びながら、雪を口でキャッチしている。わたしは川辺に近づく。雪が川に落ちて溶け、水と一体になって、目の前を流れて海に向かっていく。わたしは雪が好きだ。雪はどんなものも美しくしてくれる。

そのとき、近くの木陰にベッキーがいるのに気づく。木にもたれて、男の子と一緒にいる。まだ酔っているのは間違いない。ロマンチックというには激しすぎるキスをしている。目を背けようとしたとき、ふたりが身体の向きを変え、相手の顔が見える。

ベン・ホープだ。

わたしはその場に立ちつくす。しばらくすると、ベンが目を開けてこちらを見る。ベッキーもこちらを向く。最初は笑っていた顔が、一瞬にしてこわばる。

外に出るときに持ってきたドリンクが雪の上に落ち、わたしの手は宙をつかむ。ふたりは身体を離し、ベンはさっと家の中に入っていく。ベッキーはまだ木のそばにいる。

わたしが近づいていくと、ベッキーが眉を上げる。「何?」

自分が死んでいればいいのにと思う。わたしはこぶしを握りしめ、ほどく。

ベッキーが笑う。「いったいなんなの?」

ベッキーはわたしを裏切った。わたしの気持ちなんてどうでもいいんだ。

「あんたって人を、誤解してたみたい」わたしは言う。

「いったいなんの話?」

「今のは幻覚?」

「酔ってるの?」

「あんたはゲスなメス豚よ」大声で叫んだつもりだけど、自信はない。自分がこういう言葉を声に出して言っているという確信は七十パーセントしかない。「これまで、あんたは脳天気なだけだと思ってた。だけど、今はっきりわかった。あんたは自分のことしか考えてないのよ」

「いったい——」

「とぼけないで。自分が何をしたかわかってるんでしょ。正々堂々と、自分の言葉で自分を守りなさいよ。わたしはあんたがどんな言い訳をするか、聞きたくてたまらないの。それとも、わたしなんかにはわからないとでも言うつもり?」

ベッキーの目が涙でいっぱいになる。ほんとうに傷ついているみたいに。「そんなつもりじゃ——」

「でも、そうなんでしょ? わたしは世間知らずのかわいそうな友達で、わたしのしょぼくれた人生のおかげで、あんたは自分に満足できるんでしょ。そうね、あんたはまったく正しい。わたしはあんたの知ってることを何も知らない。だけど知ってることもあるわ。それはね、あんたがゲスなメス豚だってことよ。いいわよ、泣きたいなら、好きなだけ嘘の涙を流せばいいわ。あんたは自分さえよければいいのよ。そうでしょ?」

ベッキーは酔いの醒めた、でも少し震える声で、わたしに叫びはじめる。「あなたのほうこそゲスなメス豚よ! なんてこと言うの。落ち着いてよ!」

わたしは一瞬口をつぐむ。まずい。やめないと。でも無理だ。「じゃあ聞くけど——自分が今、どういうレベルの裏切りをしたかわかってる? 友情の概念はあるの? 人がそれほど自分勝手になるなんてありえないと思ってたけど、明らかに間違いだったわ」わたしは泣いている。「あんたはわたしを殺した。わたしを殺したのよ」

「落ち着いて! お願い、トリ!」

「あんたは、この世の中がろくでもない人間と、ろくでもないことばかりだってことをはっきり証明してくれた。すごいね。ノーベル賞ものだよ。わたしの人生からさっさと消えて」

これで終わりだ。わたしは立ち去る。さよなら。きっとみんなこんな感じなんだろう。笑顔、ハグ、過ごした年月、休暇、深夜の告白、涙、電話、百万の言葉——そんなものは何の意味もないんだろう。ベッキーにはどうでもいいことなんだ。気にする人なんて誰もいないんだ。

降る雪で視界がぼやける。それとも、涙のせいだろうか。ふらふらと家のほうに戻ると、中に入ると同時にみんなが叫び声を上げて、携帯を頭の上に掲げている。涙がとまらない。でもなんとかポケットから携帯を取りだし、ソリティアのページを見つけると、こんな投稿がある。

1月23日　00：30

同志諸君

われわれの最新プロジェクトへの参加を求む。

今夜のミーティングに参加しているベン・ホープというヒッグスの十二年生が、トゥルハムの十一年生に故意にけがを負わせた。ベン・ホープは表向きは人気者だが、裏ではいじめを繰り返す同性愛嫌悪主義者だ。

今後このような暴力行為が二度と起こらぬよう、われわれは彼に相応な報いを与えることにした。同志諸君の協力を乞う。

道理に基づいた行動を取り、無防備な者を守れ。正義がすべて。忍耐は命とりだ。

27

あちこちで雄叫びが上がり、人々がいっせいに押しよせてわたしはもみくちゃになる。数分間の混乱のあと、渦はやがて一方向の流れへと変わり、わたしは流れに乗って家から外へと押しだされる。みんなが庭に出ている。誰かが叫ぶ。「報いを受けろ、このうじ虫野郎！」

これが報い？

ふたりの少年がベン・ホープを抱きかかえ、他の何人かがパンチやキックを浴びせている。命中するたびに群衆から歓声が上がり、雪の上に血しぶきが飛び散る。ほんの数メートル先の群衆の中に、ニックとチャーリーが立っている。ニックがチャーリーの身体に腕を回しているのはわかるが、ふたりの表情は読めない。チャーリーが前に出るのをニックが引き戻す。ニックが携帯を指さす。チャーリーはうなずき、ニックはボタンを三つ押し――999だろう――耳に当てる。

わたしがチャーリーを守れなかったから、ソリティアがわたしの代わりに仕事をしてくれているんだ。わたしは自分の仕事をきちんと果たせたためしがない。

そのとき、ふと思う。これはチャーリーのためじゃないのかもしれない。

カフェ・リヴィエールでマイケルが言ったことを思い出す。

嘘でしょ。

もしかしたら、これはわたしのため？

笑いがこみ上げてくる。わたしは涙を流しながら、胃が痛くなるほど激しく笑い続ける。ばかな。そんなばかなことがあるはずがない。わたしはばかだ。自己中だ。わたしのためだなんて、そんなことがあるはずがない。

またパンチが命中する。群衆は飲み物を振って、歓声を上げている。まるでコンサートに来ているみたいに。楽しくてたまらないみたいに。

誰も助けようとしない。

誰も。

ただのひとりも。

どうしたらいいんだろう。もしこれが映画なら、わたしは前に進みでて、この誤った正義をとめるヒーローになっただろう。でもこれは映画じゃない。わたしはヒーローじゃない。

パニックになったわたしは、人の波を逆行して反対側から抜けだす。目の焦点が合わない。遠くのほうでサイレンが鳴りはじめる。救急車だろうか？　警察だろうか？　正義はすべてなのか？　忍耐は命とりなのか？

マイケルが現われて、わたしの肩をつかむ。彼の目はわたしを見ていない。その光景を見ている。ほかの群衆と同じように、見ているだけで何もしない。人ごとだと思っている。

わたしは彼の手を振りほどき、震える声でつぶやく。「これがわたしたちの本性よ。ソリティア。わたしたちは――あの人たちは――ベンを殺すかもしれない。悪人に出会ったと思ったら、もっとひどい悪人がいたってこと。みんな何もしていない――黙って見ているだけ――悪いのはわたしたちも同じ。何もしないわたしたちも、同じくらい悪人なんだ。自分は関係ないと思っている。あの人たちがベンを殺すかもしれないのに、ただ黙って見ている――」

「トリ」マイケルが、またわたしの肩をつかむが、わたしはあとずさりして振りほどく。「家まで送るよ」

「送ってなんてほしくない」

「僕は君の友達だ、トリ。そう言っただろ」

「わたしに友達はいないわ。あなたは友達じゃない。気にかけてるふりはやめて」

マイケルが反論する前に、わたしはその場を立ち去る。わたしは走っている。家を出て、庭を出て、この世界を出ていく。巨人や悪魔が現われ、わたしはそれを追いかける。わたしはおかしくなりかけている。これは幻覚だ。わたしはヒーローなんかじゃない。おもしろい。だってほんとうのことだから。わたしは笑いはじめる。泣いているのかもしれない。どっちだっていい。わたしはもうすぐ気絶する。たぶんわたしは二十七歳で死ぬだろう。

PART 2

ドニー「嵐が来る、とフランクは言う。子どもたちをのみ込む嵐が。僕は彼らを苦しみの国から救いだし、家の玄関先まで送り届ける。そして、怪物たちを地下の世界へと、誰も目にせずにすむ場所へと追い払う。目にするのは僕だけだ。だって、僕はドニー・ダーコだから。」

映画『ドニー・ダーコ』ディレクターズ・カット（2004年）

1

ルーカスは泣き虫だった。小学生のころは毎日のように泣いていて、それが友達になった理由のひとつだと思う。人が泣くのはべつにいやじゃない。

涙はゆっくりと訪れる。泣きだす少し前から、表情が微妙に変化する。悲しいというよりも、頭の中でテレビドラマを再生して、物語を追っているような感じ。しばらくすると、視線が下に落ちる。だけど地面は見ていない。やがて涙がこぼれはじめる。声もなく、静かに。

彼が泣くのに特別な理由があったとは思わない。とにかく、ただ泣き虫なのだ。泣いていないときは、一緒にチェスをしたり、ライトセーバーで戦ったり、ポケモンバトルをして遊んだ。泣いているときは、一緒に本を読んだ。そのころは、わたしも本を読んだ。

ルーカスといると、ありのままの自分でいられる気がした。すごく不思議だ。誰かと一緒にいてそんなふうに感じたことは、それ以来一度もない。いや、ベッキーはそうだった。最初のころは。

小学校を卒業するとき、わたしもルーカスも、友情は続くものだと思っていた。小学校を卒業した経験のある人なら誰でも想像がつくと思うけど、それは実現しなかった。そのあとルーカスと会ったのはたった一度（もちろん、今回は除いて）。十二歳のとき、街角でばったり出会った。ルーカスは、イースターエッグのチョコを送ったと言った。そのときは五月で、誕生日以来、わたし宛ての郵便物はひとつも届いていなかった。

その夜、わたしは彼にカードを書いた。今でも友達だよというメッセージに、メールアドレスと彼とわたしのイラストまで添えて。でも、送らなかった。何年かして、部屋の片づけをしているときに、机の一番上の引き出しの奥にカードを見つけて、破いて捨てた。

そんなことを考えながら、月曜日、ルーカスをさがして学校の中をさまよっている。だけど、どこにも見当たらない。わたしはこれまでずっと、何もかもくだらないと文句を言うばかりで、自分から状況をよくしようとはしてこなかった。そんな自分はもういやだ。そんなの、ソリティアのミーティングで助けようともせず、黙って見ていた人たちと同じだ。そんな自分ではもういられない。

マイケルもどこにもいない。きっとわたしに愛想をつかしたんだろう。当然だ。わたしはまたすべてを台無しにしてしまった。それでこそ、トリ・スプリング。

とにかく今は、ルーカスと土曜日のことを話したい。約束を破ったことをあやまりたい。もうわたしを避けなくていいと伝えたい。

二度ほど、ルーカスらしきひょろりとした人影が廊下の角を曲がるのを見かけたが、追いかけていくと、別の小顔のシックス・フォームの男子だった。授業前にも、休み時間にも、ランチタイムにも、彼は談話室にいない。しばらくすると、誰をさがしているのかもわからなくなり、ただひたすら歩き続けた。途中で何度か携帯をチェックしたけど、ブログに一件メッセージが届いているだけだ。

匿名メッセージ：本日の考察：文学を学ぶ意味はどこにあるのか？

ベッキーとグループの子たちは、一日中話しかけてこない。

ベン・ホープは病院に運ばれなかった。死にかけてもいなかった。彼に同情する人もいれば、同性愛嫌悪主義者《ホモフオビア》なのだから自業自得だという人もいる。わたし自身どう考えているのか、今はわからない。あのあとチャーリーと話すと、かなり動揺していた。

「僕のせいだ」チャーリーは顔をゆがめた。「そもそも僕がベンを怒らせたから、あんなことに――」

「誰のせいでもない」わたしは言った。「ぜんぶ、ソリティアのせいよ」

火曜日、英文学の授業のあと、ケント先生に呼びとめられる。ベッキーはわたしが何かやらかしたのかと興味津々の目を向けてくるけど、先生はみんながいなくなるまで何も言わない。机の上にすわり、メガネを鼻先にずらして腕組みをしている。

「トリ、君が書いた『高慢と偏見』の主人公たちについてのレポートのことで話がしたい」

「……」

「怒りにまかせて書いているような印象を受けた」

「……」

「どうしてあんな書き方をしたんだね」

「あの本が嫌いだからです」

ケント先生は額をかく。「そのようだな」

先生はファイルケースからわたしのレポートを取りだし、机に置く。

「〝申し訳ありませんが、ケント先生〟」先生がレポートを読み上げる。「〝わたしは『高慢と偏見』を最後まで読めませんでした。冒頭の一文から同意できず、それだけでもうじゅうぶんでした〟」先生はわたしをちらっと見て、さらに読み進める。「〝残念なことに、エリザベス・ベネットはミスター・ダーシーが〝不完全な〟人間であるあいだは彼を愛さず、自分にとって好ましい性格が明らかになって初めて、ペンバリー屋敷と巨額の年収を受け入れることを決意します。ちょっと信じられません。この小説に登場する人物のほとんどが、相手の見た目や肩書きにとらわれず、真の美点を見つけることができないようです。ええその通り、エリザベスは偏見に満ちています。それはとてもよくわかります。ジェイン・オースティン、あなたはすごい。じつに見事です〟」

「ええ、そう書きました、たしかに」

「まだ終わりじゃない」ケント先生は含み笑いをして、最後の部分を読み上げる。「〝そういうわけで、わたしにはミスター・ダーシーこそが真の主人公《ヒーロー》に思えるのです。彼は冷たくあしらわれ、厳しい目で見られながらも、くじけません。『高慢と偏見』は、自分が思い描く自分を他人に見せようともがく、ひとりの男性の闘いを描いています。それゆえ、彼は典型的なヒーローではありません。典型的なヒーローは、勇敢で自信に満ち、颯爽としているものです。しかし、ミスター・ダーシーは内気でプライドが高く、その性格ゆえにうまく闘うことができない。けれど、彼は愛します。おそらく、文学の世界では、それが何より大切なのでしょう〟」

気まずく感じるべきなんだろうけど、まったくそんなことはない。

ケント先生は、ため息をつく。「君がミスター・ダーシーのような人物に共感したとは意外だよ」

「どうしてですか」

「ほとんどの生徒が、エリザベスに感情移入するからね」

わたしは先生をまっすぐに見すえる。「ミスター・ダーシーは真実でもない理由で理不尽に嫌われながら、そのことに何の文句も言いません。わたしはそれを真の強さだと思います」

先生はまた含み笑いをする。「エリザベス・ベネットは、十九世紀文学の中ではとくに強い女性だと考えられている。君はフェミニストではないのかね」

「いいえ、フェミニストです。ただ、この本が好きじゃないだけです」

先生はにっこり笑うが、何も言わない。

わたしは肩をすくめる。「あくまで、そう感じるというだけです」

先生は考え深げにうなずく。「なるほど。しかし、試験ではこういう書き方はしないほうがいい。君は頭がいいのに、悪い評価がつくのは残念だ」

「わかりました」

ケント先生はわたしにレポートを返す。

「いいかい、トリ」先生があごをかき、無精ひげがじゃりじゃり音を立てる。「ASレベル試験（十二年生修了時に受ける試験）で、君は全科目で実力よりもかなり悪い成績だった」そこで言葉を切って、まばたきをする。「十一年生のときは成績優秀だったのに。とくに英文学は」

「前学期の社会学の模擬試験はB評価で、それほど悪くありませんでした」

「英文学はD評価だったじゃないか、トリ。GCSE試験の英語教科でA*をふたつとった生徒が、ASレベル試験でDをとることなど、まずありえない」

「……」

「どうしてそうなったのか、思い当たるふしはないかね？」先生は注意深くわたしを見つめる。

「たぶん……学校があまり好きじゃなくなったからだと思います」

「それはどうして？」

「べつに……学校にいるのがいやなだけで」声がだんだん小さくなる。わたしは壁の時計を見上げる。「もう行かないと。音楽の授業があるんです」

先生はゆっくりうなずく。「学校が嫌いな生徒は多いと思う」そう言って横を向き、窓の外を眺める。「だが、それが人生だ。違うかね?」

「そうですね」

「嫌いだと思い続けるかぎり、学校に来たいという気持ちにはならないだろう。あきらめちゃだめだ。どうせだめだという考えから脱出しないと」

「わかりました」

「頼むよ」

わたしはドアから走って出る。

2

下校時間にロッカーでルーカスを見つけると、今回ばかりは彼もわたしを避けることができない。

ルーカスは、イヴリンと、あのリーゼントの男子と一緒にいる。全員が鼻をつまんでいるのは、一時間ほど前にソリティアが校内に悪臭攻撃を仕掛けたからだ。古典的で不快で、無意味なことこの上ないが、生徒たちのほとんどが、このいたずらをおおむね支持しているようだ。廊下には腐った卵のにおいが充満していて、わたしは口と鼻をセーターで覆う。

ルーカスとイヴリンとリーゼントが話をしている。何やら真剣そうだけど、最近とみにあつかましくなってきているわたしは、かまわず声をかける。

「どうしてわたしを避けるの?」

ルーカスは、抱えた大きなリングバインダーを落としそうになり、イヴリンの頭越しにこちらを見る。そして、鼻から手を離す。「ヴィ、ヴィクトリア」

イヴリンとリーゼントもこちらに目を向け、わたしをじろりと見ると、そそくさと立ち去る。

わたしはルーカスに近づいていく。彼はバッグを肩から掛けている。

「イヴリンはほんとに彼女じゃないの？」わたしは鼻と口をセーターで覆ったまま尋ねる。

「え？」ルーカスはぎこちなく笑う。「どうしてそう思うの？」

「最近いつも一緒だから。あなたが彼女の秘密のボーイフレンドなの？」

彼は目を何度もしばたたく。「ち、違う。違うよ」

「嘘ついてない？」

「ついてないよ」

「わたしが土曜日に会う約束をすっぽかしたことを怒ってるの？」

「違う、誤解だ、怒ってなんてない」

「じゃあ、どうしてわたしを避けるの？　あれからずっと……今週になって一度も顔を合わせてないじゃない」

彼はリングバインダーをロッカーに押し込み、大きなスケッチブックを取りだす。「避けてなんてないよ」

「嘘つかないで」

ルーカスはたじろぐ。

そうか、よくわかった。ルーカスは新学期になってからずっと、わたしとの友情を復活させようとがんばってきた。それなのに、わたしの態度は最低だった。人づき合いが苦手だという理由で、ルーカスをじゃけんに扱い、無視してきた。わたしのほうこそ彼を遠ざけ、厚意に一切応えようとしなかった。いつだってそうだ。たいした理由もなく、誰に対しても最低な態度をとる。わかってる。わたしという人間は、なるべく人と関わらないように生きてきた。だけど、土曜日以来、人と関わらないのは、関わるのと同じくらい悪いことなんじゃないかと感じはじめている。

ルーカスはもう、わたしのことを知りたいとさえ思っていないみたい。

「ねえ」セーターの袖を顔から下ろす。絶望が心の底に沈み込んでいく。「わたしたち、昔は親友だったよね。お願い、避けないで。土曜日の約束、忘れててごめん。そういうこと、すぐ忘れちゃうの。だけど、あなたはこれまでに友達になった三人のうちのひとりなの。これ以上あなたと話さないでいるのはいやなの」

彼は額にかかる前髪を指でかき上げる。

「何を……話していいかわからないよ」

「じゃあ、どうして土曜日の夜、わたしを避けたのかだけでも教えて」

彼の表情がこわばり、目が左右に泳ぐ。「僕にかまわないで」それからもっと小さな声で言う。

「まずいよ」

「どういうこと?」

ルーカスがロッカーを音を立てて閉める。「もう行かなくちゃ」

「待って――」

けれど、彼は行ってしまった。わたしはしばらくロッカーの前に立っている。腐った卵のにおいはますます強くなり、ソリティアに対する憎しみも強まっていく。ルーカスがロッカーの鍵をかけずに行ってしまったので、開けて中をのぞいてしまう。そこにあるのは、三冊のバインダー（英文学と心理学と歴史）と、プリントの束。一枚手に取ると、心理学のプリントで、ストレスの対処法が書かれている。両手で頭を抱える女の子のイラストが、ムンクの《叫び》みたいに見える。書かれているアドバイスは、定期的に運動しましょうとか、悩みを書きだしてみましょうとか。わたしはプリントを戻し、ロッカーを閉める。

3

おばあちゃんとおじいちゃんが家にやってきた。何か月かぶりだ。夕食の席で、わたしは誰とも目を合わさないようにしているけど、母さんがおじいちゃんとチャーリーを心配そうにちらちら見ているのがわかる。父さんが、チャーリーとオリバーのあいだにすわり、わたしはお誕生日席にすわっている。

「チャーリー、ラグビーチームに戻れたんだってな」おじいちゃんが言う。人の倍は大きな声でしゃべっているのに、聞こえないとでも思うのか、前に身を乗りだしている。これって、おじいちゃんあるあるだ。「戻れてよかったな。あれだけ休んで迷惑をかけたのに」

「みんないいやつなんだ」チャーリーが言う。手はナイフとフォークを持ったまま、皿の両脇に置かれている。

「チャーリーと会うのは、ほんとに久しぶり」とおばあちゃん。「ね、リチャード。次に会うときは、奥さんと子どもがいるかもしれないわね」

チャーリーは無理して愛想笑いをしている。

「お父さん、パルメザンチーズを取ってくれる?・」母さんが言い、おじいちゃんが母さんに渡す。「ラグビーチームには、おまえみたいに痩せて走れる選手が必要なんだ。だけど、小さいころからもっと食べていれば、メインの選手になれただろうに。今からじゃもう遅いな。まあ、悪いのはおまえの両親だけどな。小さなころに緑の野菜を食べさせなかったせいだ」

「それより、オックスフォード旅行の話が聞きたいわ、お父さん」母さんが言う。

わたしは自分の皿を見る。ラザニアだ。まだひと口も食べていない。

ポケットから携帯をこっそり出して見ると、メッセージが一件届いている。さっきルーカスに送ったメッセージの返信だ。

（15：23）**トリ・スプリング**
ほんとにごめん。悪かったわ

（18：53）**ルーカス・ライアン**
いいんだx

（19：06）**トリ・スプリング**
いいわけないわ

（19：18）**トリ・スプリング**
あやまりたいの

（19：22）**ルーカス・ライアン**
土曜日のことは、ほんとにいいんだ x

（19：29）**トリ・スプリング**
それなら、どうしてわたしを避けるの？

父さんは夕食を食べ終えたけど、わたしはチャーリーに合わせてゆっくり食べている。

「トリ、学校はどう？　シックス・フォームを楽しんでる？」おばあちゃんが訊いてくる。

「うん」わたしは笑顔を見せる。「楽しくやってるわ」

「すっかり大人の扱いなんでしょうね」

「そう、そんな感じ」

（19：42）**トリ・スプリング**
ちゃんと話してくれなきゃ、わからないわ

「勉強は楽しい？」

「ええ、とっても」

「大学のことは考えてるの？」

わたしはほほ笑む。「ううん、あんまり」

おばあちゃんはうなずく。

「そろそろ考えなきゃな」おじいちゃんが言う。「人生の大事な分かれ道だ。ここで選択を間違えると、残りの人生をずっと同じ職場で過ごすはめになる。おじいちゃんみたいにな」

「ベッキーはどうしてるの？」おばあちゃんが尋ねる。「あの子はすごくいい子ね。大学に行ってもずっと仲良くできるといいわね」

「ベッキーは元気よ。いい子だし」

「長い髪がほんとにきれい」

（19：45）**ルーカス・ライアン**
今夜、外で会える？ x

「あなたはどうなの、チャーリー？　シックス・フォームのことはもう考えてるの？　選択科目のこととか」

「うん、まあ。古典と、英文学はぜったいとるつもりだけど、それ以外はまだ決めてない。音楽とか、心理学とかをとるかもしれない」

「学校はどこにするの？」

「ヒッグスにしようかと思ってる」

「ヒッグス？」

「ハーヴィー・グリーン・グラマースクール。トリの学校だよ」

おばあちゃんはうなずく。「そうなの」

「ヒッグスは女子校だろう」おじいちゃんが鼻で笑う。「厳しさが足りないんじゃないのか。成長期の男の子には規律が必要だぞ」

わたしのフォークが皿の上でガシャンと音を立てる。おじいちゃんの目がこちらに向き、またすぐチャーリーに戻る。

「今の学校では、いい友達ができたんだろ。どうして転校するんだ？」

「学校じゃなくても会えるよ」

「親友のニコラスは、トゥルハムのシックス・フォームにいるんだろう？」

「うん」

「一緒にいたくないのか」

チャーリーは食べ物をのどに詰まらせそうになっている。「そういうんじゃなくて、ヒッグスのほうがいい学校だと思うからだよ」

おじいちゃんが首を振る。「友情よりも教育が大事とはな」

もうたくさんだ。だんだんむかむかしてきて、お腹が痛いと言って席を立つ。部屋を出るとき、おじいちゃんが言うのが聞こえる。

「あの子は胃が弱いな。チャーリーと同じで」

★

わたしが先に着いたので、カフェ・リヴィエールの外のテラス席にすわる。約束は九時で、今は十分前だ。通りに人影はなく、川も静かだけど、どこかのインディーズ・バンド――ノア・アンド・ザ・ホエールとかフリート・フォクシーズとかフォールズとかザ・エックス・エックスとか（わたしには違いがわからない）の曲が、上の開いた窓からかすかに聞こえてくる。ずっと流れてくる音楽を聴きながら、ルーカスを待つ。

九時まで待ち、九時十五分まで待ち、そして九時半まで待つ。

十時七分、わたしの携帯が震える。

（22：07）ルーカス・ライアン
ごめんx

ひと言だけのメッセージをじっと見つめる。ピリオドの代わりに、意味のない小さなxがひとつ。

携帯をテーブルに置き、空を見上げる。雪が降るときの空は、いつも明るく感じる。息を吐くと、ドラゴンの吹く炎みたいに蒸気が頭上にたなびいていく。

わたしは立ち上がり、家に向かって歩きだす。

4

水曜日の学校集会では、シックス・フォーム全員がホールの五つのブロックに分かれた席に順にすわっていく。詰めてすわらないと、全員がホールに入りきらないので、場所を選んでいられない。そんなわけで、わたしは偶然リタとベッキーのあいだにすわることになってしまう。

生徒たちが次々と席についていく中、学校に出てきたばかりの、顔に薄いあざのあるベン・ホープがわたしにまっすぐ目を向けてくる。怒りも怖れもなく、わたしを無視しようともしない。ただ、悲しそうな、いまにも泣きだしそうな顔をしている。もう二度と人気者にはなれないからだろう。あの日以来、ベンとベッキーが一緒にいるところは見たことがない。ベッキーがわたしの爆発を真剣に受けとめたしるしだと思う。チャーリーのことが頭に浮かぶ。マイケルはどこにいるんだろう。ベンには消えてほしい。

ケント先生が集会を進行する。今日のテーマは女性について。テーマはたいていが女性に関することだ。

「——だが、わたしは君たちにありのままの真実を伝えるつもりだ。女性である君たちは、生まれながらに社会で不利な立場に立たされている」

右どなりにすわるベッキーは、ひっきりなしに脚を組み替えている。わたしは動かないでいることに全神経を集中させる。

「ここにいる君たちの中で、自分がこれまでどれほど恵まれてきたかを理解している人は多くないだろう」

わたしは小声でケント先生の沈黙の時間を数えはじめる。ベッキーは加わってこない。

「この郡で最高の女子校に通うというのは……信じられないほど恵まれたことだ」

二列前にルーカスがいるのが見える。入ってくるときにしきりに目を合わせようとしてきたから、わたしは目をそらしたりせず見つめ返した。昨夜、待ちぼうけをくわされたことに対する怒りはない。何の感情もわいてこない。

「君たちの多くが、勉強の大変さに不満を抱いていることは知っている。だがほんとうの世界と向き合うまでは、つまり社会に出るまでは、大変さの意味を真に理解することはできない」

リタが突然、わたしの膝をたたく。差しだされた賛美歌のプリントの「愛の輝き」の歌詞の下に、手書きの文字がある。

〝あなた孤立してるわよ!!〟

「君たちは、この学校を卒業したとき、つまり誰もが平等に扱われる世界から一歩出たとき、愕然とする現実と向き合うことになる」

わたしはその文字を何度も読み、リタを横目で見る。彼女はただの知り合いだ。特別親しいわけじゃない。

「自分が目指すものになるために、君たちは男性以上に努力しなければならないだろう。それがありのままの真実だ」

リタがわたしに肩をすくめてみせる。

「だから、この学校にいるあいだは、自分が与えられているものをよく理解し、感謝の念をもって過ごしてほしい。君たちは幸運だ。やりたいことをやり、なりたいものになる可能性を手にしているのだ」

賛美歌のプリントで紙飛行機を折ったけど、飛ばさない。集会中にそんなことはできない。全員が起立して「愛の輝き」を歌い、その歌詞に大声で笑いたくなる。集会が終わって出ていくとき、紙飛行機をベッキーのブレザーのポケットにそっと入れる。


昼休みは、誰とも一緒にすわらない。結局ランチは食べなかったけど、そんなことはどうでもいい。わたしは校内を歩き回る。一日のうちに何度も、マイケルはどこにいるのかと思う。でもそれ以外のときは、間違いなく気にしていない。

今週は一度もマイケルに会っていない。

そのあいだ、ずっと彼のスケートについて考えている。全国ユース大会の最終予選。どうして教えてくれなかったんだろう。

どうして彼はいないんだろう。

テニスコートのフェンスにもたれてすわっていると、まわりにカモメが集まってくる。ほんとうならこの季節にはもう移動しているはずなのに。今は五時限目、音楽の時間だ。水曜日の五時限目は演奏実習の授業だから、いつもさぼることにしている。七年生の女子の集団が、校舎からグラウンドに出てくる。みんな手にパーティークラッカーを持って、笑いながら駆けだしてくる。先生たちの姿はない。

七年生がどんなメッセージを受け取ったのかは知らないが、これがソリティアのしわざだというのは明らかだ。

携帯電話を取りだし、グーグルを立ち上げる。〈マイケル・ホールデン〉という名前と、この町の名前を入力して、Enterキーを押す。

すると、まるで魔法のように、わたしの求めるマイケル・ホールデンが検索結果に表示される。トップにあるのは、〝地元の少年が、全国スピードスケート選手権で優勝〟というタイトルの地元紙の記事だ。クリックする。表示されるのにしばらく時間がかかる。待ちきれず膝が上下に揺れる。たまにネットが嫌いになることがある。

記事は三年近く前のものだ。十五歳のマイケルの写真が添えられているけれど、今とそれほど変わっていない。写真があまり鮮明じゃないからかもしれない。髪は今より少し長くて、今ほど背が高くないように見える。トロフィーと花束を手に表彰台に立ち、笑顔を見せている。

〝地元出身のマイケル・ホールデンが、今年の全国スピードスケート選手権、十六歳以下の部で優勝を果たした〟

〝これまでにも地区大会の十二歳以下の部、地区大会の十四歳以下の部、全英大会の十四歳以下の部などで、数多くの優勝経験があり……〟

〝ホールデンの快進撃を受け、英国スピードスケート協会会長のジョン・リンカーン氏はこうコメントした。『将来、世界を相手に戦える選手がついに現われた。ホールデンは、わが国で注目されることの少なかったこの競技において、英国を勝利に導くために必要な経験、才能、意欲のすべてを備えている』〟

検索結果のページに戻る。同じような記事が、まだまだたくさんある。去年は、十八歳以下の部で優勝したみたいだ。

だから最終予選で二位になったとき、あんなに悔しがったんだろう。気持ちはわかる。わたしが彼でも、すごく悔しいと思う。

しばらくそこにすわったまま、グーグルの画面を見つめる。マイケルがすごい人だったと知って感動しているのかと言われると、それとはちょっと違う。マイケルが、わたしには想像もつかない華々しい人生を歩んでいることが、にわかには信じられないのだ。やたらと大きな笑みを浮かべてあちこち走り回り、わけのわからないことをする以外の人生があることが。

誰かのことを一から十まで知っていると思い込むのは、とても簡単だ。

検索画面を閉じ、フェンスに背中を預ける。

七年生は、いまや校庭にあふれている。先生がひとり校舎から飛びだしてきたが、もう遅い。生徒たちは十からのカウントダウンを大声で叫び、クラッカーを高く掲げると、空に向かっていっせいに解き放った。第二次世界大戦の戦場に迷い込んだかのような音が鳴り響く。生徒たちは歓声を上げてぴょんぴょんとび跳ね、紙テープが虹色のハリケーンみたいに渦を巻いて舞い落ちる。ほかの先生たちも次々と現われ、大声を張り上げている。思わず顔がほころび、声を上げて笑っている自分に気づき、失望する。ソリティアのやることをおもしろがるのは間違っている。だけど生まれて初めて、七年生に親近感を抱いたのもたしかだ。

5

マイケルが劇的な再登場を遂げたのは、わたしがバスで帰宅しているときだった。一階席の左側、うしろから二列目のシートにすわってぼんやり外を眺めていると、古ぼけた自転車がバスにすーっと近づき、同じスピードで並走してきた。雪が乾いて汚れた窓からでも、すぐにマイケルだとわかる。車の窓から身を乗りだす犬みたいに得意げに顔に風を受けている。

彼はバスの窓をひとつひとつのぞき込み、わたしが真横にいることに気づくと、髪をなびかせ、コートをマントみたいにはためかせながら、狂ったようにわたしに手を振る。窓ガラスに手のひらを打ちつけてきたときには、バシッという音がして、ふざけて物を投げ合っていた男子生徒たちは手をとめて、いっせいにこちらを向く。わたしはいたたまれない気分で、窓の外に手を振り返す。

十分後、わたしがバスを降りるまでマイケルは並走し続ける。また雪が降ってきた。ニックとチャーリーに先に帰ってと伝え、わたしとマイケルはふたりきりになる。公園の石垣に並んですわり、マイケルは自転車を立てかける。そのとき、マイケルが制服を着ていないことに気づく。

わたしは左に顔を向け、彼の顔をのぞき込む。マイケルはこっちを見ない。何か言うのを待つが、口を開こうともしない。わたしを試しているのかもしれない。

わたしは彼と友達でいたいんだ、そう認識できるまで必要以上に時間がかかった。

「なんて言うか――」わたしは言葉をしぼり出す。「ごめん」

マイケルは戸惑ったようにまばたきをすると、わたしに顔を向けて穏やかにほほ笑む。「いいんだよ」

わたしは小さくうなずき、目をそらす。

「前にもこんなことがあったよね」

「こんなこと?」

「なんだかわからないけど、あやまられたことだよ」

〝手に負えないサイコパス〟発言のことを思い出す。だけど、あのときと今とは違う。あのときはわたしのひどい態度に、彼が怒りを抑えきれなくなったんだ。売り言葉に買い言葉ってやつだ。

あのときは、マイケルのことをまだよく知らなかった。

マイケルのきらきらした快活さは変わらない。だけど、今はそれだけじゃないことがわかる。ぱっと見だけではわからない、見ようとしなければわからない何かが。

「いったいどこに隠れてたの?」わたしは訊く。

マイケルが向こうを向いてくすっと笑う。「停学をくらってたんだ。月曜日の午後から今日まで」

あまりに意外な答えに、思わず笑ってしまう。「ついに誰かをノイローゼにさせたの?」

彼はまたくすっと笑うけど、どこかがおかしい。「ありえないことじゃないな、たしかに」そう言って、真顔になる。「だけど、そうじゃない。じつはその——ケント先生に悪態をついたんだ」

わたしはあきれて笑う。「悪態を? それで停学になったの?」

「そう」マイケルは頭をかく。「どうやらヒッグスにはそういったことに関して厳格な方針があるらしいな」

わたしはうなずき、ベッキーの言葉を借りる。「なにしろ〝抑圧の国〟だから。だけど、どうしてそんなことしたの?」

「話せば長くなる。二週間前に模擬試験があって、その結果が月曜日に出たんだ。予想どおりひどい出来で、授業が終わってからクラスの先生に引きとめられた。E評価だったみたいでさ。先生はがみがみ叱りはじめた。僕には心底失望したとか、そもそも努力する気がないとか言って。聞いているうちに、どうしようもなく腹が立ってきた。こんなに努力してるのに。それなのに、先生はぐだぐだ説教を続けて、あげくの果てに僕のレポートに指を突きつけて言うんだ。〝これはいったい何なの? 何が言いたいのかまったくわからないわ。論点、根拠、意見というレポートの基本がまるでできていない〟って。それで、最終的にケント先生の部屋に連れていかれた。まるで小学生みたいに」

マイケルは黙り込む。目はわたしを見ていない。

「ケント先生にこんこんと諭された。君はもっとできるはずだとか、勉強に身が入っていないとか、努力が足りないとか。それで、反論しようとしたんだけど、ケント先生はああいう性格だろ。僕がそれは違うと言いかけたとたん、また頭ごなしにがみがみ言いはじめて、僕はますます腹が立ってきた。とにかく教師ってやつは、自分が間違っているかもしれないと認めることがどうしてもできないんだ。それでつい、〝ほんとは僕のことなんてこれっぽっちも気にかけていないくせに〟って言ってしまった。そうしたら、なんと停学になった」

今学期の最初の日に、ニックがマイケルについて言っていたことを思い出す。だけど、これを聞いてあきれるというより、むしろ感心してしまう。

「恐れ知らずの反逆者ね」

彼はわたしをまじまじと見る。「そうさ。僕を甘く見ちゃだめだ」

「先生たちがこれっぽっちも気にかけてないっていうのはほんとよ」

「うん、もっと早く気づくべきだった」

わたしたちは、また通りの向こうの家並みを見つめる。どの窓も夕日にオレンジ色に染まっている。わたしは雪が薄く積もった舗道に靴底をこすりつける。スケートのことを訊いてみたい気がするけど、わたしが訊くことじゃないという気もしている。彼にとってプライベートで特別なことだから。

「あなたがいないとつまらなかった」

長い沈黙が落ちる。

「僕もだ」

「今日、七年生がやったことは聞いた？」

「うん……ちょっと笑えるよね」

「わたしちょうど、そこにいたの。水曜日の五時限目はいつも校庭にいるから、まさに目の前で見てたの。まるで、紙テープの雨が降ってきたみたいだったわ」

マイケルが一瞬動きをとめた。しばらくすると、ゆっくりわたしのほうを向く。

「すごい偶然だな」

言いたいことがわかるまで、少し時間がかかった。

ばかばかしい。わたしがいつもその時間、授業をさぼって校庭にいることを、ソリティアが知っているわけがない。先生に気づかれることだってめったにないのに。そんなはずがない。だけど、以前マイケルが言っていたことが頭に浮かぶ。『スター・ウォーズ』、「マテリアル・ガール」、猫、バイオリン。そして、ベン・ホープの襲撃――あれはチャーリーとのことが発端だった……。だけど、ありえない。わたしは特別な人間じゃない。そんなことがあるわけがない。だけど――。

偶然が重なりすぎている。

「ほんと、すごい偶然」

わたしたちは立ち上がり、だんだん白くなっていく舗道を歩きはじめる。マイケルは自転車を押して歩き、わたしたちの背後に灰色の長い線が続く。マイケルの髪に、小さな白い雪片がついている。

「これからどうするの？」わたしは尋ねる。これからというのがいつのことなのか、自分でもわからない。今この瞬間？　今日このあと？　それとも、これから先の人生？

「これから？」マイケルはしばらく考える。「そうだな、自分たちの若さを喜び、祝うことにしよう。それが僕たちのするべきことじゃないかな」

気がつくと、顔がほころんでいる。「そうね、それがわたしたちのするべきことよね」

さらに歩き進めるうちに、ちらちら降っていた小さな雪片は、五ペンス硬貨ほどの大きさになる。

「君がベッキーになんて言ったか、聞いたよ」

「誰に聞いたの？」

「チャーリーだ」

「チャーリーは誰から聞いたの？」

マイケルは頭を振る。「さあ」

「チャーリーと、いつ話したの？」

マイケルは目をそらす。「停学になる前。君が大丈夫なのか気になって」

「わたしが落ち込んでるとでも思ったわけ？」

つい言い方がきつくなってしまう。

わたしは人に心配されたくない。心配されることなど何もない。どうしてわたしがこういう人間なのか、詮索されたくない。それをまっ先に知らなくちゃならないのはわたしで、わたし自身がまだ理解できていないのだから。とにかく、人に干渉されるなんてまっぴらだ。誰かが勝手にわたしの頭の中に入って不完全な部分をさがし出しては、あれこれ言ってくるなんて我慢できない。

そういうのが友達なら、友達なんていらない。

マイケルが笑顔を見せる。まっすぐな笑顔だ。それから突然笑いだす。「君って人は、人に心配されるのが、ほんとにいやなんだな」

わたしは何も言わない。彼の言うとおりだ。だけど何も言わず黙っている。

マイケルが笑うのをやめる。沈黙の中で数分が過ぎる。

四週間前、マイケルを知らなかったときのことを思う。ソリティアはまだ現われていなかった。あのころよりも悲観的になっていることは自覚している。まわりは悲しいことだらけで、そう感じているのはわたしだけのようだ。たとえば、ベッキー。ルーカス。ベン・ホープ。ソリティア。みんな人を傷つけることをなんとも思っていない。

それとも、自分が人を傷つけていることがわからないのかもしれない。だけど、わたしにはわかる。

問題は、誰も行動を起こさないことだ。

問題は、わたしが行動を起こさないことだ。

わたしは、ただここで手をこまねいて、誰かが状況をよくしてくれると決め込んでいる。

やがて、マイケルとわたしは町のはずれにたどり着いた。あたりは暗くなりはじめ、街灯が地面に黄色い光を投げかけている。大きな二軒の家のあいだの広めの路地を抜けると、町と川のあいだに広がる雪に覆われた原っぱに出る。白、グレー、青。霧にかすんだ風景が、フロントガラスの雨粒を通して見る一枚の絵画のようだ。

わたしはそこに立ちつくす。すべてがとまって見える。まるで地球を離れたみたいに。まるで宇宙を離れたみたいに。

「すごくきれい」ようやく口にする。「雪ってきれいだと思わない？」

マイケルは同意してくれると思ったけれど、違った。

「そうかな。ただ寒いだけだよ。ロマンチックだと思うかもしれないけど、実際はただ冷たいだけだ」

6

「それで、トリ」ケント先生は、わたしのレポートに目を通している。「今回の君の意見は？」

金曜日の昼休み。何もすることがないので、次の英文学のレポートを早めに提出することにした。テーマは、〝『高慢と偏見』の主題における結婚の重要性について〟。今日のケント先生は、どうやらしゃべりたい気分のようだ。わたしが最も苦手とすることだ。

「今回はふつうに書きました」

「そうしてくれると思ったよ」先生はうなずく。「その上で、君がどう思ったかを知りたい」

このレポートを書いたのはいつだっただろう。月曜日の昼休みだったか、火曜日だったか。どの日も同じで区別がつかない。

「結婚は、この物語の中心的な主題だと思うかね」

「主題のひとつではあります。でも中心的ではないと思います」

「エリザベスが結婚に関心を持っているかについてはどう思う？」

わたしは映画を思い浮かべる。「そうだと思います。でも、ミスター・ダーシーと一緒にいて、結婚を意識することはなかったと思います。ダーシーと結婚を結びつけたことはない。そのふたつはまったく別の問題なんです」

「では、この小説の中心的な主題はなんだと思う？」

「自意識です」わたしはブレザーのポケットに手を突っ込む。「彼らは涙ぐましい努力をして、本来の自分と、自分が人からどう見られるかを融合させようとしています」

ケント先生はまたうなずく。まるでわたしが知らないことを知っているとでもいうように。「おもしろい。ほとんどの人が、この小説の主題は愛だと言う。あるいは、階級制度だとね」先生はわたしのレポートをフォルダーにしまう。「トリ、家では本をたくさん読むかね」

「まったく読みません」

先生は驚いたようだ。「それなのに、英文学を選択しようと思ったのか」

わたしは肩をすくめる。

「君の楽しみは？」

「楽しみ？」

「何をしているときが楽しい？　誰でもひとつくらい趣味はあるもんだ。わたしの場合は読書だが」

わたしの趣味は、ダイエット・レモネードを飲むことと、皮肉なことを考えることだ。「以前は、バイオリンを弾いてました」

「ほう、立派な趣味だ」

〝趣味〟という言葉のニュアンスが嫌いだ。工作とかゴルフとか、前向きな人がやることという印象がつきまとう。

「でも、もうやめました」

「どうして」

「わかりません。あまり楽しいと思えなかっただけです」

ケント先生は膝を手でたたきながら、百回ほどうなずく。「なるほど。今はどんなことを楽しんでいる？」

「映画を観るのは好きです」

「友達と遊ぶのは？　友達と一緒にいるのは楽しくないかい？」

わたしは考える。誰かといるのは楽しいと感じるべきなんだろう。みんなそうしている。楽しむために一緒にいる。冒険したり、旅をしたり、恋に落ちたり。けんかしてお互いを見失って、また仲直りしたり。みんなやっていることだ。

「君は誰を友達だと思っている？」

わたしはまたじっくり考え、頭の中でリストを作る。
1．マイケル・ホールデン――今のところ、いちばんしっくりくる友達候補
2．ベッキー・アレン――かつては親友だったけど、今は明らかに違う

3．ルーカス・ライアン――右に同じ

これまでほかに誰かいただろうか。まったく思い出せない。

「たしかに、友達が少なければ、わずらわしいこともない」ケント先生はため息をつき、ツイードのジャケットの腕を組む。「しかし、友情にはたくさんの利点がある」

何が言いたいのかさっぱりわからない。「友達ってそんなに大切ですか」

先生は両手の指を組む。「これまで観た映画を思い出してみてほしい。いろんなことがうまくいって、幸せになる人のほとんどに、友達がいるはずだ。多くの場合、ひとりかふたり、ごく親しい友人が。『高慢と偏見』のダーシーとビングリーしかり。ジェインとエリザベスしかり。『ロード・オブ・ザ・リング』のフロドとサムしかり。友達は大切だ。友達のいない一匹オオカミは、たいていが敵役《かたき》だ。自分だけを頼りに生きるほうが楽だと思うかもしれないが、人はひとりでは生きられない」

その意見に同意できず、わたしは黙っている。

ケント先生が身を乗りだす。「いいか、トリ。殻を破るんだ。君はもっとうまくやれるはずだ」

「うまくやれる？　たしかに、成績はよくありませんけど」

「とぼけるな。問題はそこじゃないことはわかっているはずだ」

わたしは眉を上げて見せる。

先生も同じように眉を上げる。皮肉がにじんでいる。「しっかりしろ。君は変わらなきゃいけない。このまま人生のチャンスを逃がし続けるのは、あまりにももったいない」

わたしは椅子から立ち上がり、部屋を出ようと背中を向ける。

ドアを開けたとき、先生が小声で言う。「自分で変えようと決心するまで、何も変わらないぞ」

わたしはドアを閉める。今の会話はぜんぶ空想だったんだろうかと思いながら。

7

最後の時限は自習時間で、わたしは談話室にすわっている。ほかのテーブルにいるベッキーをじっと見つめるが、彼女はわたしに目を向けない。イヴリンもそこにいて、ずっと携帯をいじっている。

ブログをチェックすると、メッセージが一件届いている。

匿名メッセージ：本日の考察：なぜ人は神を信じるのか？

ソリティアのブログをチェックする。今いちばん上にあるのは、小さい男の子がプラスチックの容器からシャボン玉を吹いているＧＩＦ画像だ。吹きだされた泡の弾丸がいっせいに空に舞い上がり、カメラがそれを追う。シャボン玉が、太陽の光にピンクやオレンジやグリーンやブルーに照らされる。画像はリピートし、また男の子が泡を吹き上げる。男の子、シャボン玉、空、男の子、シャボン玉、空。

家に帰ると、さすがの母さんもわたしの様子がおかしいと気づいたらしく、何かあったのかと訊いてきたけど、わたしは自分の部屋に直行する。少し歩き回ってから、ベッドに横になる。チャーリーがやってきて、どうしたのと訊いてくる。話そうとすると涙があふれてくる。それも静かな涙じゃなく、わたしは大泣きに泣いて泣きじゃくる。そんな自分がすごくいやで、空気が入らないくらい両腕でぴったり顔をふさぎ、息ができなくなるほど激しく泣き続ける。

「何かしなくちゃ」言葉があふれてくる。「何かしなくちゃ」

「何かって何を?」チャーリーが膝を胸に抱え込む。

「それは――わからない――誰もが――何もかもがもうめちゃくちゃ。もうみんなめちゃくちゃなの。ベッキーとのこともだめにしちゃったし、マイケルとのこともだめにし続けてる。ルーカスのことは、どんな人間なのかほんとはよくわからない。これまで、わたしの人生はすごくふつうだった。退屈でつまらないと思ってた。あのころに戻りたい。前は何も考えてなかった。だけどあの日――土曜日――あそこにいた人たちは、誰ひとり気にしていなかった。ベン・ホープが殴り殺されるかもしれないのに、人ごとだと思っていた。結局、そんなことにはならなかったけど――わたしはもう、あんなふうではいられない。わけがわからないのはわかってる。なんでもないことに大騒ぎしてるだけなのかもしれない。自分がどうしようもない人間だってことも、できそこないの人間の見本みたいだってこともわかってる。だけど、ソリティアが現われる前は、うまくやってた。とくに問題はなかった。ぜんぜん大丈夫だった」

チャーリーはただうなずく。「うん」

彼はわたしが泣きながらまくし立てるあいだ、黙ってそばにいてくれて、わたしが少し落ち着いて、寝ると言うと部屋を出ていった。目を開けたまま横になり、これまでの人生で起こったことをぜんぶ思い起こしてみる。あっという間に今の自分にたどり着く。眠るのは無理だと悟り、とくに目的もなく部屋のあちこちをさぐってみる。机の引き出しの中に、大切な物を収めた箱――宝箱みたいなもの――がある。開けてみると、いちばん上に七年生の夏につけていた日記がある。最初のページを読んでみる。

8月24日（日）
10時30分に起きて、ベッキーと映画館で『パイレーツ・オブ・カリビアン／デッドマン・チェスト』（タイトルってこれで合ってる⁇）を観た。すごくすっごくよかった。ベッキーはオーランド・ブルームが超かっこいいって言ってる。それから、大通りまでピザを食べに行った。ベッキーはハワイアンで、わたしはもちろんプレーン・チーズ。おいしかった！　来週、ベッキーが泊まりにくる。すっごく楽しみ。ベッキーは好きな男の子のことを話したいんだって‼　いっぱい食べて、ひと晩中寝ないで、映画を観ようって約束した。

日記を引き出しの底にしまい、しばらくのあいだ黙ってすわっている。そして、もう一度日記を出してきて、ハサミを見つけて切りきざみはじめる。ページも表紙もぜんぶ破いて、膝の上に紙吹雪の山ができるまで細かく切りきざむ。

宝箱には、空《から》のシャボン玉の容器も入っている。ずっと前にベッキーが誕生日にくれたものだ。わたしは昔、シャボン玉が好きだった。シャボン玉の中は空っぽだという思いはずっとあったけど。そのとき、ソリティアのブログにあったGIF画像を思い出す。まただ。バイオリンの動画や、『スター・ウォーズ』や、ほかのくだらないあれこれのリストに、またひとつ加わった。シャボン玉の容器を見つめる。何も感じずに。もしくはあらゆることを感じながら。わからない。

いや、わかっている。

マイケルの言うとおりだ。彼は最初から正しかった。ソリティアは……ソリティアは、わたしに語りかけている。

わけがわからない。だけど、マイケルは正しかった。

バスルームに駆け込んで吐く。

部屋に戻ると、引き出しに箱を押し込んで閉め、次の引き出しを開ける。引き出しいっぱいに文房具が入っている。ペンをぜんぶ出して紙に走り書きをして、だめになっているもの、つまりほとんどのペンをベッドの下に投げ捨てる。窓の外からの音を聞こえないようにするため、大声で鼻歌を歌う。そんなものは、わたしが勝手に作りだしたものだとわかっているから。涙があふれ、収まっては、またあふれ出してくる。あまりに強くこすりすぎて、目を開いていても星が見えてくる。

またハサミをつかんで鏡の前にすわり、三十分以上かけて取りつかれたように枝毛をカットする。極太の黒いマーカーが目にとまり、急に何かを書きたくなる。それで自分の腕に黒々と〝わたしはヴィクトリア・アナベル・スプリング〟と書く。ほかに書くことを思いつかなかったからであり、ミドルネームがあることを自分に思い出させる必要があると感じたからでもある。

ソリティアはわたしに語りかけている。意図的かもしれないし、そうじゃないかもしれない。でも、わたしにはそれに対処する責任がある。わたしがなんとかしなければ。

ベッドサイドのテーブルに移動する。引き出しから、古いペン数本と、読んでいない本を数冊、メイク落としシートと、もう書いていない今の日記も取りだす。日記を開き、ぱらぱらと読んで閉じる。すごく感傷的で、ありきたりなティーンエイジャーだ。自分でもいやになる。目を閉じて、できるだけ長く——四十六秒——息をとめる。それから、二十三分のあいだ、休まずめそめそ泣き続ける。それからノートパソコンの電源を入れ、お気に入りのブログを流し読みする。自分のブログには何も書かない。最後に投稿したのはいつだったのか、思い出せない。

8

おかしな週末だった。何をすればいいかわからず、ずっとベッドでネットを見たり、テレビを観たりしていた。日曜日の昼食のあと、ニックとチャーリーがわざわざしゃべりに来てくれて、わたしは自分の怠惰さを大いに反省させられた。そんなわけで週末の最後は、ニックとチャーリーに連れられて地元の音楽フェスに出かけることにした。会場はリバー・ブリッジを渡ったところにある〈ザ・クレイ〉と呼ばれる芝生のない広場で、まばらな木と壊れたフェンスに囲まれている。

ニックとチャーリーと一緒に、ステージを囲む群衆に向かってぬかるみの中を歩いていく。まだ雪は降っていないけど、いまにも降りだしそうな気配だ。一月に音楽フェスを開こうなんて考えた人は、相当なサディストに違いない。

ロンドンから来たらしいインディーズ・バンドの大音量の演奏は、大通りの端からでも聞こえるほどだ。明かりらしき明かりはなく、大勢の人が懐中電灯や、蛍光のグロースティックを持っている。広場の隅には勢いよく燃える焚き火もある。わたしは明らかに準備不足だ。今すぐ橋を戻って大通りを駆けて、家に帰ろうかと思う。

だめだ。この期に及んで逃げ帰ることはできない。

「大丈夫?」チャーリーが、音楽に負けじと声を張り上げる。チャーリーとニックは数歩先を歩いていて、向けられたニックの懐中電灯が、わたしの目をくらませる。

「俺たちはステージを観にいくけど」ニックがステージを指さす。「一緒に行く?」

「行かないわ」

チャーリーは、わたしが歩きだすのをじっと見ている。ニックがチャーリーの手を引き、ふたりは人混みの中に消えていく。

わたしも人混みにまぎれる。

熱気がすごく、ステージはよく見えない。見えるのは、緑や黄色に光るグロースティックと、ステージの照明だけだ。バンドは少なくとも三十分は演奏していて、広場は粘土《クレイ》というより、もはや沼地だ。ジーンズに泥が跳ねる。ヒッグスの知り合いを何人も見かけ、そのたびに皮肉を込めて大きく手を振る。人混みのまん中で、イヴリンがわたしの肩を揺さぶり、ボーイフレンドをさがしてるのと金切り声を上げる。彼女のことがほんとに嫌いになりそうだ。

しばらくすると、さっきから紙切れを踏んで歩いていることに気づく。紙はそこらじゅうに散らばっている。人混みの中でかがんで一枚拾い上げ、携帯電話のライトで照らして見る。フライヤーだ。黒地に赤いハートが逆さに殴り書きされ、それを円が囲んでいる。ハートはアルファベットのAに見える。

アナキズムのシンボルのサークルAのつもりだろうか。その下には、こう書かれている。

金曜日

手が震えてきた。

これが何を意味するのか考える暇もなく、わたしは人の波に押されて、気がつくとローレンとリタと一緒にステージ際の柵の前でとび跳ねているベッキーのすぐ横に押しだされていた。彼女と目が合う。

リタのうしろにはルーカスもいる。襟先に小さな金属のチップがついたシャツの上に、前ボタンのセーターとオーバーサイズのデニムジャケット。ヴァンズのスニーカーとロールアップしたブラックジーンズ。ルーカスを見ていると、すごく悲しくなってくる。

フライヤーをコートのポケットに押し込む。

ルーカスがリタの肩越しにわたしを見てあとずさりするが、人混みの中ではそれはかなりむずかしい。わたしはルーカスをまっすぐに見て自分の胸を指さす。次に彼を指さし、最後に誰もいない広場の隅を指さす。

動こうとしない彼の腕をつかんで人混みを出て、大音量のスピーカーから離れたところに引っ張っていく。

そのときふと思い出す。十歳か九歳か八歳のころ、今と同じように、よくルーカスの腕を引っ張っていた。彼はひとりでは何もできなかった。わたしはなんでもひとりでやるのが得意だった。わたしは、ルーカスの世話をするのを楽しんでいたんだと思う。だけど、時がたてば他人の面倒をみていられなくなるときがくる。自分のことにかかりきりになるときが。

だけど考えてみると、わたしはそのどちらもできていない。

「ここで何してるの」ルーカスが訊く。わたしたちは人混みから抜けだし、焚き火の手前で立ちどまる。いろんな人たちが飲み物を手に笑いながら通り過ぎていくけれど、焚き火の周囲にはほとんど人がいない。

「いろいろよ」ルーカスの肩をつかんで顔を寄せ、真剣に言う。「あなたこそ――どうしたの? そんなこじゃれた格好をして」

彼は肩からわたしの手をそっとはずす。「まじめに訊いてるんだ」

バンドの演奏が終わった。一瞬の静寂のあと、人々の話し声がひとつの大きなざわめきへと収束していく。さっきのフライヤーがあちこちに散らばっている。

「カフェの外にすわって、一時間ずっと待ってたのよ」ルーカスに悪かったと思わせたい。「どうして避けるのか、今言ってくれないなら、友達なんてやめにしたほうがいいと思う」

ルーカスの顔がこわばって、薄明かりの中でもわかるくらいに赤くなり、わたしたちは二度と親友に戻れないんだと思い知らされる。

「すごく……むずかしいんだ……君と……一緒にいるのが」

「どうして？」

彼は答えあぐねている。指で髪を片方になでつけ、目をこすり、襟が曲がっていないか確かめ、膝をかく。そして、突然笑いだす。

「君っておもしろいよね、ヴィクトリア」ルーカスは首を振る。「すごくユニークだ」

わたしは彼の顔を殴りたい衝動をぐっとこらえて、怒りをぶちまける。

「ふざけないで！　何が言いたいの？」声を張り上げるが、周囲の喧騒にまぎれて、聞こえているかどうかはわからない。「頭がおかしいの？　どうしてそんなことが言えるの？　どうしてまたわたしと友達になりたいと思ったのか、どうして今わたしの目を見ようとしないのか、ぜんぜんわからない。あなたのすることも言うことも、何ひとつ理解できなくて、すごくいらいらする。ただでさえ、わからないことばかりだから。自分のことも、マイケルのことも、ベッキーのことも、弟のことも、このくだらない惑星で起きる何もかも、何ひとつ理解できない。わたしのことが嫌いだったら、はっきり言ってよ。ひとつでいいから、たったひと言でいいから、このもやもやを晴らしてくれる答えをちょうだいよ。だけど、自分には関係ないと思ってるんでしょ？　わたしの気持ちも、ほかの人の気持ちも、どうだっていい、そうでしょ？　あなたもみんなと同じよ」

「誤解だよ。そういうんじゃ――」

「みんな病んでるのよ」両手で頭を抱えて激しく振り、わけもなく気取った口調で言う。「あなただってそうよ。ピュアで完璧なルーカスも、病んでるんだわ」

彼は顔を引きつらせ、怯えたようにこちらを見ている。すごく滑稽だ。笑いがこみ上げてくる。

「わたしの知ってる人は、たぶんみんな病んでる。幸せな人なんて、ひとりもいない。どんなに完璧に見えても、何かしらうまくいっていない。わたしの弟がまさにそう！」わたしは皮肉な笑みを投げる。「わたしの弟は、どこから見ても完璧な人間よ。だけど――食べ物が好きじゃないの。正真正銘、食べ物が嫌いなの。だけど、どうなんだろう。ほんとは好きすぎるのかも。好きすぎるから、常に完璧でないと気がすまないのかも」

わたしは、もう一度ルーカスの肩をぐいとつかむ。

「ある日、弟はそんな自分がいやになった。食べ物に執着する自分が許せなくなって、いっそのこと食べ物なんてないほうがいいと思うようになった」笑いすぎて、涙がにじんでくる。「ほんと、ばかみたい！　食べなきゃ死んでしまうんだから、そうでしょ？　だから、わたしの弟は、チャーリーは、それなら今ここでケリをつけてしまおうと思ったの！　それで去年、チャーリーは――」わたしは腕を上げて、手首を指さす。「自分で自分を傷つけた。あとで、わたしにカードをくれた。そこには〝ごめん、そんなつもりじゃなかったんだ〟って書かれてた。だけど、実際そうなってしまった」

わたしは頭を左右に振って、笑い続ける。自分が大げさに言っているのはわかっている。大変なことがあったのはあのひと晩だけなのに、もっとずっと恐ろしいことのように話している。だけどわたしの脳は、ただの雲をハリケーンに変えるのをやめられない。

「どうしてわたしが死にたくなるかわかる？　そうなることがわかっていたのに、何もしなかったからよ。思い過ごしだと決めつけて、誰にも何も言わなかったからよ」

涙が頬を伝っていく。

「おもしろいことを教えてあげる。チャーリーがくれたカードにはね、ケーキの絵が描かれてたのよ！」

ルーカスは何も言わず、くすりとも笑わない。どうしてだろう、こんなにおかしいのに。彼は苦しげにうめくと、回れ右をして歩き去る。わたしは涙をぬぐい、ポケットからフライヤーを出して見る。だけどまた演奏がはじまり、あまりの寒さに脳がうまく働かない。頭に浮かぶのはただ、あの悲しいケーキの絵だけだ。

9

「ヴィクトリア？　トリ？　もしもし？」

電話の向こうから、誰かが話しかける。

「どこにいるの？　大丈夫？」

わたしは人混みのそばにひとりで立っている。音楽は流れていない。次のバンドを観ようと、さらに多くの人たちが群衆に加わりはじめる。わたしが人の波に流されて、またうねりの中に巻き込まれるのにはわずかな時間しかかからない。地面のあちこちにあのフライヤーが散らばり、人々がそれを拾いはじめている。いろんなことがあまりにも早く起こっている。

「大丈夫」わたしはようやく言う。「大丈夫よ、チャーリー。今はステージのあたりにいる」

「よかった。今、ニックと車に戻るところなんだ。トリも戻ってきて」

ガサゴソという音がして、チャーリーに代わってニックが言う。「トリ、よく聞いて。今すぐ車に戻るんだ」

だけど、ニックの言うことが頭に入ってこない。

何かが起きている。

ステージには巨大なＬＥＤのスクリーンがあり、さっきまでは幾何学的な動く映像や、演奏中の曲のタイトルが映しだされていた。

そのスクリーンが今はまっ暗になり、暗い客席にグロースティックの小さな光だけがぽつぽつ広がっている。興味をもって近づく人の波に乗せられて、わたしもステージのほうに押されていく。人混みから抜けだそうとして背を向けたそのとき、遠くのほうに人影が見える。川の向こうからこちらを見つめている男の子。あれはニック？　はっきりとはわからない。

「何か……何かが起きてる……」携帯で話しながら、スクリーンを振りかえる。

「トリ、今すぐ車に戻るんだ。何かおかしなことが起こってる」

ＬＥＤのスクリーンが変化する。一瞬まっ白に輝き、次に血のような赤へ、それからまた黒へと色を変える。

「もしもし、トリ？　聞こえるか？」

スクリーンの中央には今、赤い小さな点がある。

その点がしだいに大きくなり、ひとつの形になる。

「トリ!?」

逆向きのハートだ。

ステージにビヨンセでも登場したみたいに、群衆から歓声が上がる。

わたしは赤いボタンをタップして電話を切る。

そのとき、加工された性別不明の声がスピーカーから流れてくる。

「ようこそ、ソリティアの同志諸君」

群衆は腕を振り上げ、いっせいに声を上げる。歓声なのか、悲鳴なのかはわからないけれど、楽しんでいるのは間違いない。集団はさらにステージに近づこうと押し合い、熱気で汗が湧いてくる。すぐに息をするのも苦しくなってくる。

「楽しい時間を過ごしているかな？」

地面を揺るがすような歓声が夜空に響きわたる。わたしの手には、拾ったフライヤーがある。ルーカスも、ベッキーも、知っている顔はどこにも見当たらない。ここから出ないと。わたしはひじを張り、身体を一八〇度回転させて、熱狂する人々をかき分けて進みはじめる。

「今日ここに来たのは、われわれが計画している特別なイベントのことを伝えるためだ」

人混みに逆らおうと全力で押しても、まったく前に進めない。みんな催眠術にかかったようにスクリーンを見上げ、なんだかわからないことを口々に叫んでいる。

そのとき、人々の頭のあいだからまた人影が見える。川の向こうにいるのは、さっきの少年だ。

「大いなるサプライズになることを期待している。次の金曜日。ヒッグスことハーヴィー・グリーン・グラマースクールに通う者は、警戒をおこたるな」

目を細めて見るが、誰なのかわからない。あたりは暗く、人々はあまりにも騒がしく、楽しげで、狂気じみている。もう一度スクリーンのほうに身体をひねると、四方八方からひじや膝がぶつかってくる。スクリーンには、日、時間、分、秒が表示され、カウントダウンに合わせて群衆がこぶしを振り上げている。04：01：26：52…04：01：26：48…04：01：26：45…

「これは、ソリティア史上最大の作戦になる」

その言葉とともに、少なくとも二十発の花火が打ち上がる。群衆のあいだから発射された花火は、流星のように頭上に降りそそぎ、そのうちのひとつは、わたしからほんの五メートルの場所に落ちる。近くにいた人たちはきゃっと悲鳴を上げて火の粉から飛びのくが、そのほとんどがどこか楽しげな、わくわくした叫びだ。人混みがあちこちに動きだし、わたしはもみくちゃになる。死ぬんじゃないかと思うくらい心臓が激しく波打つ。わたしは死ぬ、もうすぐ死ぬんだ――気がついたときには人混みの端から投げだされ、川岸にいる。

恐怖にかられて群衆を見つめる。さまざまな形と色の花火が、あちこちで次々と爆発している。数人が人混みから逃げだし、中には火がついている人もいる。ほんの数メートルのところで女の子がへたり込み、泣き叫ぶ友人たちに引きずられていく。

けれど、ほとんどの人が色とりどりの光に目を奪われ、楽しんでいるように見える。

「トリ・スプリング！」

一瞬、ソリティアがわたしに話しかけていると思い、心臓がとまりそうになる。違う。声は川の向こうから聞こえる。叫んでいるのはあの少年だ。わたしは振りかえる。川の向こうに彼がいる。このあたりの川幅は狭く、彼は怪談でもはじめるみたいに、携帯電話の明かりで顔を照らしている。Tシャツとジーンズだけの格好で、息を切らしてわたしに手を振っている。彼の体内には発熱装置があるに違いない。

わたしはマイケルを見つめる。

手には水筒のようなものを持っている。

「それって……紅茶⁉」わたしは叫ぶ。

マイケルはすっかり忘れていたというように、水筒をしげしげと見つめる。そしてもう一度こちらを見て、目をきらきらさせて闇に向かって叫ぶ。「紅茶は命の水だよ！」

近くの集団から新たな悲鳴が起こり、振りかえると、人々が声を上げながらあとずさりして、地面を指さしている。わたしから二歩くらいの場所に、小さな光がある。その光は、地面に立てられた筒に向かってシューッという音を立てながらゆっくり進んでいく。

「われわれの参加を断固として拒んだクレイ・フェスティバル実行委員会には、とくに感謝したい」

このままでは、至近距離から花火が打ち上がることになる、そう気づくまでにきっちり二秒かかる。

「**トリ！**」マイケルの声が響きわたる。動こうとしても、身体がすくんで動かない。「**トリ、川に飛び込むんだ、今すぐ！**」

わたしは彼のほうに顔を向ける。一瞬、運命を受け入れて、すべてを終わりにしたいという思いに駆られる。

マイケルの顔が、混じりけのない恐怖でこわばる。そして一瞬動きをとめたかと思うと、彼は川へ飛び込む。

零度の寒さなのに。

「まさか」思わず言葉が口をついて出る。「嘘でしょ」

「ブログから目を離さぬよう。そして互いから目を離さぬよう。すべては君たちにかかっている。忍耐は命とり」

光が筒に近づいてくる。たぶんあと五秒。あと四秒。

「トリ、川に飛び込め！」

スクリーンが暗転し、叫び声は最高潮に達する。マイケルが片手をこちらにのばし、もう片方の手は水筒を頭上に持って、水の中を歩いて向かってくる。やるしかない。

「トリ‼」

わたしは岸を蹴り、川に飛び込む。

すべてがスローモーションになる。すぐうしろで花火が爆発し、目の前の水面に黄色や青や緑や紫の光が踊る。きれいだと一瞬思うが、ほんの一瞬だけだ。しぶきを上げて着水したとたん、あまりの冷たさに脚が動かなくなる。

そのとき、左腕に痛みを感じる。

さっと目をやる。炎が袖をはい上がってくる。マイケルが叫んでいるけど、何を言っているのかはわからない。わたしは氷のような水に腕を突っ込む。

「畜生」マイケルが水筒を頭の上に掲げて水の中を進んでくる。川幅は十メートルはある。「くそっ、凍えそうだ！」

「ソリティアの同志諸君、くれぐれも忘れるな。正義がすべてだ」

声がぷつりと途絶える。川の向こうでは、人々がわれ先にと車へ向かっている。

「大丈夫か？」マイケルが叫ぶ。

わたしは恐る恐る水面から腕を上げる。コートの袖はすっかり焼け落ちて、セーターとシャツの袖もボロボロになっている。シャツの下の皮膚はまっ赤だ。もう片方の手で押さえる。痛い。半端じゃなく。

「くそっ、しゃれにならないな」マイケルはさらに急ごうとするが、身体がガタガタ震えている。わたしもまた一歩、川の中を前に進む。コントロールできないほど身体が震えている。寒さのせいなのか、もう少しで死ぬところだったからなのか、腕が焼けるように痛いからなのかわからない。わたしはうわごとみたいにつぶやく。「死んじゃうかも。わたしたち、ふたりとも死んじゃうかも」

マイケルの顔に笑みが浮かぶ。今は川のまん中くらいまで進み、水が胸のあたりまできている。

「じゃあ、急がないと。今日は低体温症で死にたい気分じゃない」

水位が膝のあたりまで上昇している。ひょっとすると、また歩いたのかも。「酔ってるの？」彼が両手を上げて叫ぶ。「僕くらい素面《しらふ》の人間は、この地球上にいないよ！」水はもうウエストあたりまできている。やっぱり、わたしは歩いているみたいだ。マイケルまであと二メートル。「ちょっと外に出てくるよ！」彼は歌うように言う。「しばらく戻らないかもしれない！」そして、つぶやく「ヤバいな、マジで凍死しそうだ」

わたしもまったく同じことを考えている。

「いったい何があったんだ？」もう叫ぶ必要はない。「あんなところにひとりでいて」

「死ぬところだったの」何を訊かれているのかわからないまま答える。ショック状態なのかもしれない。「花火で」

「オーケー。もう大丈夫だ」マイケルがわたしの手を取り、赤くただれた左腕を見て息をのむ。悪態をつくのをこらえているみたいだ。「大丈夫。君は大丈夫だ」

「ほかにもたくさん——傷ついた人が——」

「聞いて」マイケルは水中でわたしのもう片方の手をさぐり、身をかがめて目線を合わせる。「大丈夫。ほかのみんなも心配ない。さあ、病院に行こう」

「金曜日」わたしは言う。「ソリティアが……金曜日に……」

ステージを振りかえると、目に飛び込んできた光景は壮観だった。ステージに置かれた大きな扇風機が、観客の頭上にチラシの雨を降らせている。グラウンドのあちこちでは今も花火が上がり、そのたびに悲鳴が湧き起こる。まるで嵐だ。人が危険を冒してわざわざ外に出て、スリルを味わいたがる嵐そのものだ。

「ずっとさがしてたのよ」身体の感覚はほとんどない。

マイケルがなぜかわたしの頬を両手ではさみ、顔を近づけてくる。

「トリ・スプリング、僕はずっと前から君をさがしてたんだ」

花火は終わることなく打ち上がり、マイケルの顔を色とりどりに照らし、彼のメガネで光がきらりとはじけ、フライヤーがまるでハリケーンに巻き込まれたように渦を巻いて飛びかい、闇に沈む水が息をできなくさせ、わたしたちはすごく近くて、みんながわたしたちを指さして叫んでいるけど、そんなことはどうでもよくて、冷たさがしびれる痛みに変わっていくけど、ほとんど何も感じず、涙が頬で凍っているようで、ほんとは何が起こっているのかわからず、だけど何かしらの惑星の力によって、わたしはほかにどうすることもできないみたいに彼にしがみつき、彼はわたしが溺れかけているかのようにぎゅっと抱きしめ、わたしの頭のてっぺんにキスをしたと思うけど、それは雪のひとかけらかもしれず、だけどたしかに「人はひとりでは泣かない」というささやき声が聞こえ、でもそれは「人はひとりでは死なない」だったかもしれず、ここにいるかぎり、この世界にはほんのわずかでも希望のようなものがあるのかもしれないという気がしてきて、寒さで気絶する前に最後に考えたことは、もし死ぬなら、天国に行くより幽霊になりたいということだ。

10

今日は月曜日。たぶん。ゆうべのことはよく思い出せない。気がつくと川岸で、マイケルの腕の中にいた。痛いほどの水の冷たさと、彼のTシャツのにおいを覚えている。その場からすぐに走って逃げたことも。わたしは何かを恐れているんだと思う。それが何かはわからない。言葉にすることもできない。

そのあと、ニックとチャーリーに連れられて救急外来に行った。腕には今、包帯が巻かれている。でも大丈夫。痛みはたいしたことはない。今夜包帯をはずして、クリームか何かを塗ることになっている。楽しみでもなんでもない。

包帯を見るたびにソリティアのことを思い出す。彼らに何ができるかを思い知らされる。

みんないつもどおりに楽しげで、それが気に入らない。今日の太陽は殺人的な凶暴さで、登校時にはサングラスが必要だ。巨大なプールみたいな空が、わたしを溺れさせようとしている。

談話室の椅子に腰を下ろしたとき、腕をどうしたのかとリタに訊かれ、ソリティアがやったと答える。大丈夫かと尋ねられ、涙が込み上げてきたので、大丈夫だと言って逃げだす。わたしは大丈夫だ。

いろんなものが断片的に目に飛び込んでくる。椅子の背に気だるくもたれる知らない女子グループ。友達が大笑いしているなか、ひとり窓の外を眺める十二年生の女の子。山の写真に〈大志〉という文字がでかでかと書かれたポスター。切れかけの蛍光灯。だけど、ソリティアが何者で、金曜日に何を企んでいるかを突きとめて、なんとしても阻止するという思いが、わたしを落ち着かせている。

休憩時間までに、校内にソリティアのポスターが六十六枚貼られているのを確認する。〈金曜日：正義は我らにあり〉と書かれたそのポスターを、ケント先生とゼルダ、それに監督生たちがぶつぶつ言いながら壁からはがして回っている。そのうちの誰かに追い抜かれることなく廊下を歩くことは、もはや不可能だ。

ソリティアのブログには、今日新たに二件の投稿がある。先週の学校集会で、プロジェクタースクリーンにソリティアのポスターが映しだされたときの写真と、聖母マリアの絵だ。あとでプリントアウトして、どちらも寝室の壁に貼るつもりだ。ソリティアの過去の投稿はすべてそこに貼ってある。今では壁を埋めつくす勢いだ。

ソリティアは、最初にひとりの少年をたたきのめした。そして次に、注目を集めたいという理由だけで、大勢の人にひどいけがを負わせた。それなのに、町中がソリティアに熱狂している。

わたしがとめなければ、誰もソリティアをとめられない。

昼休み、誰かに跡をつけられている気配を感じるが、ＩＴフロアにたどり着くまでに、うまくまけたと思う。マイケルと最初に出会ったC16の向かいの部屋、C15に入り席につく。わたしのほかに三人の生徒がいる。ケンブリッジ大学のサイトをスクロールしている十三年生と、謎解きクイズに熱中している七年生がふたり。誰もわたしに見向きもしない。

わたしはコンピューターを立ち上げ、ソリティアのブログを無駄に何度もスクロールして四十五分過ごす。

その最中、誰かが、C15に入ってきた。マイケルだというのは見なくてもわかる。また逃げた罪悪感と、きのうのことを話したくない気持ちで、彼の脇をすり抜けて部屋を飛びだし、行く先も決めずに足早に歩きはじめる。マイケルに追いつかれ、わたしたちは早足で並んで歩く。

「何してるの?」わたしは尋ねる。

「歩いてるのさ」マイケルが答える。

わたしたちは角を曲がる。

「数学教室か」彼が言う。わたしたちは数学のフロアにいる。「ここのディスプレイはすごくきれいだな。そうでなきゃ誰も数学を好きにならないからね。数学が楽しいだなんてどうして思えるんだろう。数学をやって得られるのは、偽の達成感だけなのに」

すぐ前の教室からケント先生が出てくる。

「ケント先生!」マイケルが言う。ケント先生はかすかにうなずき、わたしたちの前を通り過ぎる。

「彼はぜったい詩を書いてるな。あの目つきと、いつも腕組みをしてるのを見ればわかる。間違いない」

わたしは立ちどまる。いつのまにか二階をぐるっと一周して元の場所に戻ってきている。その場で、互いの顔を見つめ合う。マイケルは紅茶の入ったマグカップを手に持っている。一瞬、お互いハグしたいと思っているという妙な考えがよぎるが、すぐに背中を向けて、またC15に入る。

さっきのコンピューターの前にすわると、マイケルがとなりにすわってくる。

「きのう、また逃げたよね」彼が言う。

わたしは彼のほうを見ない。

「あのあと送ったメッセージにも、返信がなかった。おかげで、君がどうなったか知るには、チャーリーにフェイスブックのメッセージを送らなきゃならなかった」

わたしは黙っている。

「僕のメッセージは見た？　留守電は聞いた？　君が低体温症になってないか心配だったんだ。腕のこともね。心配でしかたなかった」

メッセージも留守電も、覚えていない。覚えているのは、ニックにバカだと怒鳴られたこと。チャーリーがニックのとなりの助手席ではなく、わたしのとなりの後部シートにすわってくれたこと。それから、救急外来に到着してから何時間も待たされたこと。ニックがチャーリーの肩で寝てしまったこと。チャーリーと〝二十の質問〟をして、チャーリーが毎回勝ったこと。昨夜は一睡もしなかったこと。今日は学校に行くと母さんに言ったこと。それくらいだ。

「ここで何をしてるの」マイケルが尋ねる。

何をしてるんだろう。「わたしは……」コンピューターの黒い画面に映る自分を見つめ、考える。「何か……何かはわからないけど、何かしなきゃと思ってる。ソリティアのことで」

「いつからソリティアに興味を持つようになったの？」

「それは――」答えようとするけど、どう答えていいかわからない。

彼は眉もひそめず、にこりともしない。

「興味を持っちゃいけないの？　あなたは興味があるんでしょ？　ソリティアがわたしに関係あると言ったのはあなたなのよ」

「君は興味がないと思ってただけだよ」声が少し震えている。「君らしくないというか……ちょっと意外だった。そもそも、何にもあまり興味がないのかと思ってたから」

それはそうかもしれない。

「あなたは今も興味がある……そうでしょ？」答えを聞くのが怖い気がする。

マイケルはしばらくわたしをじっと見つめる。「背後に誰がいるのか知りたいと思ってる。ベン・ホープの一件は、とんでもなくひどいことだった。そしてゆうべ……あれはどう考えても常軌を逸している。死者が出なかったのは奇跡だよ。ＢＢＣのニュース記事を見たかい？　クレイ・フェスティバルのことは、最後のステージで演出上のトラブルがあった、くらいにしか書かれていなかった。ソリティアのことなんて、ひと言も触れられていない。主催者は、イベントが乗っ取られたことを知られたくなかったんだろう。あの裏にブログの存在があるといくら訴えても、僕らみたいなガキの言うことを誰が聞いてくれる？」

マイケルは怯えたようにわたしを見つめる。わたしは、よほど変な顔をしているんだろう。彼は首をかしげる。

「最後に寝たのはいつ？」

わたしは答えない。ふたりともしばらく黙り込み、彼がまた口を開く。

「あのさ、これは一般論かもしれないんだけど……」一瞬口をつぐみ、「もし話したいことがあるなら、なんて言うか……つまり……人は誰でも話を聞いてくれる人が必要だと思うんだ。君はあまり話をしないよね。だけど、よければ……いつでも……話を聞くというか……わかるだろ？何が言いたいのか」

あまりにもとぎれとぎれで、はっきりとはわからないけど、わたしはよくわかるというように、何度もうなずく。彼のほっとしたような笑顔を見て、きっと満足してくれたんだと思う。次にこう訊かれるまでは。「話してくれないか、どうして気が変わったのか。どうしてそんなにのめり込んでるのか」

のめり込んでるなんて、思ってもみなかった。わたしにいちばんふさわしくない言葉だ。「誰かがやらなきゃならないでしょ」

「どうして?」

「大事なことだから。大事なことなのに、誰もちゃんと向き合おうとしないから」ふと頭に浮かんだことを口にする。「みんなひどいことに慣れすぎて、そうなるのもしかたがないと受け入れてしまうんだと思う」

マイケルは一瞬ほほ笑み、すぐに真顔になる。「ひどい目に遭ってしかたない人なんていないよ。ひどいことが起こるのを望んでいる人は、それが注目を集める唯一の手段なんだと思う」

「目立ちたいってこと?」

「誰からも注目されない人もいるさ」今ここにいるマイケルは、スケートリンクにいたあの少年だ。真摯で、真面目で、不機嫌で、老成し、静かに怒っている。「まったく見向きもされない人もいるんだ。どうして注目されるために行動を起こすのか、わかるだろ。待ってるだけじゃ、チャンスは一生巡ってこないからだ」

マイケルはバッグの中をごそごそさぐり、缶を出してわたしに差しだす。あまり知られていないブランドで、わたしの好みのダイエット・レモネードだ。彼はぎこちない笑みを浮かべる。

「さっき売店で、君を思い出して買ったんだ」

缶を見る。胸の奥に奇妙なものがこみ上げてくる。「ありがとう」

また長い沈黙が落ちる。

「あのとき」わたしは言う。「花火に火が点く直前、思ったの。ああ、これで死ぬんだって。今ここで、焼け死ぬんだって」

マイケルがわたしを見つめる。「だけど、そうはならなかった」

彼はいい人だ。わたしみたいな人間のそばにいるには、いい人すぎる。

そんな陳腐なことを考えている自分を笑いたくなる。前にも言ったと思うけど、真実とは陳腐なものだ。でもとにかく、わたしには真実だと思えることがひとつある。それは、マイケル・ホールデンがわたしにはいい人すぎるということだ。

★

その日の夜七時、夕食。母さんと父さんはどこかへ出かけている。ニックとチャーリーがテーブルの向かいにいて、わたしはオリバーのとなりにいる。わたしたちはパスタを食べている。肉が入っているけど、何の肉なのかわからない。食事にまったく集中できない。

「トリ、大丈夫?」チャーリーが目の前でフォークを振る。「どうしたのさ、ぼんやりして?」

「ソリティアが何かを企んでる。それなのに、誰も気にしていない。みんなどうでもいい話ばかりして、一切動こうとしない。あんなことがあったのに、まだただのおふざけだと決めてかかってる」

ニックとチャーリーは、おかしな人でも見るみたいにわたしを見ている。まあ、そうなんだけど。

「ソリティアのことが報道されないのは、たしかに妙だよな」ニックが言う。「クレイ・フェスでの一件だって、記事にはソリティアの〝ソ〟の字も出てこなかった。誰もソリティアのことを真剣に受けとめていない――」

チャーリーがため息をついて、さえぎる。「ソリティアがどんな派手なことを成功させてもさせなくても、トリやほかの誰かが関わり合いになる必要なんてない。僕たちには関係ないだろ？先生とか、警察にまかせておけばいいんだよ。問題なのは、動こうとしない学校だよ」

チャーリーもこんなふうに思ってるなんて。

「あなたたちは……そういうのじゃないと思ってた」

「そういうのって？」チャーリーが眉を上げる。

「どうでもいいことにうつつを抜かして、大事なことから目をそらしてるってこと」わたしはぎゅっと握ったこぶしで頭を押さえる。「そんなのぜんぶ偽物なのに。みんな見て見ぬふりをしてる。どうしてみんな知らんぷりしてるの？」

「トリ、大丈夫なの、ほんとに――」

「大丈夫よ！」叫んでいるのは、たぶんわたしだ。「完全に大丈夫よ。ご親切にどうも。あなたたちこそ、大丈夫なの？」

泣きだしてしまう前に、席を立つ。

チャーリーが母さんと父さんに話したんだろう。両親は帰宅するとすぐに（何時かはわからない）わたしの部屋をノックする。応えないでいると、ふたりで部屋に入ってくる。

「何？」わたしはベッドにすわって、寝る前に観る映画を選んでいるところだった。テレビでは、ケンブリッジ大学の学生が自殺したというニュースが流れ、ノートパソコンは眠る猫みたいにわたしの膝に収まり、ブログのトップページが淡いブルーの光を放っている。

母さんと父さんは、わたしの背後の壁をじっと見ている。ソリティアのブログのプリントアウトが何百枚もパッチワークのように貼られ、壁はまったく見えない。

「どうしたんだ、トリ」父さんが壁から目をそらして訊く。

「どうもしないわ」

「いやなことでもあったのか？」

「ええ、いつもと同じ」

「トリったら、そんな悲観的なことばかり言わないの」母さんがため息をつく。明らかに何かに失望している。「元気を出して。笑って」

わたしはわざと吐き捨てるように言う。「何それ」

母さんがまたため息をつき、父さんもそれに続く。

「そんなに惨めでいたいなら、好きにすればいい」父さんが言う。「いつまでもすねていたいのなら」

「すねるだって、ははは」

両親はもうお手上げだという表情で出ていく。わたしは最低な気分になる。ここはわたしのベッドだ。そうだろうか。わからない。わからないから、ベッドから出て床をのろのろ歩き、ソリティアの壁にもたれる。部屋は薄暗い。

金曜日。金曜日。金曜日。

11

「母さん」わたしは言う。火曜日の朝七時四十五分、着ていくスカートがない。母さんと話すことを避けられない状況のひとつだ。「ねえ、制服のスカートにアイロンをかけてほしいんだけど」

母さんは何も言わず、ガウン姿でキッチンのパソコンに向き合っている。わざと無視しているのだと思うかもしれないけど、実際はメールを書くのに全神経を集中しているのだ。

「母さん」もう一度言う。「ねえ、母さん、母さん、母さん、母さん、母さん、母さ――」

「何？」

「制服のスカートにアイロンをかけてほしいの」

「別のスカートじゃだめなの？」

「小さすぎるの。買ったときからずっと」

「今はスカートにアイロンをかけてる時間はないの。自分でかけなさい」

「アイロンなんてかけたことない。あと十五分で家を出なきゃいけないし」

「困ったわね」

「そう、困ってるの」母さんは答えない。まったく、どういうつもりだろう。「このままじゃ、スカートなしで学校に行かなきゃならなくなる」

「そうなんでしょうね」

わたしは歯ぎしりをする。あと十五分でバスに乗らないといけないのに、まだパジャマのままだ。

「ちゃんと聞いてる？　わたしにスカートがないこと、気にしてくれてる？」

「トリ、現時点での答えはノーよ。スカートは乾燥機の中。ちょっとしわになってるかもしれないけど」

「見たわ。プリーツ・スカートなのに、プリーツが一本もなくなってる」

「トリ、お願い。ほんとに忙しいの」

「だけど、学校に着ていくスカートがないのよ」

「じゃあ、ほかのを着ればいいでしょ！」

「だから、小さすぎるって――」

「トリ！　そんなこと、どうだっていいわ！」

わたしは話すのをやめる。母さんをじっと見る。

わたしも母さんみたいになるんだろうか。娘が学校に着ていくスカートがなくても何も気にしない大人になるんだろうか。

そして、ふと気がつく。

「母さん、いいこと教えてあげる」笑いがこみ上げてくる。「わたしも、どうだっていいと思ってるんだった」

二階に行き、小さすぎるグレーのスカートを穿き、中が見えないようにタイツの上から古い体育の短パンを穿いて、髪を整えようとしたけど、考えてみるとそんなことどうだってよくて、メイクをしようとしたけど、自分の顔がどう見えるかなんてこともやっぱりどうだってよくて、それでまた階下に下りて通学カバンを取り、チャーリーと一緒に家を出て、日差しの中に踏みだす。わたしにとっては全宇宙のすべてがどうでもいいんだという万能感にひたりながら。

今日は幽霊になったような気分だ。談話室の回転椅子にすわり、腕の包帯をいじりながら、窓の外で七年生たちが雪玉を投げ合っているのを眺める。みんな楽しそうだ。

「トリ」ベッキーが少し離れた場所から呼びかける。「話があるの」

いやいや椅子から立ち上がり、シックス・フォームの人波を縫ってそちらへ向かう。人間を突きぬけられたらいいのに。

「腕の具合はどう?」ベッキーが訊いてくる。すごくぎくしゃくした感じだ。

わたしは、とっくにその段階を過ぎている。気まずさも一切感じない。人がどう思おうと知ったことじゃない。もうどんなことも気にならない。

「大丈夫よ」儀礼的な質問に、儀礼的な返事を返す。

「言っておくけど、あやまるつもりはないわ。わたし何も悪くないもの」勝手に腹を立てているわたしのほうが悪い、みたいな言い方だ。「お互いにずっと考えてたけど口に出さなかったことを言いにきただけ」ベッキーはわたしの目をまっすぐに見つめる。「わたしたち、最近ぜんぜん友達っぽくないわよね」

わたしは黙っている。

「あのとき、ああいうことがあったからじゃない。もう何か月も前からずっと——あなたはわたしと友達でいたくないみたいな態度だった。わたしのことがもう好きじゃないのかなと思ってた」

「べつに嫌いなわけじゃない」わたしは言う。だけど、言葉が続かない。何を言えばいいのかわからない。

「もしこのまま……仲良くできないのなら、友達を続けても意味がないと思う」

そう話すベッキーの瞳は、少し潤んでいる。なんと言っていいかわからない。ベッキーと初めて会ったのは、七年生になった最初の日だった。ホームルームと理科の授業でとなりの席になり、授業中にメモを回したり、占いゲームをしたり、ベッキーがロッカーをオーランド・ブルームの写真で飾るのを手伝ったりした。休み時間に、クッキーを買うお金を貸してと頼まれたこともある。こんな無口なわたしに、彼女はいつも話しかけてくれた。あれから五年半。今、わたしたちはここにいる。

「わたしたち、もう仲良くやっていけるとは思えない」ベッキーが言う。「もう友達でいるのは無理だと思う。あなたは変わった。わたしもたぶん変わったと思うけど、あなたは間違いなく変わった。それは必ずしも悪いことじゃない。ただ事実というだけで」

「友達でいられないのは、わたしのせいだって言いたいの？」

ベッキーはそれには答えずに言う。「あなたがわたしを必要としているのか、わからなくなったの」

「どうして？」

「もうわたしと一緒にいたくないんでしょ？」

思わず笑い、怒りで頭の中がまっ白になる。考えられるのは、ベッキーとベン、ベッキーとベン、ベッキーとわたしの弟を殴った男のことだけだ。

「何それ、同情されたいわけ？　別れ話のつもり？　安っぽい恋愛ドラマじゃないのよ、ベッキー」

ベッキーが悲しげに眉をひそめる。「わたしは真剣に言ってるの。皮肉ばかり言うのはもうやめて。もっとしゃんとしてよ。あなたが悲観的なのは知ってる。五年もつき合ってきたんだから。だけど、最近はちょっと度を超えてきてる。もっとマイケルと遊びなさいよ」

「何それ？」わたしは鼻で笑う。「彼がわたしをまともにしてくれるってこと？　ありのままのわたしを変えてくれるってこと？」わたしは大声で笑う。「マイケルはわたしみたいな人間と一緒にいるべきじゃないわ」

ベッキーは立ち上がる。「とにかく、もっと自分に合う人をさがしたほうがいい。そのほうが一緒にいて楽しいと思う」

「わたしに合う人なんていない」

「あなた、壊れてるんじゃない？」

わたしは大声で笑ってみせる。「わたしは車じゃないわ」

ベッキーがキレたのはそのときだった。憤怒の表情が顔から立ちのぼる。けれどそれをぎりぎり抑え込み、彼女は叫ぶことなく最後の言葉を言い放つ。「わかった」

ベッキーは、かつてわたしが仲間だと思っていた集団のもとへと、足音を立てて去っていった。喪失感をおぼえていいはずなのに、何も感じない。わたしはiPodで暗くて憐れっぽいアルバムを聴きながら、頭の中で事実を並べていく。

今日、ソリティアのブログのトップにあったのは、映画『ファイト・クラブ』のスクリーンショットだ。人は二万分の一の確率で殺される。チャーリーは今日、朝食を食べなかった——食べさせようとすると、泣いて抵抗したからあきらめた。たぶんわたしのせいだ。昨日怒りをぶつけてしまったから。未読のメッセージがマイケル・ホールデンから三件、ブログには二十六件届いている。

そのあと、C16に行く。ポスト・イットを見つけた、あの老朽化した二階のパソコンルームだ。長いこと誰も入っていないらしく、空中に漂うほこりが太陽の光に照らされている。

窓ガラスに顔を押しあてて外を眺めていると、すぐ左に金属製の非常階段があることに気づく。いちばん上の段は、わたしがのぞいている窓と同じ高さにある。階段を下りた先は、一階から突きだす形で新設された美術教室のコンクリートの屋上で、そこからは螺旋《らせん》階段が地上に続いている。こんなところに階段があるなんて知らなかった。

C16を出て、一階に下りて外に出て、螺旋階段を上ってみる。

校舎そのものの屋上ではないけれど、二階の高さにある美術教室の屋上に立つのはかなり危険だ。下の草地をちらっとのぞく。草地は校庭に向かってなだらかに傾斜している。

その先に雪でぬかるんだ校庭が続き、さらに先には川がゆったりと流れている。

屋上の縁にすわって、脚をぶらぶらさせる。ここにいれば誰にも見られることはない。火曜日の四時限目、もうすぐ昼休み、わたしはまた音楽の授業をさぼっている。これで百回目くらい。どうだっていい。

携帯でソリティアのブログをチェックする。画面のいちばん上にカウントダウンの数字が表示されている。気がつくとチェックしている。02：11：23：26。木曜日が金曜日に変わるまで、あと二日と十一時間と二十三分と二十六秒。今日、ソリティアは〝2〟という数字を前面に打ちだしている。無数のポスター、壁という壁に貼られたポスト・イット、すべてのホワイトボード、コンピューターの画面。ありとあらゆる場所に数字の2が現われる。ここにいても、校庭に積もった雪に直接、数字の2が赤く描かれているのが見える。ちょっと血みたいだ。

数字の2から少し離れたところに、木でできたオブジェのようなものがある。立ち上がって、うしろに下がりよく見ると、それはケント先生が集会のときに使う演台だった。気づいた生徒たちが数人校庭に出て、わたしと同じように何が起こるのかと興味津々で見守っている。野次馬のいちばん前には、あのリーゼントの男子がカメラを手にして立っている。

わたしは腕を組む。ブレザーが風にあおられて、うしろにはためく。屋上に立っているわたしを誰かが見たら、すごくドラマチックに見えるだろう。

演台にはあのソリティアのシンボルマークが描かれている。描かれているのはケント先生がスピーチをするときに立つ側で、今、演台はわたしたちに背を向けて、雪原とその先にある町と川を眺めて物思いにふけっているように見える。校庭のスピーカーから、ルドヴィコ・エイナウディの音楽が流れはじめ、風の音にとけていく。演台に留められたケント先生のスピーチ原稿が、町や川に向かって〝おいでおいで〟をするように風にはためいている。

そのとき、演台に火がつく。

三十秒足らずの出来事だったが、もっと長く感じられる。土台のあたりから出た火が、木を伝って全体を包む炎になり、演台を二倍くらい大きく見せる。なんというか、すごくきれいだ。赤みがかったオレンジの炎が雪の上にかすかな光を投げかけ、まるで校庭全体が発光し、ゆらゆら揺れているようだ。吹きつける強風に炎が渦を巻き、黒く焼け焦げた木の残骸を四方八方に飛び散らせ、煙のトンネルを上に向かって巻き上げる。演台はゆっくりと黒焦げになり、音を立てて砕ける。演台は、それにとって自由の象徴だったかもしれない光景を名残惜しそうに見つめる。次の瞬間、すべてが崩れ落ち、燃えさかっていた火は消え、あとには灰と残骸の山だけが残る。

わたしは茫然と立ちつくす。校庭に散らばった生徒たちは大騒ぎして悲鳴を上げているけど、怖がっているんじゃない。ひとりの小柄な女の子が、残骸の山から演台の破片を拾い上げて友達のところに持っていく。先生たちが校庭に出て、大声で生徒たちを校舎のほうに追い立てる。さっきの女の子が、破片を雪の上に捨てる。

校庭に誰もいなくなると、わたしは階段を駆け降り、雪の上を走ってそれを救いだす。焼け焦げた木片をじっと見る。振りかえって残骸の山を見つめ、それから灰色の雪を見つめ、それから町のあちこちから見える川を見つめ、そして演台が焼け落ちるのを見て目を輝かせていた名前を知らない生徒たちの集団を思う。ベン・ホープが殴られるのを見て、野次を飛ばし、笑っていた人たちのことを思い出す。クレイ・フェスティバルで何人もが逃げまどい、怯え、火傷を負っている中で、子どものようにぴょんぴょんと跳ねて花火を楽しんでいた人たちのことを思い出す。

わたしはこぶしを握りしめる。木片は粉々にくだけて黒い灰になる。

12

水曜日に登校すると、談話室の生徒たちの中にマイケル・ホールデンをさがす。彼を見て、気分が上がるのか下がるのかはわからない。どちらもありえる。でも、わたしが彼の気持ちを下げるのは間違いない。わたしを見て、マイケル・ホールデンの気分がよくなることはぜったいにない。彼の友達にふさわしい人はもっとほかにいる。陽気で、人生を愛し、楽しいことや冒険が好きで、一緒に紅茶を飲み、本について語り合い、星を眺め、スケートやダンスを楽しむ、わたしではない誰かが。

ベッキー、ローレン、イヴリン、リタは、部屋の隅のいつもの場所にすわっている。ベンとルーカスはいない。新学期最初の日に逆戻りしたみたいに、わたしは談話室の戸口に立って、彼女たちをぼんやり見ている。イヴリンだけがこっちを見ている。わたしと目が合うと、さっと目をそらす。あのクセの強すぎる髪型や服装を、まともな人間としてぎりぎり許せる範囲だと大目に見たとしても、イヴリンは人としてどうかと思うところが山ほどある。自分が人よりえらいと思っているところとか、知ったかぶりをするところとか。わたしが彼女を嫌っているのと同じくらい、彼女もわたしを嫌っているんだろうか。

グループから離れた回転椅子に腰を下ろして、自分という人間の特性について考えてみる。悲観的。根暗。過度の人見知り。猜疑心が強い。自意識過剰。偏屈。妄想癖がある。手に負えないサイコパ――

「トリ」

椅子をくるりと回転させる。マイケル・ホールデンがそこにいる。

見上げると、彼は笑っている。だけど、どこかおかしい。無理して笑っているみたい。これもわたしの妄想だろうか。

「今日は水曜日ね」言葉が口をついて出る。意味のない会話は嫌いだけど、とにかく何か話さなくては。

マイケルはまばたきをするけれど、過剰な反応はしない。「うん、ああ、そうだね」

「たぶん」わたしは腕に頭を載せて机に寝そべる。「水曜日が嫌いなのは、週のまん中だからよ。ずっと学校にいる気がするのに、週末はまだまだ先。いちばん……残念な日ね」

聞いている彼の顔に奇妙な表情がよぎる。なんだかあわててるみたいな。彼は咳払いをする。

「あのさ、どこか静かなところで話せるかな」

立ち上がるなんて、ほんと無理なんだけど。

彼はくい下がる。「頼むよ。ニュースがあるんだ」

歩きながら、わたしは彼の後頭部を見ている。というか、彼の全身を眺めている。これまでマイケル・ホールデンのことは、どこか得体の知れない発光体のように思ってきた。だけど今、いつもの制服を着て、初対面のときのジェルで固めた横分けじゃなく、寝ぐせのついた無造作な髪で歩く姿を見ていると、彼はふつうの男の子なんだと思えてくる。朝起きて夜寝て、音楽を聴いたりテレビを観たり、試験勉強や宿題なんかもして、夕食を食べて、シャワーを浴びて、歯を磨く、ごくふつうの男の子なんだと。

わたしはいったい何を言っているんだろう。

マイケルはわたしを図書室に連れていく。彼が期待していたほど静かな場所じゃなかったみたい。下級生の女の子たちが、談話室でのシックス・フォーマーとまったく同じように（ただしもっと活気にあふれて）机のまわりに群がっている。本はそれほどたくさんなくて、図書室というよりも大きめの部屋に本棚をいくつか並べたような感じ。ちょっと不思議な雰囲気だ。ここが明るく楽しい場所でなぜかほっとする。明るいのも楽しいのも苦手なはずなのに。

ノンフィクションの列の中ほどにすわる。マイケルはわたしを見ているけど、目を合わせたくない。いったいどんな顔をすればいいのかわからない。

「きのうはどこかに隠れてたんだね！」彼はかわいい冗談みたいに言ってみせる。六歳児じゃあるまいし。

一瞬、彼が美術教室の屋上の、あの秘密の場所にいたことを知っているのかと思う。だけど、そんなことはありえない。

「腕はどう？」彼が訊く。

「大丈夫よ」わたしは答える。「話があるんじゃなかったの？」

彼はしばらく黙り込む。わたしに言いたいことが山ほどあるようにも、何もないようにも思える。

「ほんとに――」彼は言いかけて、言葉を変える。「すごく手が冷たいね」

彼を見ないまま、自分の手をぼんやり眺める。ここに来るまで、ずっと手を握られていたんだろうか。手のひらをぎゅっと握り、ため息をつく。わかった。ここは雑談で乗りきるしかない。

「ゆうべは『ロード・オブ・ザ・リング』シリーズを三本とも観たわ。『Vフォー・ヴェンデッタ』も。それから、夢も見た。ウィノナ・ライダーが出てきたと思う」

マイケルから悲しみがあふれ出るのを突然感じ、今すぐ立ち上がって逃げだして、そのまま走り続けたくなる。

「あと、この世界がはじまってから、千億人くらいの人が死んだことがわかった。知ってた？千億人よ。ものすごい数だけど、まだそれだけなのかって気もする」

長い沈黙が続く。下級生のグループの何人かが、こっちを見てくすくす笑っている。きっとわたしたちがロマンチックな深い話をしていると思っているんだろう。

ようやく、彼が雑談以外のことを言う。「僕たちふたりとも、あまり寝てないみたいだな」

彼の顔を見ることにする。

そして、ちょっと驚く。

穏やかなほほ笑みの中に、いつものマイケルはいない。

スケートリンクで、怒りを爆発させたときのマイケルを思う。

あのときとはぜんぜん違う。

ルーカスのことも思う。再会したその日から、彼の瞳には悲しみの影があった。

だけど、それともぜんぜん違う。

緑と青に色分けされた瞳には、人々が慈悲という言葉で言い表すような、なんとも言えない美しさがある。

「無理しないで」小声になるのは、人に聞かれたくないからじゃなく、声を大きくする方法を忘れてしまったからだ。

「わたしの友達になんてならなくていい。同情なんてされたくない。わたしは百十パーセント大丈夫。ほんとうに。これまであなたがしてくれたことはわかってる。あなたがすごくいい人だってことも、それどころか完璧な人だってこともわかってる。でも、もういいの。もう無理しなくていい。わたしは大丈夫。あなたに助けてもらわなくても。わたしひとりでなんとかするから。そうすれば、また元どおり、いつものわたしに戻れる」

マイケルは表情を変えない。わたしの頬に手をのばし、何か（たぶん涙）をふき取る。ロマンチックな感じではなく、まるでマラリアを媒介する蚊を頬から追い払うみたいに。ふき取った涙を見る彼の顔に戸惑いが浮かび、その手をわたしに差しだす。自分が泣いているなんて気づきもしなかった。悲しくなんてないのに。どんな感情もないのに。

「僕は完璧な人間なんかじゃない」彼が言う。顔はまだほほ笑んでいるけれど、幸せそうな笑顔じゃない。「それに、君以外に友達がいないんだ。もう気づいてると思うけど、ほとんどの人が、僕が筋金入りのヤバいやつだってことを知ってる。たまにちょっと変わったおもしろいやつだと思われることがあっても、そう見られるように必死でがんばってるだけだとすぐに気づかれる。ルーカス・ライアンとかニック・ネルソンに訊けば、僕にまつわるエピソードを山ほど話してくれるはずだ」

彼は椅子の背にもたれる。なんだか、いらいらしているみたいだ。

「僕と友達になりたくないというのなら、完全に理解できるよ。へたな言い訳をする必要はない。君をさがしてるのはいつも僕のほうだし、会話をはじめるのもいつも僕だ。君はずっと黙ってることだってある。だからといって、僕たちの友情が、僕が君のご機嫌を取るだけの一方的なものだとは思わない。僕がそういう人間じゃないってことは、よくわかってるはずだ」

わたしは、マイケル・ホールデンと友達になりたくないのかもしれない。たぶんそのほうがいい。

しばらくふたりとも黙ってすわっている。やがてわたしは、うしろの棚からランダムに一冊の本を取りだす。『生き物のすべて』というタイトルで、五十ページほどしかない。マイケルが手をのばしてくる。わたしの手を取るのかと思ったがそうではなく、顔にかかっていたらしい髪を、左の耳のうしろにそっとかける。

「知ってた?」理由はわからないが、思わず口走る。「自殺は春に多いんだって」そして、彼を見る。「何かニュースがあるんじゃなかったの?」

すると、彼はいきなり立ち上がり、わたしから離れ、図書室のドアから、わたしの人生から出ていった。わたしは百パーセント確信する。マイケル・ホールデンには、悲観的で内向的なサイコパスのトリ・スプリングよりも、もっと友達にふさわしい人がいる。

13

木曜日、一日中スピーカーから流れてくる曲は、ヨーロッパの「ファイナル・カウントダウン」だ。最初の一時間はみんな楽しんでいたけど、二時限目になると廊下で「イッツ・ザ・ファイナル・カウントダウーーン」と絶叫する生徒はいなくなり、わたしは大いに満足する（そんなことがわたしにできるのなら、だけど）。ゼルダとその側近たちはふたたび廊下を闊歩し、壁からポスターをはがして回る。今日貼られているのは、ネルソン・マンデラ、デズモンド・ツツ、エイブラハム・リンカーン、エメリン・パンクハースト。なぜか、かつてクリスマス・チャートでトップになった、レイジ・アゲインスト・ザ・マシーンのポスターもある。ソリティアは、ある種の不撓《ふとう》不屈《ふくつ》の精神をわたしたちに植えつけようとしているのかもしれない。

朝目覚めたときからずっと、雪が激しく降っている。これは当然、下級生全員に集団ヒステリー的な大はしゃぎを、上級生全員に集団うつ的な症状をもたらす。授業はすべて中止になり、ほとんどの生徒が早々に帰宅する。わたしも帰ろうと思えば歩いて帰れるけど、そうはしない。

Xデーは明日だ。

三時限目がはじまるはずだった時間、校舎を出て、美術教室へ向かう。部屋の外壁へと続く小さな芝生の斜面に寄りかかってすわる。屋根が張りだしているので、ここなら雪に降られなくてすむ。だけど、寒い。しびれるほど寒い。ここに来る途中、音楽教室から持ちだした大きなヒーターのプラグを、数メートル離れた教室の窓からコンセントに差し込む。ヒーターをすぐ横の雪に埋め、温風を身にまとう。防寒のため、シャツ三枚、スクールセーター二枚、タイツ四足、ブーツ、ブレザー、コート、帽子、マフラー、手袋を身につけ、スカートの下には体育の短パンも穿いてきた。

何が起きるのかを前もって知っておかなければ、明日学校に来てその場で知るしかない。ソリティアは、何らかの形でヒッグスを攻撃するつもりだ。これまでのことも、ぜんぶその目的でやってきたんだろう。

気持ちが高ぶっているのは、ずっと寝ていないせいだろう。

きのうの夜は、『終わりで始まりの4日間』という映画を観た。最後までじゃないけど、ほとんどぜんぶ。アンドリューという男性が主人公なんだけど、彼の人生がそれほどひどいものなのかはよくわからない。ちゃんとした友達も家族もいないと思わせておきながら、あるとき、ひとりの女の子（典型的な〝マニック・ピクシー・ドリーム・ガール〟チャーミングで風変わりで美しいナタリー・ポートマン）と出会うことで、もう一度前を向いて生きることを教えられる。

そう考えてみると、わたしはこの映画をあまり好きじゃなかった気がする。むしろ、すごくありきたりだった。もっと言えば、女性蔑視の考えがにじみ出ていた。なにしろ、ナタリー・ポートマンの演じるキャラクターは、主人公の男性を勇気づける以外のことは何もしていないんだから。正直に言うと、わたしは美術的な効果に心を奪われただけかもしれない。最初のほうはすごくよかった。とくにアンドリューが飛行機事故に遭う夢を見るところとか。あと、アンドリューのシャツの柄が壁紙と同じで、壁と一体化して見えるところとか。そういうところはとても好きだった。

★

マイケルの番号を携帯に打っては消し、打っては消しを繰り返す。十分ほどそうしているうちに、すっかり彼の番号を憶えてしまう。そして、うっかり緑のボタンを押してしまう。ため息まじりに悪態をつく。

だけど、電話は切らない

電話を耳元に近づける。

相手が出たときのカチャという音が聞こえるが、彼は何も言わず黙っている。彼の息づかいが聞こえる気がするけど、ただの風かもしれない。

「もしもし、マイケル」思いきって言う。

返事はない。

「話すから、切らないで」

返事はない。

「ときどき」わたしは言う。「相手が本気なのか、そうじゃないのかわからなくなる。親切にしてくれる人はたくさんいるけど、本心かどうかわからない」

返事はない。

「わたしはただ――」

「正直言って、トリ、僕は君に怒ってるんだ」

その言葉が頭の中でぐるぐる回り、わたしはのたうち回って吐きたくなる。

「君は僕を人間として見ていない。必要なときに現われて、君が自分のことを嫌いになるのをとめてくれる道具くらいにしか思ってないんだろ」

「違う。そんなことぜんぜん思ってない」

「じゃあ、証明してみせて」

何か言おうとするけど、言葉が出てこない。わたしの証明は雪のようなものに埋もれ、取りだすことができない。たしかに、彼はわたしが自分を嫌いになるのをとめてくれる。だけどそれは、わたしがこれまでに望んだどんなことより、彼と友達でいたいと思う理由じゃない。

彼はふっと笑う。「君は絶望してるんだろう？　僕と同じくらい、感情を表に出すのが苦手なんだろう？」

マイケルが感情を表に出したときのことを思い起こしてみても、思い出せるのは、あのときスケートリンクで見せた、爆発するような怒りだけだ。

「会って話せる？」　わたしは訊く。彼と話す必要がある。現実の世界で。

「どうして？」

「だって……」声がまたのどに引っかかる。「だって……それは……あなたといるのが……好きだから」

長い沈黙があった。電話を切られたのかと思ったとき、ため息が聞こえる。

「今どこにいるんだい？」彼が訊く。「家に帰ってるの？」

「校庭にいる。美術教室の外よ」

「だけど、外はホス並みの寒さだろ」

『スター・ウォーズ』に出てくる氷の惑星ホスのこと？　あんまりびっくりしすぎて、また黙り込んでしまう。

「一分で行くよ」彼が言う。

わたしは電話を切る。

彼は見事に一分でやってくる。制服以外はコートもマフラーも何も身につけていない。ほんとにヒーターが内蔵されているのかも。

数メートル離れたところからこっちを見て、状況をのみ込もうとしている。笑っているところを見ると、よっぽどおかしいんだろう。

「ヒーターを持ちだしたのか」

わたしはヒーターをちらっと見る。「寒くて死にそうだから」

彼はおかしな人を見るようにわたしを見ている。あながち間違いではない。

「超絶に頭がいいな。僕ならそんなこと思いつきもしない」

マイケルはわたしのとなりに腰を下ろし、美術教室のコンクリートの壁にもたれかかる。わたしたちは校庭を見つめる。どこまでが校庭で、どこからが雪に覆われた雪原なのか、まったくわからない。雪はゆっくり、まっすぐ、上から落ちてくる。ときおり雪のかけらが顔に当たることを除けば、地球は完全に平和だと言える。

ふたりのあいだの雪の上に置かれたわたしの左腕に、彼の視線が落ちる。彼は何も言わない。

「わたしに話したいニュースがあったんでしょ?」覚えていたことに、自分でも驚く。「だけど話さなかった」

笑みのない顔がこちらを向く。「ああ、うん。たいして大事なことじゃないんだ」

少しは大事だってことだ。

「数週間後に、またレースに出るって伝えたかったんだ」少し恥ずかしそうに言う。「世界ジュニア・スピードスケート選手権大会だ」彼は肩をすくめて、にっこりする。「イギリス勢が勝つことはまずないけど、いいタイムを出せば、冬季オリンピックの出場権を得られるかもしれない」

思わず壁から背中を浮かす。「嘘でしょ」

彼はまた肩をすくめる。「このあいだの全英選手権で失敗しちゃっただろ。だけど……その前の試合でもっといいタイムを出してたから、出られることになったんだ」

「マイケル、あなたって文字どおり、非凡な人ね」

彼は笑う。「非凡なんて、ただ平凡の延長線上にあるものだよ」

そうじゃない。彼の非凡は、平凡の延長線上にある非凡じゃなく、奇跡的とか、驚異的とかいうタイプの非凡だ。

「それで、どうかな?」彼が訊く。

「どうって何が?」わたしは訊く。

「試合を見に来ないか? 誰かを連れていっていいことになっていて、ふつうは親なんだけど、だけど、その……」

両親が許してくれるか、チャーリーの付き添いの日じゃないか、何も考えずに即答する。「ええ、いいわ」

マイケルが満面の笑顔になる。さっきとまったく違う表情に、胸がぎゅっとなる。そこにあるのは、感謝だ――わたしが一緒に行くということだけが重要だという紛れもない感謝の気持ちが伝わってくる。

まじめな話をしようと口を開きかけると、彼は指を立ててとめる。

「せっかくの雪が、もったいない」彼が言う。メガネにわたしの顔が映っている。

「もったいない？」

彼はさっと立ち上がり、横殴りの雪の中に踏みだしていく。「雪は見るだけのものじゃない、そうだろ？」そう言って、雪の玉を作り、左右の手の中で転がす。

わたしは黙っている。雪は見るだけのものだと思っているから。

「さあ」彼はあきれたようにわたしを見て笑う。「雪玉を投げてこいよ」

わたしは眉をひそめる。「どうして」

「理由なんてないさ」

「何の意味があるの」

「意味がないってことに意味があるのさ」

ため息をつく。この議論に勝ち目はない。わたしはしぶしぶ立ち上がり、極寒の世界に足を踏みいれ、言われたままに雪玉をこしらえる。幸い右利きだから、腕のけがが不利になることはない。マイケルに向かって投げた雪玉は、彼の三メートルほど右に着地する。彼は玉の行方を目で追い、厳粛な面持ちで両手の親指を立てる。「ナイス・トライ」

からかうというよりも、単にあきれたような物言いに、わたしは彼を軽くにらみつけ、雪玉をこしらえてもう一度投げつける。今度は狙いどおり胸のまん中に命中し、謎の達成感が胸の中に花開く。

　彼が両手を宙に突き上げて叫ぶ。「トリ、覚醒したな！」

　また雪玉を投げると、彼もわたしに雪玉を投げて走って逃げる。自分でも何をしているかわからないうちに、わたしたちはいつのまにか校庭で追いかけっこをしている。何度も転びながら、わたしは彼のシャツの背中に雪を詰め込むことに二度成功し、仕返しに彼が投げた雪玉が後頭部に命中して髪がびしょ濡れになるけれど、吹きつける雪の中を駆け回っていると、寒さはあまり感じない。世界にはわたしたちと雪と、さらにたくさんの雪と、まだまだたくさんの雪があるだけで、ほかに地面も空も何もないように思える。マイケルはどうしてただ冷たいだけの雪を、いともたやすくこんな楽しい遊びに変えられるんだろう。そして、ふと思う。ほかの人たちもみんなこんな感じなんだろうか。わたしもいろいろ考えすぎなければ、ひょっとしてこんなふうでいられるんだろうか。

　マイケル・ホールデンが山のような雪を腕に抱え、いつもの満面の笑みを浮かべて突進してくる。わたしは校庭を突っきって校舎に入る。人の姿がどこにもなくて、がらんとした感じがすごくいい。シックス・フォームのフロアに駆け込んで、誰もいない談話室に入ろうとしたが、少し遅かった。ドアを開けた瞬間、マイケルが溶けかけた雪をわたしの頭にどさっとぶちまけた。わたしは悲鳴を上げて、笑う。笑う。笑う？　そう、たしかに笑っている。

　息を切らしてコンピューター・デスクにたどり着き、キーボードをお腹に載せて、空いたスペースに仰向けに横になる。マイケルは回転椅子に倒れ込み、濡れた犬みたいに髪をぶるぶる振るう。その勢いで椅子が数センチうしろに転がり、彼の頭にアイデアをひらめかせる。「よし、これが次のゲームだ。ここから――」彼はパソコン・コーナーを手で示し、「あそこまで――」テーブルや椅子の迷路の先にあるドアを示す。「回転椅子の上を歩いていくんだ」

「首の骨を折りたくないわ」

「退屈なことは言いっこなし。ノーは禁句だよ」

「わたしのキャッチフレーズなの」

「新しいのを作ればいい」

大きくため息をついて、わたしは回転椅子の上に立つ。思ったよりずっとむずかしい。単にぐらつくだけじゃなく、くるくる回る。だから回転椅子というんだけど。わたしはバランスを取り、背筋をのばしてマイケルを指さす。マイケルも回転椅子の上に立って、こわごわ両手を広げている。「わたしが落ちて死んだら、化けて出てやる」

彼は肩をすくめてみせる。「悪くないね」

わたしたちは、プラスチックの椅子をつかみながらテーブルをいくつも回り込んで競争する。途中でマイケルの椅子が傾いたとき、彼はうまい具合に椅子の背を飛び越え、わたしの前に膝をつく格好で着地した。目を大きく見開き、びっくりした表情で数秒固まっていたが、すぐにきらきらした笑顔でわたしを見上げ、両腕を広げて大声で叫ぶ。「いとしの君、僕と結婚してくれ！」

笑いすぎて、死にそうになる。彼はわたしのほうに来ると、わたしの立っている椅子を回転させはじめる。速くはないけど、それほどゆっくりでもない。そして、手を離す。わたしは椅子の上に立ったままぐるぐる回転し、両手を振り上げる。窓の雪と明かりの消えた教室が、白と黄色の渦になって溶けていく。目に映るすべてがたまらなく悲しい。だけど、もし今日という日が歴史に残ることになれば、誰もが素晴らしく美しい日だったと語るんだろう。

わたしたちは、机をぜんぶ寄せ集めてひとつの巨大なテーブルを作り、その中央のちょうど天窓の下に仰向けに寝そべって、降り続ける雪を眺めることにする。マイケルは両手をお腹の上で組み、わたしは身体の両脇に置く。自分たちが何をしているのか、なぜこんなことをしているのかまるでわからない。だからこそ意味がある、とマイケルなら言うんだろうけど。正直言って、これが現実に起きているのかどうかもわからない。すべてが空想の産物なのかもしれない。

「本日の考察」マイケルが片手をのばしてわたしの腕の包帯に触れ、手首のあたりのほころびをもてあそぶ。「生きているあいだじゅうずっと幸せだったとしても、死ぬときは何かやり残したような気がするんだろうか」

わたしはしばらく黙っている。

そして言う。

「あなただったの?」あのブログのメッセージ。わたしはてっきり……。「あのメッセージを送ってきたのは」

彼は天井を見上げたままにっこりする。「なんて言うか、あのブログ、君が思ってる以上にすごくおもしろいよ。慢性的悲観主義者くん」

chronic-pessimist《慢性的悲観主義者》というのは、わたしのブログのURLだ。ふつうなら、誰かにブログを見つけられたら死にたくなると思う。もしベッキーやローレンやイヴリンやリタといった子たちが、わたしがくだらない自分語りをし、苦悩する魂を抱えた不幸なティーンエイジャーのオーラを出しまくって、実際に会ったこともない人たちの共感を得ようとしている場所を見つけたとしたら……。

わたしは首を回して彼を見る。

彼もわたしを見つめる。「何？」

何か言いかける。もう少しで言いそうになる。

だけど、言わない。

マイケルのほうが言う。「僕も君みたいだったらいいのに」

雪が降り続き、わたしは目を閉じ、わたしたちは並んで眠りにつく。

目を覚ますと横にマイケルはおらず、わたしは暗闇の中にいる。ひとりで。違う——ひとりじゃない。誰かいる。誰かが。この部屋に？

感覚が戻るにつれて、ひそひそ声がするのが談話室のドアのあたりだとわかる。エネルギーがあれば、起き上がって見てみるのだけど、そんなものはない。横になったまま、耳を澄ませる。

「違うね」マイケルの声だ。「君がこれまでしてきたことは、見下げたクソみたいなことだ。そんなふうに誰かをもてあそぶなんてありえない。彼女が今どんな気持ちかわかるか？　自分のしてきたことがわかってるのか？」

「いや、でも――」

「きちんとぜんぶ説明するか、黙っているかだ。正直に言わないなら、金輪際何も言うな。ほんのちょっとほのめかしておいて口をつぐむなんて、最低だぞ」

「べつにほのめかしてなんてない」

「じゃあ、なんて言ったんだ？　現に彼女は気づいてるんだ、ルーカス。何かが起ころうとしてるのを知ってるんだ」

「ちゃんと説明しようとしたんだ――」

「いや、ぜんぜんしてない。今僕に話したことを、ぜんぶ彼女に話さなきゃいけない。君にはその責任がある。トリは生身の人間だ。子ども時代の淡い夢なんかじゃない。感情を持ったひとりの人間なんだ」長い沈黙がある。「畜生、くそったれ。マジで最低だ、しゃれにならない」

マイケルが一度にこれほどたくさんの悪態をつくのを聞いたことがない。

マイケルとルーカスが話すのを聞くのは、ピザ・エクスプレス以来だ。

何の話をしているのか、知りたいとは思わない。わたしはテーブルで身体を起こし、ふたりのほうに向き直る。

ふたりは部屋の入口に立っていて、マイケルが片手でドアを押さえている。先にルーカスがわたしを見る。それから、マイケル。ちょっと吐きそうな顔をしている。ルーカスの肩をぐいとつかんで、わたしのほうへ押しやる。

「何かをなんとかしなきゃと思っているのなら」ルーカスを乱暴に指さして言う。「まずこいつと話す必要がある」

ルーカスは怯え、いまにも悲鳴を上げそうに顔をゆがめている。

マイケルは勝ち誇ったように、ジャド・ネルソンっぽくこぶしを高く突き上げる。

「話は以上！」大声で言うと、部屋を出ていく。


ルーカスとわたしが残される。かつての親友で、毎日泣いていた男の子と、トリ・スプリングだけが。わたしのいるテーブルのそばに立ち、全身を包むダウンパーカーを制服の上から着込み、ニット帽から長い三つ編みみたいなものをぶら下げたルーカスは、どこから見ても間抜けに見える。

わたしは小学生がやるように足を組む。

もう恥ずかしがっている場合じゃない。もじもじしたり、人からどう思われるかを気にしたりしている暇はない。思っていることを、ちゃんと口に出して言うべきときだ。わたしたちをためらわせていたものはもうない。ここにいるのはわたしたちだけ。それが真実だ。

「君の新しい親友はクレイジーだ」ルーカスが憎々しげに言う。

わたしは肩をすくめる。トゥルハム時代のマイケル。友達のいないマイケル。「みんなそう思ってるみたいだけど」マイケルが変なやつだって。「はっきり言って、それって過剰反応だと思う」

ルーカスは意表をつかれたみたいだ。わたしは鼻を鳴らして、またテーブルに仰向けになる。

「説明責任を果たしてもらえる？」芝居がかった口調で言い、おかしくなって笑ってしまう。

ルーカスも小さく笑う。帽子を取ってポケットにしまい、腕を組む。「正直言って、ヴィクトリア、君が気づかなかったなんて信じられないよ」

「よっぽど間抜けなんでしょうね」

「そうだね」

静寂。ふたりとも完全に動かない。

「わかるはずだよ」ルーカスが一歩近づいてくる。「よく考えてみて。これまで起こったことぜんぶを」

わたしはテーブルの上に立ち上がり、あとずさる。考えようとしても、頭の中には霧が立ち込めるだけだ。

ルーカスは寄せ集めたテーブルによじ登る、自分の体重でテーブルが崩れないか恐れているみたいに、ゆっくりわたしのほうに歩み寄る。そしてまた口を開く。

「子どものころ、僕の家に来たことを覚えてる?」

また笑いたいけど、もう笑えない。彼が視線を下ろし、わたしの腕の包帯を見て、一瞬はっとしたように見える。

「僕たち、親友だったよね」だけど、それには何の意味もない。ベッキーはわたしの〝親友〟だった。親友。それっていったい何を意味するんだろう。

「それが何?」わたしは首を振る。「いったい何が言いたいの?」

「覚えてるだろ?」彼はほとんどささやくような声で言う。「僕は覚えてる。君も覚えているはずだ。あのころ、君はよく僕の家に遊びにきてた。そこで何を見たか思い出してみて」

彼の言うとおりだ。思い出した。思い出したくなかった。あれは夏だった。わたしたちは十一歳で、六年生の終わりに近づいていた。わたしは彼の家にしょっちゅう遊びにいっていた。チェスをしたり、庭で遊んだり、アイスキャンディーを食べたり。家の中を走り回ったり。大きな家だった。三階建てで、隠れる場所がたくさんあって、インテリアはベージュで統一されていた。たくさんの絵があった。

たくさんの絵。

たくさんの絵があった。

覚えている絵が一枚ある。

十一歳のとき、わたしはルーカスに尋ねた。「この絵って、大通り?」

「そう」彼は答えた。あのころ、彼はわたしより小さくて、髪はもっと白っぽいブロンドだった。

「雨の石畳の大通りだよ」

「赤い傘が素敵」わたしは言った。「きっと、夏の雨ね」

「僕もそう思う」

濡れた石畳の通りに、赤い傘と暖かそうなカフェのウインドウが描かれた絵。ソリティアのパーティーで、ドクター・フーのコスプレをした女の子が熱心に見ていた絵。あれはルーカスの家にあった絵だ。

呼吸が速くなってくる。

「あの絵」わたしは言う。

ルーカスは何も言わない。

「だけど、ソリティアのパーティーは……あれは、あなたの家じゃなかった。あなたこの町に住んでいないわよね」

「うん」彼は言う。「でも、両親が不動産の仕事をしていて、空き家を何軒か持っている。あの家もそのひとつで、少しでも見栄えをよくするために、絵を飾っているんだ」

突然、すべてのピースがぴたりとはまった。

「あなたはソリティアの仲間なのね」

ルーカスがゆっくりうなずく。

「僕がやった」ルーカスは言う。「ソリティアは僕が作ったんだ」

わたしは一歩下がる。

「嘘よ」わたしは言う。「そんなはずない」

「あのブログは僕が作った。いたずらを仕組んだのも、ぜんぶ僕なんだ」

『スター・ウォーズ』。バイオリン。猫。マドンナ。ベン・ホープとチャーリー。小火騒《ぼや》ぎ。シャボン玉。クレイ・フェスの花火と火傷。加工されたあの声も？　ルーカスの声なら、気がついたはずだけど。

もう一歩下がる。

「嘘よ」

「嘘じゃない」

また一歩下がったが、そこにはもうテーブルがなかった。足が一瞬宙に浮き、背中から落ちる――と思った次の瞬間、気がつくとマイケル・ホールデンに受けとめられていた。いつからここにいたんだろう。わたしを脇から支え、床に立たせる。腕に触れる手の感触が奇妙に感じられる。

「どうして――」言葉が出てこない。のどが詰まって、うまくしゃべれない。「あ、あなたは……サディストよ」

「わかってる、ごめん。だんだん手に負えなくなってきてしまったんだ」ルーカスの声。

「手に負えなくなった？」わたしは笑いながら叫ぶ。「人が死んでたかもしれないのよ」マイケルの腕が身体に回される。その腕を振りほどき、テーブルによじ登って、ルーカスに向かっていく。ひるんでいる彼を、正面から見すえる。

「いたずらはぜんぶわたしに関係するものだった、そうよね？」ルーカスにというより、自分に向かって言う。マイケルは最初から気づいていた。頭がいいから。彼はすごく頭がいい。それなのにわたしは、わたしという人間は、自分以外の人の話を聞こうとはしなかった。

ルーカスがうなずく。

「どうしてソリティアを作ったの？」

ルーカスは息をひそめる。唇を結び、のどを鳴らす。

「君が好きだから」彼は言う。

その瞬間、いろんな選択肢が頭をよぎった。ひとつは彼の顔を殴ること。もうひとつは窓から飛び降りること。結局、わたしが選んだ行動は逃げることだった。そんなわけで、わたしは今走っている。

誰かを好きだからといって、学校にいたずらを仕掛けるなんておかしい。誰かを好きだからといって、パーティーの参加者に人を襲わせるなんてありえない。

わたしは学校中を駆け回る。入ったことのない教室にいくつも入っては出て、長らく通ることのなかった空っぽの暗い廊下を通り抜ける。ルーカスはずっと追いかけてきて、ちゃんと説明させてくれと叫んでいる。ほかに説明することがあるみたいに。説明されることはもう何もない。彼は人のことなんてどうでもいいんだ。みんなと同じだ。人が傷つくことなんて、なんとも思っていないんだ。みんなと同じだ。

気がつくと、美術フロアのつきあたりの教室まで来ている。二日前にはここの屋上にいて、今日の午前にはこの教室のすぐ外にすわっていた。ドアのところでぜいぜい息をついているルーカスを横目に、わたしは逃げ場所をさがして部屋中に目を走らせている。窓は飛び降りるには小さすぎる。

「ごめん」ルーカスは膝に両手をついて、まだ息を切らしている。「ごめん、唐突すぎたよね。戸惑うのも無理ないよ」

わたしは甲高く笑う。「それって本心?」

「きちんと説明させてもらえるかな」

わたしはルーカスを見つめる。「これが最後の説明?」

彼が背筋をのばす。「うん。そうだ」

わたしはスツールに腰を下ろす。ルーカスがとなりのスツールにすわる。わたしは無言で少し席を離す。ルーカスが話しはじめる。

「君のことは、どんなことも忘れたことがなかったよ。君の家がある通りを車で走るたびに、玄関先に目をこらして、ちょうどいいタイミングで君がドアから出てきてくれないかって祈ったものだ。君に連絡して、友情を復活させるというシナリオを描いたこともあった。フェイスブックで君を見つけて、チャットのやりとりからはじめて、会うことにするとか。街角やパーティーでばったり会う、なんてことも想像した。もう少し大人になると、君は特別な存在になった。わかるだろ？　いつか素敵な恋をする、たったひとりの女性ってことだ。幼なじみだったのが、大きくなって再会して恋に落ちる。そして末永く幸せに暮らす。映画みたいにね。

だけど、君は僕が思い描いていたヴィクトリアとは違う。どうしてなのか、人が変わったみたいに感じる。まったく知らない人みたいだ。自分が何を考えていたのかはわからない。断じてストーカーなんかじゃないよ。前の学期に、僕はヒッグスの見学に来た。気に入るかどうか確かめるためにね。マイケルが案内してくれた。学校中を案内されて、最後に行ったのが……談話室だった。それで……そこで君を見たんだ。僕のすぐ目の前にすわっていた。

心臓がとまるかと思ったよ。君は僕に背中を向けて、コンピューターの画面に向かってソリティアをしていた。

そのとき君は――片手で頭を支えて、もう片方の手でマウスをずっとクリックして、死んだような顔をしていた。生気がなくて、すごく疲れた感じだった。ひとりごとみたいに何度もつぶやいていた。『自分が嫌い、自分が嫌い、自分が嫌い』って。僕以外の誰にも聞こえないような声で」

そんなこと覚えていない。そんな日のことは、まったく記憶にない。

「今考えると、ばかみたいだ。授業のことやなんかでストレスがたまっていただけなんだろう。だけど、そのことが頭から離れなかった。そのころから、いろいろ考えるようになった。君は、ほんとうに自分を嫌ってるんじゃないかって。それで、君をそんな気持ちにさせた学校が憎くなった。

考えれば考えるほど、腹が立ってしかたなかった。そのとき、ソリティアのアイデアを思いついたんだ。それで、トゥルハムのときからの知り合いで、ヒッグスに転校していたやつに話をもちかけて、いたずらをはじめることにした。最初は、ちょっとしたいたずらで、君やみんなの日常を明るくできるかもしれないという、ただのばかげた、くだらないアイデアだった。

そう、ベン・ホープの一件を計画したのも僕だ。チャーリーの身に起きたことが許せなかった。だから、ベンは報いを受けて当然だと思った。だけどそのあと……クレイ・フェスでのあの一件が起こった。大勢の人がけがをして、君もけがをした。収拾がつかなくなってしまった。だから、もうやめようと思った。あの日以来、僕は何もしていない。だけど今、ソリティアにはフォロワーがたくさんいる。僕たちはポスターやら花火やらくだらないスローガンやらで、アナキストか何かみたいに連中を焚きつけて、扇動してしまったのかもしれない。わからない。

三十分前にマイケルが僕の正体を知った。君が僕を嫌いになるのはわかってる。だけど……うん、彼の言うとおりだ。君にとっては、知らないことのほうがよくない」

ルーカスの頬に涙がぽろぽろこぼれる。どうすればいいのかわからない。小さいころと同じだ。

彼はいつも静かに涙を流した。

「僕は最低の人間だ」そう言うと、ルーカスはテーブルにひじをついて、顔を背ける。

「そうね、同情する気にはなれないわ」わたしは言う。

それは彼が自分を手放したからだ。ルーカスは自分の感情に負けてしまった。くだらない架空の感情に支配されて、ひどいことを起こしてしまった。とんでもなくひどいことを。それが原因で、別のひどいことが次々に起こった。これが世界の仕組みだ。だから、どんなことがあっても感情に行動を支配させてはいけないのだ。

わたしは怒っている。

ルーカスが自分の感情と戦わなかったことに腹を立てている。

だけど、世界はそんなふうに動いているんだ。

ルーカスが立ち上がり、わたしはあとずさる。

「近寄らないで」思わず口にする。まるで彼が狂暴な動物みたいに。

今の今までこの真実に気づかなかったことが、信じられない。

彼はもう、わたしにとってのルーカス・ライアンじゃない。

「ヴィクトリア、あの日君を見て、六年間ずっと思い続けてきた人が自殺するんじゃないかと思った」

「触らないで。わたしに近寄らないで」

誰もが自分を偽っている。誰もがリアルじゃない。信じられる人も、信じられるものも、何もない。感情は、人間にとって致命的な病気だ。わたしたちは誰もが死に向かっている。

「違うんだ、僕はもうソリティアの一員じゃない――」

「あなた、昔はすごく純粋で不器用だった」頭に脈絡なくうずまく思いをそのまま口にする。わたしはどうしてこんなことを言っているんだろう。わたしがほんとうに腹を立てているのはルーカスじゃないのに。「ああいう本や、こじゃれた服装で、自分を素敵に見せたかったんでしょ？ほんとうのあなたに恋しちゃいけない理由がどこにあるの？　あなたはずっと自分を偽って、たくらんでた」

何を驚くことがあるだろう。誰でもやっていることだ。

そのとき、やるべきことがはっきりとわかった。

「ソリティアは、明日何をしようとしてるの？」

今こそ行動を起こすときだ。ようやく、このすべての痛みに終止符を打つチャンスが訪れたんだ。

ルーカスが黙っているので、わたしは大声で言う。

「教えて！　明日何が起こるのか話して！」

「詳しいことは知らないんだ」ルーカスは言う。たぶん嘘だ。「知ってるのは、朝の六時に学校内で集合することだけだ」

それなら、わたしも行く。明日の朝六時。すべてをリセットする。

「どうしてもっと早く話してくれなかったの？」わたしは小声で言う。「どうして誰にも言わなかったの？」

答えはない。答えられないのだ。

悲しみが嵐のように襲ってくる。

わたしはシリアル・キラーみたいに笑いだす。

笑いながら走る。学校を飛びだし、死んだ町を駆けぬける。走りながら考える。痛みはやむかもしれない。でも、それは内側で燃え続け、わたしを焼きつくすだろう。

14

二月四日、金曜日。イギリスは一九六三年以来の大雪に見舞われる。そのあいだに、およそ三十六万人が生まれ、五十一万八千四百の雷が落ち、十五万四千八十人が死んだ。

わたしは朝の五時二十四分に家を抜けだした。ゆうべは映画を一本も観なかった。どれもおもしろそうだと思えなかったから。おまけに、壁からはがしたソリティアの投稿とブルタックで、カーペットの上は足の踏み場もなく、部屋にいるだけでパニックになりそうだった。そんなわけで、ベッドの上でただじっとすわって朝を待った。

制服の上にできるだけたくさんの服を着込む。携帯電話と懐中電灯と、飲みそうにないけどダイエット・レモネードの缶も一本持っていくことにする。一週間ほどまともに寝ていないから少し錯乱ぎみだけど、おかげでアドレナリンが湧いてきて、自分が無敵で、なんでもできるような気がする。

ソリティアのブログに投稿があったのは、きのうの夜八時だった。

2月3日　20：00

同志諸君
明日の朝、ソリティア史上最大の作戦がハーヴィー・グリーン・グラマースクールで行なわれる。諸君の参加を心より歓迎する。これまでの活動に対する支援に感謝する。
退屈だったはずの冬に、何らかの楽しみを加えることができたなら幸いだ。
忍耐は命とり

突然、ベッキーに電話したくなる。

「……もしもし？」

ベッキーがいつも携帯を振動モードにして枕元に置いているのは知っている。夜中にメッセージが届いてしょっちゅう起こされる、とよく言っていたから。

「ベッキー。トリよ」

「何なの、トリ」元気いっぱいとはほど遠い。「どうしたのよ……朝の五時に……電話なんかしてきて」

「五時四十分よ」

「同じようなものじゃない」

「四十分も違う。四十分あればいろいろできるわ」

「それより……なんで……電話してきたの？」

「もう大丈夫だって伝えたかったの」

沈黙。「そう……それはよかった。だけど――」

「ほんとよ。すごく、すごく、すごく、いい感じなの」

「じゃあ……寝てれば？」

「わかった、わかった、寝るわよ。いろんなことが片づいたら。知ってるでしょ、今朝、ソリティアが何かをやるって」

二度目の沈黙。「待って」完全に目覚めた声。「待って、それって――今どこにいるの？」

周囲を見回す。あと少しで学校だ。「学校に向かってるけど、どうして？」

「嘘でしょ！」ベッドに起き上がる音。「何やってるの。いったい何を考えてるの！」

「だから言ったでしょ――」

「トリ！　家に戻りなさい！」

「家に？」わたしは笑う。「帰ってどうするの？　また泣いていろって言うの？」

「頭がおかしいの？　朝の五時なのよ！　いったい何を――」

わたしは笑うのをやめて、赤のボタンを押す。ベッキーの声を聞いていたら、泣けてきたから。

雪に足をうずめながら、町の中を急ぐ。いつからか、一歩踏みだすたびに足がどこまでも沈んでいくように感じる。わたしの身体が完全に雪に埋もれるまで、足は沈み続ける。街灯がなければ漆黒の闇なんだろうけど、街灯の明かりが白い雪をさえない黄色に塗りかえている。雪は具合が悪そうに見える。病んでいるみたいに。

十五分後、正門に錠がかかっていたので、生け垣をくぐり抜けて学校に入る。顔に大きなすり傷ができたけど、携帯の画面で確認すると、これはこれで悪くない。

駐車場はがらんとしている。雪を踏みしめて正面玄関に近づくと、ドアが開いているのがわかる。校舎に入るとすぐ、壁に設置された防犯・火災報知器――というより、その残骸が目に入る。かつては報知器だった白い箱は、壁から引きはがされ、ワイヤー数本で漆喰からぶら下がっている。ほかのワイヤーはぜんぶ切断されている。数秒それを見つめたあと、廊下を奥へと進む。

彼らはここにいる。

ふと、『クリスマス・キャロル』の過去のクリスマスの幽霊を思い出す。こんな時間にここに来るのは二回目だ。何週間か前、ゼルダと監督生たちがいて、バイオリンの動画を観たあの日。ずいぶん昔みたいに思える。あのときより、すべてが寒く感じられる。

廊下の端に近づくにつれて、つきあたりの角にある英文学の教室からよく聞きとれないささやきが聞こえてくる。ケント先生の教室だ。スパイみたいにドアの横の壁に背中をつける。ドアの窓から薄暗い明かりがこぼれている。ゆっくりと注意深く、部屋の中をのぞき込む。

ソリティアの一味が大勢ひしめいているのかと思いきや、そこにいるのは三人だけだ。部屋の中央に集めたテーブルのそばで、身を寄せている。テーブルに置かれた特大の懐中電灯からの上向きの光が、彼らの顔を照らしている。ひとり目は、ルーカスと一緒にいるところを何度も見かけた、あのリーゼントの少年。細身のパンツにデッキシューズ、ボンバージャケット、ベンシャーマンのポロシャツという、ルーカスをコピーしたみたいなこじゃれた格好をしている。

ふたり目は、イヴリン・フォーリー。

リーゼントの少年が腰に手を回している。なんと。イヴリンの秘密のボーイフレンドはこの男だったのか。クレイ・フェスのことを思い出す。あのソリティアの声は、女性の声だったんだろうか。寒すぎて頭が働かないので、三人目の人物に目を移す。

ルーカスだ。

リーゼントの少年とイヴリンは、ルーカスを責めたてているように見える。ルーカスがリーゼントにあわてて何か言い返している。もうソリティアは抜けたと言っていたのに。

部屋に飛び込んで、大声を出したほうがいいのかもしれない。携帯を振って、警察を呼ぶと叫んだほうがいいのかもしれない。たぶん――

「やっぱりね」

廊下の反対側に、ベッキー・アレンが魔法のように現れ、わたしは腰を抜かしそうになる。糾弾するようにわたしを指さし、「ぜったい帰らないと思ってた」と小声で言う。

わたしの目は大きく見開き、焦点が定まらないまま、廊下をつかつかとやってくるベッキーを追う。ベッキーはあっという間にわたしのとなりに来る。スーパーマン柄のパジャマのズボンを、少なくとも三枚重ねの靴下とムートンブーツにたくし込み、パーカーとコートと、ありとあらゆる種類のニットを重ね着したベッキーが、ここにいる。ベッキーが来てくれた。わたしのために。すごくおかしな格好をして、パープルの髪をつやつやの球根みたいにおだんごにまとめて。どうしてそうなるのかわからないけど、ベッキーが来てくれたことにわたしはなぜかほっとしている。

「信じられない。どうかしてるわよ」彼女はささやく。「あんたって、ほんとどうかしてる」そしてわたしをハグし、わたしはされるままにしている。ほんの数秒、わたしたちは友達なんだと心から思える。彼女が身体を離し、一歩下がって戸惑いの表情を見せる。「どうしたの、その顔?」そう言って、自分の袖でわたしの頬をごしごし拭き、拭いた袖を見る。赤く染まっている。ベッキーは首を振ってにやっとする。三年前のベッキーを思い出す。彼氏ができる前、セックスする前、お酒を飲む前、留まっているわたしを置いて、前に進む前のベッキーを。

わたしは英文学教室のドアを指さす。「中を見て」

ベッキーは忍び足でわたしの前を通り、中をのぞき込む。その目が驚きに見開かれる。「イヴリン?　どういうこと――それに、どうしてルーカスが――」そして突然はっとして、口が開いたままになる。「もしかして――ソリティアなの?」わたしを振りかえって、首を激しく振る。「無理、無理。朝っぱらから脳みそがついていかないわ。ちゃんと起きてるかどうかさえわからないのに」

「シーッ」

彼らが話していることをなんとか聞きとろうと耳を澄ませる。ベッキーはドアの向こうへさっと移動し、わたしたちは闇にまぎれてドアの両側に立つ。会話の内容がおぼろげに聞こえてくる。時刻は六時四分。

「しっかりしなさいよ、ルーカス」イヴリンだ。ハイウエストのデニムのショートパンツにタイツ、ハリントンジャケットという格好だ。「真剣に言ってるの。そりゃ、あなたを電気毛布とラジオ4から無理やり引き離したことは悪かったわ。だけどちょっとはガッツのあるところを見せなさいよ」

陰影のできたルーカスの顔がゆがむ。「いいかい、そもそもソリティアをはじめたのは僕なんだよ。だから、君たちにガッツがどうのと言われる筋合いはない、悪いけど」

「そうだよ、君がはじめたんだ」リーゼントが言う。ちゃんと見たのはこれが初めてだ。大層な髪型をしている割には、すごく小柄だ。すぐそばのテーブルに、モリソンズのレジ袋が置かれている。しゃべり方は想像していたより知的な感じだ。「それなのに、ここぞという大事なときに勝手にいなくなった。せっかく素晴らしいことをしようとしているのに、この期に及んでこれまで自分がやってきたことはぜんぶ〝まったく意味のないたわごと〟だったって言うのか」

「こんなことのためにやってきたんじゃない」ルーカスはぴしゃりと言う。「僕はただ、学校に反旗を翻すことが、生徒たちを助けることになると思ったんだ」

「学校をめちゃくちゃにすることは、この町の歴史の中で最高の出来事だ」とリーゼント。

「でも、誰の助けにもならない。こんなことをしても何も変わらない。環境を変えても、人は変わらないんだ」

「御託はもういいわ、ルーカス」イヴリンが首を振る。

「これがどれほどばかげた考えか、よく考えればわかるはずだ」ルーカスが言う。

「ライターをよこせ」とリーゼント。ベッキーがスパイダーマンみたいに手のひらを壁にぴったりつけたまま、頭をさっとこちらに向ける。「ライター？」声を出さずに唇を動かす。

わたしは肩をすくめる。ルーカスに目をこらすと、銃みたいなものを背中に隠し持っている。よく見ると、銃の形をしたおもしろグッズのライターだ。

ライターでできることはたったひとつ。

「だめだ、渡さない」ルーカスが言う。この距離からでも張りつめているのがわかる。リーゼントがルーカスの腕に突進するが、彼はすんでのところで身をかわす。リーゼントはまるで悪の権化みたいに高笑いをはじめる。

「どういうことだよ。せっかく苦労してここまでやってきたのに、今さら俺たちのものを盗んで逃げようだなんて。ガキじゃあるまいし。それならどうしてわざわざここまで来た？　どうしてガキらしく、俺たちのことをチクらなかったんだ」

ルーカスは無言のまま身構える。

「ライターをよこせ」リーゼントが言う。「ラストチャンスだ」

「失せろ」ルーカスが言う。

リーゼントが片手で額をこすりながら「やれやれ」と言ってため息をつく。そして、脳のスイッチが入ったみたいに、いきなりこぶしを振り上げ、ルーカスの顔にパンチを浴びせる。ルーカスは意外なほどどっしり踏ん張り、倒れることなく、精いっぱい胸を張って、リーゼントをぐっとにらみつける。

「失せろ」ルーカスはもう一度言う。

リーゼントがルーカスの腹を殴り、今度は身体をくの字にさせる。ルーカスの腕をやすやすとつかみ、銃の形をしたライターをもぎ取ると、ルーカスの襟首をつかんで銃身を首に押し当て、壁に押しつける。マフィアのボスか何かになったつもりなんだろう。だけど七歳児みたいな童顔と、デヴィッド・キャメロン首相みたいなしゃべり方は変わりようがない。

「勝手に抜けられるとでも思ってるのか。いいか、ひとりで逃げるなんてできないんだぞ」

リーゼントが、引き金を引いてルーカスの首に火をつけるつもりがないのは明らかだ。彼も自分がルーカスに火をつけたりしないことはわかっている。この男がルーカス・ライアンのような無力な人間にひどいけがを負わせるような、強さも意志も悪意も持ち合わせていないことは、これまで生きてきた、そしてこれから生きていくすべての人々にとって明らかだ。けれど、誰かが誰かの喉元にライターの銃を突きつけている状況では、明白にそうだとは思えなくなるのもたしかだ。

気がつくと、ベッキーがそこにいない。

空手キックで、ドアを蹴り破っている。

「そこまでよ、あなたたち。バカなことはやめなさい、今すぐ」

彼女は片手を高く上げて、つかつかと部屋に入っていく。イヴリンが悲鳴のような声を上げ、ルーカスは高らかな笑い声を上げ、リーゼントはルーカスの襟元から手を離してあとずさる。まるでベッキーに現行犯逮捕されるのを恐れるみたいに。

ベッキーに続いて部屋に入ったとたん、後悔する。ルーカスの笑い声が、わたしを見てぴたりととまる。

ベッキーは彼らに近づくと、ルーカスと銃型のライターとのあいだに割って入る。

「ねえ、坊や」彼女はため息をつき、いかにも同情するようにリーゼントに首をかしげる。「ギャングにでもなったつもり？　いったいどこでそのガラクタを手に入れたの。ディスカウントショップ？」

リーゼントは笑い飛ばそうとするが、うまくいかない。ベッキーの目が炎になり、両手を前に突きだす。

「やりなさいよ」眉が額のまん中まで跳ね上がる。「さあ、早く。髪でもなんでもいいから火をつけてみなさいよ。あなたがその引き金を引けるかどうか、見てみたいわ」

リーゼントが何か気の利いたことを言おうと必死に考えているのがわかる。気まずい沈黙のあと、彼はぎこちなくあとずさり、モリソンズの袋をつかむと、ライターを突っ込んで引き金を引いた。ライターの炎が二秒ほどオレンジ色に輝き、彼は素早くライターを引っ込め、レジ袋を教室の本棚に向かって派手に放り投げる。袋の中に入っていたものがかすかな音を立てて、煙を上げる。

全員が袋に注目する。

煙はしだいに薄くなり、レジ袋はしぼんで、逆さになって本棚から落ちる。

長い沈黙が続く。

やがて、ベッキーが顔をのけぞらせて笑い声を上げる。

「ああ、おかしい！　なんてくだらない！」

リーゼントは何も言えず黙っている。何を言ったところで、今起きたことをなかったことにできない。これほどばかばかしい茶番は、これまで見たことがない。

「これがソリティアのグランド・フィナーレってわけね！」ベッキーは笑い続ける。「ああ、くだらない。あなた、わたしがこれまで会った格好つけ男の中で、いちばんの見かけ倒しだわ。見かけ倒しって言葉の意味をバージョンアップするくらいに」

リーゼントがライターを手に取り、もう一度火をつけようとして袋に近づきかけたが、ベッキーがその手首をぐいとつかんで、もう片方の手でライターをもぎ取った。そしてライターを高く掲げて振り、コートのポケットから携帯電話を取りだす。

「一歩でも袋に近づいたら、警察を呼ぶわよ」そして、失望した教師のように眉をひそめる。「あなたの名前、知らないと思ったら大間違いよ、アーロン・ライリー」

リーゼント、またの名をアーロン・ライリーが、ベッキーにまっすぐ向かっていく。「あばずれの言うことを誰が信じるか」

ベッキーはまた顔をのけぞらせる。「言ってくれるわね。わたしはあんたみたいな格好つけ男にこれまでいやというほど会ってきたのよ」そう言って、リーゼントの腕をぽんぽんたたく。「あなた、その中ではちゃんとタフガイっぽく振る舞えてる。上出来よ」

ルーカスをちらっと見るが、彼はぼんやり首を振りながら、ベッキーをただじっと見ている。

「あんたたちはみんな同じよ」ベッキーが言う。「賢そうな言葉で正義を振りかざせば、世界を支配できると考えてるバカばっかり。ふつうのまともな人みたいに、おとなしく家に帰って、ブログに愚痴でも吐きだしたらどうなの？」ベッキーは一歩前に出て、リーゼントに詰め寄る。「こんなことしていったい何になるの？　ソリティアはいったい何がやりたいの？　自分たちがほかのみんなよりえらいと思ってるの？　学校なんて意味がないと言いたいの？　わたしたちにモラルや正義を教えようとしてるの？　自分たちのすることをただおもしろがって、便乗して騒いで、にこにこしてさえいれば、人生は万事うまくいくとでも言いたいの？　それがソリティアがやりたいことなの？」

ベッキーが怪物じみた怒りの声を上げ、わたしを文字どおり飛び上がらせる。「悲しみっていうのはね、人間の自然な感情なのよ、このバカ男」

ずっと唇をかんで黙って見ていたイヴリンがようやく口を開く。「何の権利があってわたしたちを非難するの？　何をしようとしてるかも知らないくせに」

「ああ、イヴリン。ほんとにそうなの？　ソリティアの仲間なの？」ベッキーはライターを点けたり消したりしはじめる。たぶん、わたしと同じで混乱しているんだろう。イヴリンはあとずさりする。「この男があんたの秘密のボーイフレンドだったの？　彼、わたしがこの一年で使ったよりもたくさんのヘアスプレーを使ってるわよ、イヴリン！」そう言って、年寄りみたいに力なく頭を振る。「あんたがソリティアのメンバーだなんて、信じられない。八年生を一からやり直すみたいな気分よ」

「どうしてそんなふうに自分だけが繊細で特別な人間みたいなふりをするの？」イヴリンが言う。「自分がわたしたちよりいい人間だとでも言いたいわけ？」

ベッキーはけたたましく笑い、ライターの銃をパジャマのズボンにしまい込む。「いい人間？まさか。わたしはこれまで人にひどいことをしてきた。今になって、つくづくそう思う。あのね、イヴリン。わたしたぶん、繊細で特別な人間になりたいんだと思う。あんたみたいなくだらない女に退屈じゃない人間だと思われるためだけに、毎日つけてる楽しそうな笑顔の仮面をはずして、ときどきは、実際に感じてることを表現したくなるのかもしれない」

ベッキーは勢いよくわたしを指さす。「どうやらトリは、あんたたちのやろうとしていることがわかってるみたいなの。あんたたちがどうしてこんなちっぽけで退屈な学校を攻撃しようとするのか、わたしにはさっぱりわからない。だけどトリはあんたたちが、ひと言で言えばひどくよくないことを企んでいると思ってる。わたしはトリを百パーセント信じるわ」ベッキーが腕を下ろす。「いいかげんにしてよね、イヴリン。あんたがわたしをどれだけ怒らせてるかわかる？　冗談じゃないわ。そんなおかしな厚底シューズなんて履いちゃって。さっさと自分のブログでもグラストンベリーでも、あんたがいるべき場所に戻って、そこでおとなしくしてなさいよ」

リーゼントとイヴリンは、最後にベッキーをひとにらみして、部屋を出ていく。

ある意味、すごく潔い。

人間というのは本来頑固なもので、自分の間違いを証明されるのを嫌うものだ。たぶん、ふたりとも、自分たちのやってきたことが間違いだとわかっていたか、本心では最後までやりとげる勇気がなかったんだと思う。結局、ほんとうの敵は彼らではなかったのかもしれない。もしそうだとしたら、いったい誰なのか。

わたしたちは、ふたりが部屋を出て、廊下を歩くあとをついていく。両開きのドアの向こうにふたりが消えるのを見届ける。もしわたしが彼らだったら、すぐに転校するだろう。彼らはすぐいなくなる。永遠に。いなくなるだろう。

わたしたちはしばらく何も言わずそこにいる。数分後、汗がにじんでくる。怒りのせいだろうか。違う。わたしは何も感じていない。

横にいるルーカスがわたしを見る。彼の目は大きくて、青くて、犬みたいだ。「どうしてここにいるの、ヴィクトリア」

「あの人たちがあなたを傷つけるかもしれないと思って」わたしは言うが、真実ではないことはふたりともわかっている。

「どうして来たんだい」

すべてのことがぼやけている。

ルーカスがため息をつく。「これでぜんぶ終わりだ。ベッキーが僕らを救ってくれたみたいなものだな」

ベッキーはショック状態に陥っているようで、廊下の壁にもたれ、スーパーマンのロゴの入った脚を投げだして床にすわり込み、ライターの銃を顔の前で点けたり消したりしている。「こんなふざけたライター見たことない……ふざけてる」

「許してもらえるかな」ルーカスが言う。

頭がくらくらする。

わたしは肩をすくめる。「わたしが好きだなんて、嘘なんでしょ?」

ルーカスは目をそらして、まばたきをする。「まあ、たしかに。好きというのとはちょっと違う。ただ……僕には君が必要だと思ったんだ。うまくは言えないけど……」そして首を振る。「じつは、ベッキーのことをいいなと思ってる」

わたしは吐いたり、家の鍵で自分を刺したくなるのをこらえて、おもちゃのピエロみたいにニカッと笑う。「ははは！　あなたを含む太陽系の全員がね！」

ルーカスの表情が変わる。ようやくわたしという人間を理解したみたいに。

「これからはヴィクトリアと呼ばないでもらえる？」わたしは言う。

彼はわたしからあとずさる。「そ、そうするよ、トリ」

身体が熱くなってきた。「あの子たち、わたしが思ってるようなことをするつもりだったの？」

ルーカスの目は泳ぎ続けている。わたしのほうを見ようとしない。

「彼らは学校を焼きつくすつもりだった」ルーカスが言う。

なんだかおもしろそうにさえ思える。小さいころはよくそんな夢想をしたものだ。十歳のわたしなら、学校が火事になると考えただけでわくわくしただろう。学校に行かなくてよくなるのだから。だけど今になると、すごく暴力的で無意味なことに思える。ソリティアがやった、ほかのすべてのことと同じように。

そのとき、あることに気づく。

わたしは来た方向を振りかえる。

「どうしたの？」ルーカスが訊く。

わたしはケント先生の教室に向かって廊下を歩いていく。近づけば近づくほど、熱くなっていく。

「どこに行くんだい?」ルーカスが呼びかける。

わたしは教室をのぞき込む。そして、頭がおかしくなったのかと思う。

「トリ?」

わたしは振りかえり、廊下の向こうに立っているルーカスを見る。そして、彼の目をしっかり見すえて言う。

「逃げて」わたしの声は静かすぎたんだと思う。

「え、何?」

「ベッキーを連れて逃げて」

「え、いったいどうし――」

そのとき、彼はわたしの身体の片側が明るく照らされていることに気づく。

ケント先生の教室で燃えさかる炎のオレンジ色だ。

「嘘だろ」ルーカスが言い、わたしは廊下を走っていちばん近くの消火器を取りだそうとするけれど、壁からはずれない。

ミシッという大きな音がする。教室のドアが裂けて、楽しげに炎を上げている。

ルーカスも一緒になって消火器を引っ張るが、どんなにがんばっても壁からはずれない。火は部屋からはい出し、壁の掲示物に燃え移り、煙が天井に見る見る充満していく。

「逃げよう!」炎がごうごうと音を立てる中、ルーカスが叫ぶ。「もうどうすることもできないよ！」

「できるわ」やらなきゃ。自分たちにできることを。その消火器はあきらめ、校舎の奥へと進む。向こうの廊下にもあったはずだ。理科室の廊下に。

　ベッキーがさっと立ち上がる。わたしを追って駆けだし、ルーカスもあとに続く。そのとき、大きなポスターが壁から剝がれ落ち、燃え盛る紙とピンの残骸となって廊下をふさいだ。ベッキーとルーカスの姿はもう見えない。カーペットに火が移り、炎がこちらに向かってくる。

「トリ！」誰かが叫ぶ声がする。誰だろう。誰だってかまわない。別の消火器が見つかり、今度はすぐに壁からはずれる。そこには〈水消火器〉という文字と、〈木、紙、布の火災専用／電気火災への使用は不可〉と書いてある。炎は壁や天井や床を伝って、じりじりと迫ってくる。廊下のあちこちに、照明や、コンセントや、コードがある――

「トリ！」声は、今度は背後から聞こえる。二本の手に肩をつかまれ、わたしはさっと振りかえる。ひょっとして、死神？

　そうじゃない。

　彼だ。このTシャツ、このジーンズ、このメガネ、この髪、腕、脚、目。そのすべてが――

　マイケル・ホールデンだ。

　彼はわたしの腕から消火器を奪い取り――

　近くの窓から投げ捨てる。

15

背中を押されて廊下を走り、いちばん近くの非常口から放りだされる。わたしたちがここにいることを、マイケルがどうして知ったのかはわからない。ここで何をしているのかもわからない。だけど、とにかくあの火を消さなければ。中に入らなければ。もし何もできなければ、すべてが無駄になってしまう。わたしの人生が。すべてのことが。何の意味もなくなってしまう。

マイケルが腕をつかもうとするが、わたしは魚雷のようにすり抜ける。非常口から中に戻り、となりの廊下を走り、迫りくる炎から逃れながら別の消火器をさがす。過呼吸ぎみで何も見えず、猛スピードで駆けるこの廊下が学校のどこなのかもわからず、涙があふれてくる。

だけど、マイケルは氷をすべるように走ることができる。わたしが消火器を壁から引きはがしたそのとき、彼がわたしの腰をぐいとつかみ、それと同時に火が非常口を回り込んで迫ってきた――

「トリ！　逃げなきゃだめだ、今すぐ！」

廊下の暗がりで、炎がマイケルの顔を浮かび上がらせる。身をよじって振りほどき、前に飛びだそうとするが、彼に腕をがっしりつかまれて、ぐいと引っ張られ、わたしは無意識のうちに強く腕を引く。あまりに力まかせに引きすぎて、皮膚が燃えるように痛い。わたしは大声を上げて彼を突き飛ばし、蹴り上げた脚がなんと彼のみぞおちに命中する。よほど強く蹴ったらしく、マイケルは尻もちをつき、お腹をかかえてうずくまっている。自分のしてしまったことに気づいて、わたしは固まり、オレンジの光の中で彼を見つめる。互いの目を見つめ合っていると、何かに気づいたように彼の表情が変わり、わたしは笑いたくなる。だって、彼がようやく気がついたから。ついさっき、ルーカスが気づいたみたいに。わたしは彼のほうに両手を差しだす――

そのとき、火が見えた。

右手にある理科実験室で、炎が燃え盛っている。理科実験室と英文学教室はドア一枚でつながっていて、炎はそのドアを突き破ってきたに違いない。

とっさにマイケルに飛びかかり、突き飛ばす――

次の瞬間、理科実験室が爆発する。ぐしゃぐしゃになった机や椅子が吹き飛び、火の玉になった本が宙を舞っている。わたしはほんの数メートルのところにいて、奇跡的に生きていて、目を開けるけれど、何も見えない。近くにいるはずのマイケルは、煙に隠れて姿が見えない。椅子の脚が頬をかすめて飛んでくるのをとっさに避け、彼の名前を叫ぶ。生きているのか、それとも――

わたしは立ち上がって走る。

泣きながら？　何かを叫んでいる。名前？　彼の名前を？

ソリティアの究極のアイデア。子どものころの夢。

マイケルは死んだ？　そんなことない。煙の中にぼんやりと人影が浮かび上がり、何かを振り払うように身をよじってから、学校の奥へと消えていくのが見えた。どこからか、わたしを呼ぶ彼の声が聞こえたような気がする。気がするだけかもしれない。

彼の名前を叫びながら、煙の立ち込める理科教室の廊下から逃げだす。角を曲がると、炎は美術教室に達していて、何時間もかけて作られた作品が、溶けたアクリルのかたまりになって床に溶けだしている。悲しくて泣きたくなるが、すでに煙のせいで涙はぽろぽろこぼれはじめている。パニックにもなりはじめている。火事のせいじゃない。

わたしが負けて、ソリティアが勝っているからでもない。

この中にマイケルがいるからだ。

次の廊下、また次の廊下へと進む。わたしはどこにいるんだろう。暗さと熱さで、ふだんとまったく様子が違う。あたりで何かが点滅している。警報器？　わたしが気絶しかけているんだろうか。ダイヤモンドの瞬き。また叫ぶ――マイケル・ホールデン。炎がうなり、熱風のハリケーンが校舎のトンネルを疾走する。

彼の名を叫ぶ。何度も何度も叫び、身体はがたがた震え、壁に貼られた絵や手書きの作文が周囲で崩れ落ち、息ができなくなる。

「わたしのせいだ」頭に浮かんだ瞬間、口にする。おかしなことだ――ふだんそういうことはないのに。「わたしがだめにした。わたしのせいだ」わたしがだめにしたのは学校じゃない。自分自身でさえない。マイケルだ。彼を裏切ってしまった。殻に閉じこもって、悲しむのをやめなかった。そんなわたしに彼は精いっぱい、ほんとに精いっぱいやさしくしてくれて、友達になろうとしてくれたのに、そんな彼の気持ちを裏切ってしまった。わたしは叫ぶのをやめる。もう何もない。マイケルは死に、学校も死にかけている。わたしもそうだ。わたしにはもう何もない。

そのとき、声が聞こえた。

煙の中から、わたしを呼ぶ声が。

とっさに振りかえるが、そこにあるのは炎だけだ。ここは校舎のどこだろう。窓や非常口があるはずだけど、廊下は火の海で、煙がゆっくりとあたりに満ち、だんだん息ができなくなってくる。考える暇もなく、わたしは煙と炎が迫るなか、必死で二階への階段を駆け上がる。

廊下を左に曲がり、もう一度左に、そして右に曲がって教室に入る。ドアがばたんと閉まる。わたしは椅子をつかみ、炎と煙と死ぬこと以外、何も考えずに薄い窓ガラスを割る。ガラスの粉が髪に降りそそぎ、ぎゅっと目を閉じる。

割れた窓をくぐると、そこはコンクリートの屋上のような場所で、ついに、ようやく、自分がどこにいるのかわかる。

あの美しい場所だ。

美術教室のあの小さな屋上だ。雪の校庭と川の見える、暗い朝の空と冷たい空気のある――、無限の空間だ。

千の考えが一気に押しよせる。そのうち九百はマイケルで、残りの百は自分を責める気持ちだ。

わたしは何もできなかった。

粉々に割れた窓を見る。ここをくぐるとどうなるだろう。痛みがあるだけだ。右手にある非常階段を見る。ここを下りるとどうなるだろう。わたし自身がいるだけだ。何度も何度も正しいことをしそこね、正しいことを言いそこねた、元のわたしがいるだけだ。

屋上の縁に立ち、下を見下ろす。地面は遠く、わたしを呼んでいる。

そこにあるのは、もっといいものの予感。第三の選択肢だ。

すごく熱くなってきた。コートと手袋を脱ぐ。

そのとき、ふと気づく。

これまで自分が何を求めているのか、わかっていなかった。今の今まで。

わたしは、たぶん死にたかったんだ。

16

足がゆっくりと縁へと近づいていく。マイケル・ホールデンのことを考える。彼はいつもひそかに怒っていた。きっとたくさんの人が、いつもひそかに怒っているんだろう。

ルーカス・ライアンのことを考えると、さらに悲しい気持ちになる。彼の抱える悲しみも、わたしにはどうすることもできない。

元親友のベッキー・アレンのことを考える。彼女のことは、今ではよくわからない。もっと以前、今みたいに大人になるまでは、たぶんわかっていた。だけど、彼女は変わり、わたしは変わらなかった。

弟のチャーリー・スプリングとニック・ネルソンのことを考える。楽園は、ときに人が考えるものとはまったく違う形をとることがある。

ベン・ホープのことを考える。

人はときに自分自身を憎む。

そんなことを考えているあいだ、ハーヴィー・グリーン・グラマースクールは焼け落ちていく。

足の指先がコンクリートの縁を越える。うっかり落ちたとしても、宇宙が受けとめてくれるだろう。

そのとき――

彼がいた。

チャーリー・スプリング。

オレンジ色に照らされた白い校庭に、ぽつんとひとり。

手を振って、上に向かって叫んでいる。

「だめだ！」

だめだ、と言っている。

そしてもうひとりが走ってくる。背が高くて、がっしりした人物が、チャーリーの手を握りしめる。ニック・ネルソンだ。

もうひとり。さらにもうひとり。どうして？　何が起きているの。どうして放っておいてくれないの。

そこにいるのは、ルーカスとベッキーだ。ベッキーは、両手で口を覆っている。ルーカスは、両手で頭を抱えている。チャーリーは風と炎に負けじと必死に叫んでいる。叫び声に、風と炎の音が交じる。

「やめろ！」

今度の声はもっと近くの頭上から聞こえる。神に違いない。いかにも神のやりそうなことだ。

ぎりぎりまで放っておいて、最後の最後に現われて、ようやくこっちに目を向ける。まるで、家出すると宣言する四歳の子どもに〝好きにしなさい〟と言っておいて、子どもがビスケットをリュックにつめ、テディベアを抱えて玄関を出て、道を渡って初めて本気であわてる親みたいなものだ。

「トリ！」

振りかえって見上げる。

割れた窓のすぐ上、校舎の屋上にマイケル・ホールデンがいる。腹ばいになっているらしく、頭と肩しか見えない。

マイケルがわたしに手を差しだす。「やめるんだ！」

それを見て、余計に死にたくなる。「もうすぐ焼け落ちるわ」わたしは顔をそむけて言う。「逃げなくちゃだめよ」

「こっちを向けよ、トリ。いいから、こっちを見るんだ、このがんこもの」

思わず顔を向け、懐中電灯を取りだす。どうして今まで使わなかったんだろうと思いながら上を照らす。ようやく顔をちゃんと見る。髪はくしゃくしゃで、灰だらけ。顔は煤《すす》でまだらになっている。差しだされた腕には火傷の痕がある。

「死にたいと思ってるのか？」お芝居のセリフみたいに聞こえる。こういう質問は現実の世界で聞いたことがない。

「そんなことしちゃだめだ。させるわけにはいかない。僕をひとりにするなんてだめだ」

声がかすれる。

「いてくれなきゃ困る」彼は言う。

そして、わたしと同じことをする。口をへの字に曲げて唇をかみ、目と鼻をしわくちゃにして、青い目の端から涙をひと粒こぼし、両手で顔を覆う。

「ごめんなさい」彼の顔がくしゃくしゃになるのを見ていると、胸が締めつけられる。わたしも泣きはじめる。意思に逆らって、わたしの足はコンクリートの縁から離れて彼に近づく。こうすることで気持ちをわかってもらえるだろうか。「ごめんなさい。ごめんなさい。ごめんなさい。ごめんなさい」

「うるさい！」彼は泣き笑いして顔から手を離し、狂ったように両手を振り上げると、屋上の床にたたきつける。「くそっ、僕はバカだ。もっと早く気づかなかったなんて、どうかしてる」

彼の顔はわたしのすぐ上にある。メガネが鼻からずり落ちて、彼はさっと押し戻す。

「最悪なのは、君が持っていた消火器を投げ捨てたとき、僕は君を救うことだけを考えてたわけじゃないってことだ」彼は悲しげにくすっと笑う。「僕たちみんなが救われなくちゃならない」

「それが、どうして――」そのとき、すべてを理解する。この少年を。彼という人間を。どうしてこんなに時間がかかってしまったんだろう。わたしが彼を必要としているのと同じくらい、彼もわたしを必要としていたんだ。彼は怒っていたから。ずっと怒りを抱えてきたから。

「学校を燃やしたかったのね」

彼はまたくすっと笑い、目をこする。「よくわかったね」

そう。たった今、よくわかった。笑顔だからといって、人は幸せとはかぎらない。

「僕はいつだって落ちこぼれだ。いつもいらいらしていて、友達もうまく作れない。まいるよ、友達ができたためしがないんだ」彼は遠い目をする。「ときどき、ふつうの人間ならいいのにと思うことがある。だけど無理だ。僕はふつうじゃない。どんなにがんばっても無理なんだ。あのとき、学校が燃えはじめたとき、思った……というか、何かがささやきかけた。これですべて終わりにできるかもしれないって。学校が燃えてしまえば、楽になれると思った。僕も、君も」

彼は身体をくるっと回転させて、屋上の縁から足を投げだしてすわる。足はわたしの頭から数センチのところにぶら下がっている。

「でも、間違いだった」彼が言う。

さっきの縁にもう一度目を向ける。誰も幸せじゃない。将来にどんな希望があるというのか。

「学校には向かない人もいる」マイケルが言う。「だからといって、生きるのに向いていないということにはならないよ」

「無理よ」縁はすぐそこにある。「わたしは無理」

「僕が力になるよ」

「どうしてあなたが?」

マイケルがわたしのいる屋上に飛び降り、わたしを見る。まっすぐに。初めて彼の特大メガネに映った自分を見たときのことを思い出す。今、わたしを見つめ返しているトリは、そのときと違って見える。

「ひとりの人間がすべてを変えることができる。君は僕のすべてを変えてくれた」

彼の肩越しに、屋上から小さな火柱が上がるのが見える。マイケルの毛先が一瞬明るく照らされるけれど、彼はまばたきひとつしない。

「君は僕の親友だよ」

マイケルの頬が赤く染まり、照れている彼を見ているとこっちまで恥ずかしくなる。彼は片手で不器用に髪をなでつけ、目をこする。「僕たちはみんな死ぬ。いつか必ず。だから、一回でちゃんとやりたい。これ以上間違いたくないんだ。これは間違いじゃないってわかるよ」彼はほほ笑む。「君は間違いなんかじゃない」

彼は振りかえり、燃えている学校を見つめる。「僕らはとめることができたかもしれない。もし……あのとき僕が――」言葉がのどにつまり、片手が口を押さえ、目にまた涙があふれる。

新鮮な感覚が訪れる。あるいは、とても古いものが。

わたしは自分でも思いがけないことをする。彼に手をのばす。腕が彼に向かってまっすぐのびていく。彼がここにいることを、ただ確かめたい。わたしが作り上げた妄想じゃないことを確認したい。

手が、彼の袖に触れる。

「自分を憎んじゃだめよ」そう言うのは、彼が自分を憎むのが、学校が燃えるのをとめなかったという理由だけじゃないことがわかるから。彼はほかにもたくさんの理由で自分を憎んでいる。だけど、彼は自分を憎むべきじゃない。憎んでもらっちゃ困る。わたしに、この世界にもいい人はいるんだと信じさせてくれる大切な存在だから。どうしてそんな気持ちになったのかはわからない。わかるのは、この気持ちが最初からあったということ。マイケル・ホールデンに出会ったとき、彼が望みうる最高の人だということが心の深いところでわかった。あまりに完璧すぎて、ほんとうに存在していると思えなかった。それが、ある意味彼を嫌いにさせた。彼のいいところをひとつずつ見つけていくのではなく、次から次へと欠点を見つけてしまった。そして不思議なことに、そんな彼が好きになった。欠点があるからこそ、ほんとうの意味での完璧な人間だとわかるから。それが本物の人間だから。

そんなことを彼にぜんぶ話す。

「とにかく――」そう言いかけて言葉につまる。だけど、わたしなりに結論を出さないといけないことはわかっている。「わたしはあなたを決して嫌いにならない。嫌いにならない理由を、こうすればわかってもらえると思う」

沈黙。炎の音。煙のにおい。彼は、たった今撃たれたみたいに、わたしを見つめている。

そして、わたしたちはキスをする。

これが適切なタイミングなのかはわからない。わたしのほうは、あと少しで屋上から飛び降りるところだったし、マイケルは自分をすごく憎んでいるところだし。でもとにかくそうなり、そうなってみてすべてがはっきりわかった。今ここで彼と一緒にいなければ、わたしは破滅的なことになっていただろう。だってあのとき——まさにあの瞬間——もしも……もしも彼に手をのばしていなかったら……わたしはほんとうに死んでいただろうから。

「初めて出会ったときから、たぶんずっと君のことが好きだった」マイケルは身体を離して言う。「それなのに、ただの好奇心だと勘違いしてた」

「そんなことありえないし——」頭がくらくらして気を失いそうだ。「今のセリフ、わたしがこれまで我慢してきた陳腐きわまりない恋愛映画のセリフの中でも、最上級にクサいセリフだわ。言っておくけど、半端じゃない数のセリフを聞いてきたのよ。だってわたし、魔性の女だもの」

マイケルは目をぱちくりさせる。しだいに顔がほころび、頭をのけぞらせて笑いだす。

「最高だな。それでこそ君だよ、トリ」マイケルは大笑いしながらもう一度わたしをハグし、地面から抱き上げる。「君って最高だ」

自分が笑顔になるのを感じる。わたしもハグを返してほほ笑む。

マイケルがいきなり身体を離し、校庭を指さす。「何が起こってるんだ？　今日はガイ・フォークス・デー（イギリスで一六〇五年に火薬陰謀事件が未遂に終わったことを記念して行なわれる行事）だっけ？」

わたしはわけがわからず、校庭を振り向く。

白い地面はほとんど見えなくなっている。雪の上の点はもう四つだけじゃなく、少なくとも百はある。大勢のティーンエイジャーがそこにいる。たぶん、風と炎のせいで、声が聞こえなかったんだろう。わたしたちが振りかえったのを見て、みんな手を振って叫んでいる。顔ははっきりとはわからないけれど、ひとりひとりが生身の人間だ。朝ベッドから起きて、学校に行き、友達と話し、食事をして、生きているリアルな存在だ。みんながわたしたちの名前を呼んでいる。ほとんどがわたしの知らない人だし、ほとんどの人がわたしを知らないはずなのに、どうしてここにいるのかさっぱりわからない。それでも……それでも……。

ちょうど群衆のまん中あたりに、ニックにおんぶされたチャーリーと、ルーカスにおんぶされたベッキーが見える。手を振って何か叫んでいる。

「いったい」声がかすれる。「どういうことなの……」

マイケルがポケットから携帯を出して、ソリティアのブログをチェックする。新しい投稿は何もない。次にフェイスブックのページを開き、スクロールしていく。

「そういうことか」彼が言い、わたしは肩越しに画面をのぞき込む。

ルーカス・ライアン

ソリティアがヒッグスを焼きつくしている。

32分前　携帯電話より投稿
いいね94件・シェア43件
203件のコメントをすべて表示

「たぶんルーカスは……学校が燃えるなんていう……ビッグイベントを……無駄にしたくなかったんだろうな」マイケルが言う。

わたしは彼を見て、彼もわたしを見る。

「すごい眺めだと思わないか」

ある意味そうかもしれない。学校が燃えている。こんなこと、めったにあるものじゃない。

「ルーカス・ライアン、君はたいしたヒップスターだよ」マイケルが、群衆を見下ろして言う。

「思いもかけずに、こんな美しいことをやってのけるなんて」

胸の奥の何かが、わたしを笑顔にする。本物の笑顔に。

また視界がぼやけてきて、わたしは泣き笑いし、自分が幸せなのか完全におかしくなったのかわからなくなる。思わずうずくまると、マイケルがかがみ込み、震えるわたしの身体を頭からすっぽり包み込む。雪が降っている。背後で学校が崩れ落ちる音がして、町を急ぐ消防車のサイレンが聞こえる。

「さてと」マイケルがいたずらっぽく眉を上げ、いつもの人懐っこさで言う。「君は自分が嫌いだし、僕は自分が嫌いだ。僕たち、一緒にいるべきだよ」

理由はわからないけれど、頭がぼうっとしてきた。校庭には大勢の人たちがいる。みんなぴょんぴょんとび跳ねたり、手を振ったりしている。中には興味本位で来ただけの人もいるだろう。けれど、今回ばかりは、高みの見物を気取っているような人はひとりもいない。ひとりひとりが人間でいる。

何が言いたいかというと、わたしは、自分が明日目覚めたいと思っているのか、まだ百パーセント確信が持てない。マイケルがここにいるからといって、この性格がなおったわけじゃない。今も、ベッドにもぐり込んで、一日中横になっていられたらどんなにいいかと思う。そうしているのはすごく楽だから。けれど、ここから見えるのは、雪の中でとび跳ねている子たちだ。試験や親や、大学選びや、進路の選択といった、ストレスのかかることなど何もないみたいに、笑顔で手を振っている。そして、わたしのとなりにいるのは、同じようにそのことに気がついている男の子だ。彼がわたしを助けてくれたように、わたしが助けられるかもしれない男の子だ。

幸せな気分だとはとても言えない。もし幸せだとしても、それを感じる自信がない。だけど、校庭にいるみんながあまりにおかしくて、わたしはこの屋上からドラマチックに空に飛びだすのではなく、ただ笑ったり、泣いたり、踊ったり、歌ったりしたくなってくる。おもしろい、だってほんとうのことだから。

その後

カール・ベンソン「君と会うのは、たしか、高二のとき以来だ。
自殺したんだと思ってたよ」
アンドリュー・ラージマン「えっ?」
カール・ベンソン「てっきり、自殺したんだと思ってた。
君じゃなかったっけ?」
アンドリュー・ラージマン「ち、違うよ。僕じゃないよ」

映画『終わりで始まりの4日間』(2004年)

よくよく思い返してみても、どうしてこんなことになったのかはわからない。トラウマとかそういうんじゃない。そんなドラマチックなことではない。わたしは心に傷を負ってはいない。今回のことを、特定の日、特定の出来事、特定の人物だけに焦点を当てて語ることはできない。ただ言えるのは、いったん動きだしたら、流れはとまらなかったということ。その結果、ここにたどり着いた。そういうことなんだと思う。

マイケルは、警察の事情聴取を受けることになるだろうと考えている。たぶん、わたしもそうなるだろう。おそらく、ルーカスとベッキーも。わたしたちは全員があそこにいた。逮捕されなければいいけど。実際に何が起こったのかを、ルーカスが語ることはないだろう。いや、そうだろうか。ルーカス・ライアンのことは、今となってはよくわからない。

ニックが驚くほど冷静に、両親に病院まで迎えにきてもらうのがいちばんだと言い、それでわたしたちは今、彼の車で病院に向かっている。わたし、マイケル、ルーカス、ベッキー、ニック、チャーリーの六人が、ニックの小さなフィアットにぎゅうぎゅう詰めになり、ベッキーはルーカスの膝の上にすわっている。ルーカスはベッキーを本気で好きになりはじめていると思う。間違いない。ルーカスはあのリーゼント男にライターで火をつけられてもおかしくなかった。それをとめたのがベッキーなのだ。ルーカスはさっきからぼうっとした顔でベッキーを見ていて、それを見てほんの少し気持ちがなごむ。ベッキーはもちろん気づいていない。

これまで、ベッキーにはさんざんひどいことを言ってきた。ほんとうのこともあったけど、そうじゃないこともあった。わたしは何の理由もなくひどいことをたくさん言ってきた。大事に思っている人に対しても。

わたしは中央の列にすわっている。考えようとしても集中できないのは、たぶん半分寝ているからだ。雪が降っている。落ちてくる雪はどれも同じに見える。カーラジオから流れているのは、レディオヘッドの曲だ。窓の外は暗いブルーに沈んでいる。

チャーリーが助手席から両親に電話をかける。何を話しているかはちゃんと聞かない。しばらくすると通話は終わり、彼は一分ほど黙ってぼんやり電話を見つめている。それから、顔を上げて、朝の空に目をやる。

「ヴィクトリア」チャーリーの声にわたしは耳を傾ける。彼はいろんなこと――こういうときにみんなが言いそうなことを話す。愛だとか思いやりだとか、サポートだとか、僕がそばにいる的なことを。ふだんはあえて言わないけど、この際だからちゃんと話す、みたいな感じで。わたしはことさら真剣には聞かない。そんなこと、もうとっくにわかっているから。チャーリーが話しているあいだ、誰も話さない。車のエンジン音とチャーリーの声を聞きながら、いくつもの店が窓の外を通り過ぎるのを眺めている。彼は話し終えると振りかえってわたしを見て、別のことを言う。

「気づいてたんだ。なのに、何もしなかった。何もしなかったんだ」

わたしは泣いている。

「そんなのどうだっていい。大好きよ、チャーリー」自分の声じゃないみたいだ。こんなこと、これまでの人生で一度も言ったことがない気がする。子どものころでさえ。そう考えると、そのころの自分がほんとうはどんなふうだったのかわからなくなり、今日までずっと、自分をまったく違う人間だと考えてきたような気がしてくる。チャーリーは穏やかで悲しい笑みを浮かべて言う。「僕も大好きだよ、トリ」

マイケルがわたしの手を取り、自分の手の中に包み込む。

「父さんがなんて言ったか知りたい？」チャーリーが正面に向き直りながら言う。きっとわたしだけじゃなく、車の中の全員に言っている。「こんなことになるのは、父さんが僕らくらいのときに『ライ麦畑でつかまえて』を読みすぎて、遺伝子にしみ込んでしまったせいだ、だって」

ベッキーがため息をつく。「まったく。悩み多きティーンエイジャーと見れば、すぐにあの本を引き合いに出すんだから」

ルーカスがベッキーに笑いかける。

「っていうか、この中で読んだ人いる？」ベッキーが尋ねる。

「ノー」と満場一致の合唱が起こる。ルーカスでさえ読んでいないだなんて、笑える。

わたしたちは、レディオヘッドの曲に耳を傾ける。

車から飛びだしたいという衝動に駆られる。マイケルはそのことに気づいていると思う。たぶん、ルーカスも。チャーリーはバックミラーから見つめ続けている。

しばらくしてニックがつぶやく。「チャーリー、シックス・フォームではどこに行くんだい」

ニックがこれほど静かに話すのを聞いたことがない。

指の関節が白くなるほど強くギア・スティックを握っているニックに、チャーリーが手を重ねる。「トゥルハムだ。このままトゥルハムに残るよ。君と一緒にいる。いいだろ？　きっと……ここにいるみんなも、トゥルハムに行くことになるんじゃないかな」

ニックはうなずく。

ベッキーが眠そうにルーカスの肩にもたれかかる。

「病院には行きたくない」わたしはマイケルの耳元でささやく。半分は嘘だ。

彼はつらそうな顔でわたしを見る。「わかるよ」そしてわたしの髪に頭をのせる。「よくわかる」

ルーカスがとなりで身体を動かす。窓の外に目をやり、緑と黒ににじんで飛び去っていく木々を眺めている。

「今が人生でいちばんいいときのはずなんだけどな」彼が言う。

ベッキーがルーカスの肩先で鼻を鳴らす。「これが人生でいちばんいいときなら、今すぐ終わらせたほうがよさそう」

車はエンジンを吹かして坂を上りきると、橋にさしかかり、凍った川の上を進んでいく。地球が数百メートル回転し、太陽は少しずつ地平線に近づき、このしょぼくれた大地にかろうじて残ったものに、鈍い冬の光を投げかけるのを待ち構えている。排気ガスが澄んだ空にたなびき、ささやかに存在を主張していた星たちを覆いかくす。

ベッキーが、また夢うつつのようにつぶやく。

「わかったわ。ソリティアがやりたかったのは、何か重要なものに属しているとわたしたちに感じさせることだったんだ。自分たちの存在を示したかったんだ。だって、わたしたちみんな、何かが変わるのを待っているから。〝忍耐は命とり〟って、ほんとうかもしれない」声はしだいに小さなささやきになる。「長く待ちすぎて……待ちくたびれた……」

彼女はあくびをする。「だけど、いつかは終わる。終わりは必ずくる」

そのとき、全員が黙り込んで思いを巡らせる。映画を見終えたときの、あの感じ。テレビの電源を切り、画面はまっ暗だけど、映像はまだ頭の中で再生されている。そして、こんなことを考える。これがわたしの人生だったら？　これがわたしに起こったことだったら？　わたしにハッピーエンドが訪れないのはどうしてだろう。どうしてわたしは何もせず、ただ文句を言っているんだろう。

学校がどうなるか、わたしたちがどうなるかはわからない。わたしがいつまで、こんなわたしのままなのかもわからない。

わかっているのは、わたしが今ここにいるということ。生きているということ。そして、ひとりじゃないということだけだ。

〈メンタルヘルスについての相談先〉

メンタルヘルスや心の病に関する情報やサポート、
ガイダンスを提供する機関の一覧です。

○厚生労働省 こころもメンテしよう
https://www.mhlw.go.jp/kokoro/youth/

○厚生労働省 知ることからはじめよう みんなのメンタルヘルス
https://www.mhlw.go.jp/kokoro/

○チャイルドライン（18歳までの子ども専用）
https://childline.or.jp/

○摂食障害情報ポータルサイト
https://www.edportal.jp/

○特定非営利活動法人 SHIP
http://ship.or.jp/

○にじいろtalk-talk
https://twitter.com/LLinq2018/

○よりそいホットライン
https://www.since2011.net/yorisoi/

※掲載データは2023年7月現在のものです

謝辞

声を大にして学校に感謝！　あなたがなければ、この本は生まれなかったでしょう。あなたを憎むと同時に愛させてくれて、わたしに自己批判の精神を植えつけてくれてありがとう。おかげで、権威を敬わず、過剰なまでの悲観と不安を抱える人間に育ちました。わたしを闘う人間にしてくれたのは、あなたです。

信じられないほど有能でパワフルなクレア・ウィルソン。たくさんの持ち込み原稿の中からわたしの原稿を見つけてくれて、オフィスを訪ねてまだ十八歳だと告げたときに何も問題ないと言ってくれたことに、心から感謝します。あなたがいなければ、夢を実現させることはできなかったでしょう。たぶん、ジョン・ダンの詩評でも書いている悲しい学生になっていたはずです。

ふたりの素晴らしい編集者、リジー・クリフォードとエリカ・サスマンにも感謝。あなたがたがこの本に注いでくれたエネルギーと熱意は、わたしが期待していた十億倍以上で、あなたがたの貴重なアドバイスがなければ、この本は十分の一もよいものにならなかったでしょう。

レキシーをはじめ、わたしを助け、力を貸してくれたRCWとハーパーコリンズの出版関係のみなさん。これほど親身でオタクな世界に身を置けることに、日々感謝しています。

家族のみんなもありがとう。みんな、自分で思っているよりおもしろいし、無愛想じゃないよ。それから作家仲間のみんな、夜中の三時に本のドリームキャストの話で盛り上がってくれて、ほかにも自分たちが実際よりノーマルだと感じられるいろんなことにつき合ってくれてありがとう。アダム、わたしの最初の読者になってくれて、頭がおかしいんじゃないと思わないでいてくれてありがとう（間違ってるよ、わたし完全におかしいもの）。

エミリー、エレン、メル、わたしを見捨てず、学校をなんとか耐えられる、ときには楽しいものにしてくれる最高に素晴らしい人たちでいてくれてありがとう。同じグループのハンナ、アニー、アンナ、ミーガン、ルース、大好きだよ、大好きだよ、大好きだよ。みんなに出会えてわたしがどれほど幸せか、言葉にならないほどです。

アリス×

訳者あとがき

イギリス発のベストセラーLGBTQ+コミック『ハートストッパー』の作者、アリス・オズマンのデビュー小説『ソリティア』をお届けします。

主人公は、イギリスの高校に通うトリ・スプリング。人づき合いが苦手で内向的。無口だけれど、皮肉なことを考えたり、妄想をふくらませたりと、心の中はかなり饒舌です。物語はそんなトリの視点から語られます。

唯一の友達だったベッキーとも距離を感じていたある日、トリは閉鎖されたパソコンルームで、謎のブログ〈ソリティア〉のURLと、マイケル・ホールデンという一風変わった男の子に出会います。どうやらソリティアは、学校にいたずらを仕掛けることを目的に作られたブログらしく、電子ホワイトボードが乗っ取られたり、生徒へのメッセージが発信されたりと、学校はしだいにソリティアに翻弄されていきます。首謀者は誰なのか、いったい何のために？　好奇心旺盛なマイケルはトリを探索に誘うのですが、何事にも無関心なトリはそんな気持ちはこれっぽっちもありません。それでも、熱心に誘われて出かけたソリティアのミーティングで、弟のチャーリーを巻き込むある事件が起こり……。

アリス・オズマンがこの小説のオリジナルを書いたのは、二〇一二年、十七歳のときでした。二〇一四年に本作が出版されたあとも、大学に通いながら、同世代の男女を主人公とした小説をいくつか発表し、やがて新たな分野に挑戦しようと決心します。子どものころから漫画が好きだったアリスは、自分でも描くようになっていて、それを投稿サイトのTapasとTumblrでウェブコミックとして発表することにしたのです。こうして二〇一六年にウェブ連載がはじまったのが、トリの弟、チャーリーとそのボーイフレンドのニックを主人公とした『ハートストッパー』です。

『ソリティア』を発表したあと、アリスはニックとチャーリーのカップルをとても気に入り、二〇一五年にふたりをメインキャラクターにした『Nick and Charlie（未訳）』と『This Winter ディス・ウィンター』という二冊の中編ノベルを出版していました。これらの小説の中ではすでに安定したカップルだったふたりの出会いからを、コミックで描いてみたいと思ったのです。ニックとチャーリーのピュアな恋愛と、セクシュアリティの多様性を描いたウェブコミックは、発表されるとたちまち評判になり、ペーパーバック版の出版を目的としたクラウドファンディングは、わずか二時間で目標額に達しました。二〇一九年に出版された『ハートストッパー』はベストセラーになり、世界三十三か国以上で翻訳出版され、二〇二二年には、ドラマシリーズとしてNetflixで配信がスタートしています。『ハートストッパー』の人気とともに、アリスの過去の小説作品にもスポットライトが当たるようになり、二〇二〇年には新たに改訂版の『ソリティア』が出版されました。その翻訳版が本作です（この改訂によって『ハートストッパー』の世界観とよりリンクさせることができたとアリスは語っています）。

本作の魅力は、なんといっても登場人物たちのキャラクターと、生き生きした語り口でしょう。主人公のトリは、自らを〝悲観的。根暗。過度の人見知り。猜疑心が強い。自意識過剰。偏屈。妄想癖がある〟と称するほど内省的で、同世代の子たちの価値観とは相いれないものを感じています。いろんなことを考えすぎるあまり、あふれだす心の声を、リアルな友達ではなくブログに吐きだし、なんとか自分を保っています。トリが〝宇宙の歴史上いちばんいい人間〟だと思う弟のチャーリーは、摂食障害を患い、治療中ながらも不安定な状態が続いています。いつも余裕がなくいっぱいいっぱいの母。どこか浮世離れしていて、すべての価値観を本に求める父。そんな環境の中、トリは人間関係の不安や、学校の勉強や進学に対するプレッシャーをひとりで抱え込んでいます。

そんなトリの前に現われたマイケルは、トリとは正反対の陽気で楽天的な性格。何かとトリを気にかけ、彼女を殻から出そうと働きかけます。ただ、マイケルもじつは周囲とはうまくなじめず、胸の中には深い悲しみと怒りを抱えています。このマイケルの多面性も本作の大きな魅力です。家族や生い立ちなどは一切描かれていませんが、端々にヒントらしきものが散りばめられ、彼のキャラクターの背景を想像させられます。

そして親友のベッキー。明るく人気者の彼女とは、少し前から距離を感じていたトリ。互いに変化していく中で、置いていかれたように感じるトリの気持ちはよくわかります。ある事件をきっかけにふたりの亀裂は決定的になりますが、そのあとのベッキーの行動はトリへの思いと度量にあふれ、一面的ではない彼女の魅力を存分に感じることができます。

前半では、悲観的ながらも周囲となんとか折り合いをつけてやってきたトリですが、さまざまな出来事と出会ううちに、自分やみんなの傍観者的な態度に強い違和感を覚えるようになります。そして、自分自身と向き合い、苦しみ、もがき、傍観者の立場から一歩踏みだすことを――ソリティアと対峙することを——決意します。

「はじめに」で言及されているように、本書にはうつや自殺願望、摂食障害や自傷行為の描写があります。とくにトリの心情描写は、一人称で語られるだけにかなり（著者が注意喚起するほど）リアルで切実で、読んでいて胸が痛くなるほどです。それでもストレスなく読み進められるのは、どこか自分を客観的に見ているトリの視点と、発想のユニークさ、言葉のセンスのおかげかもしれません。トリとマイケルの会話などはじつにテンポよく、ウィットに富んでいて、性格の違いすぎるふたりが、じつはかけがえのないソウルメイトなのだと強く実感させられます。

著者が十七歳のときに書いたこのデビュー作が、このあとの作品群のベースになっているのは間違いないでしょう。メンタル、セクシュアリティ、友達関係の悩み、家族、学校といったテーマは、形を変えてさまざまな作品で描かれます。二〇二一年には、アロマンティック・アセクシャル（他者に恋愛感情・性的欲求を抱かない）のティーンを主人公にした『Loveless』で、イギリスの文学賞「YAブック・プライズ」を受賞しました。

また、本作の新装版が二〇二三年五月にアメリカで発売され、ニューヨーク・タイムズのベストセラーリスト（YAハードカバー部門）で一位を獲得しました。

本書は『ハートストッパー』よりかなり前に書かれたこともあって、登場人物の描写には微妙なズレがあります。そのあたりも、読みくらべて楽しんでいただければ幸いです。

二〇二三年六月　石崎比呂美

HEARTSTOPPER小説シリーズ　邦訳第1弾!

This Winter
ディス・ウィンター

アリス・オズマン　石崎比呂美 訳

四六判 並製 144 ページ ISBN978-4-910352-64-0

ただ“ふつうの”クリスマスを過ごしたかった

トリとチャーリーとオリバーにとって、
今年の冬は試練のときだった。
せめてこのクリスマスは穏やかに過ごしたいと思っている。
それはオリバーにとっては、
姉兄と一緒にマリオカートをすることを意味し、
トリとチャーリーにとっては、この数か月にあったことを乗り越えて、
前を向くことを意味している。
このクリスマスは、家族をどんな方向へ導くのだろう――

HEARTSTOPPER
ハートストッパー

アリス・オズマン　牧野琴子訳

ボーイ・ミーツ・ボーイ。
少年たちは友情を育み、そして、恋に落ちた。
人生、恋愛、そこで起こるさまざまな出来事を描く
LGBTQ＋コミック。アリス・オズマンのデビュー小説
『Solitaire ソリティア』から誕生した、
世界的ベストセラーコミックシリーズ。

Vol.1
A5判 並製 288 ページ
ISBN978-4-908406-96-6

Vol.2
A5判 並製 320 ページ
ISBN978-4-908406-97-3

Vol.3
A5判 並製 384 ページ
ISBN978-4-908406-98-0

Vol.4
A5判 並製 384 ページ
ISBN978-4-910352-00-8

The HEARTSTOPPER YEARBOOK
ハートストッパー・イヤーブック

アリス・オズマン　牧野琴子訳

HEARTSTOPPERの世界をより深く楽しめる、
豪華オールカラーのファンブック。
作者の創作エピソードや、キャラクター解説、
未発表のミニ・コミックなど限定コンテンツ満載。

A5判 並製 160 ページ
ISBN978-4-910352-52-7

著　者

アリス・オズマン

Alice Oseman

作家・イラストレーター。1994年、イギリス・ケント州出身。ダラム大学を2016年に卒業。19歳のとき、デビュー小説『Solitaire』が出版される。普段は存在の無意味さを問いかけながら、ボーっとパソコンの画面を見つめている。オフィスワークを回避するためなら何でもやる。

♡ www.aliceoseman.com
♡ Instagram @aliceoseman
♡ Twitter @AliceOseman

訳　者

石崎比呂美

Hiromi Ishizaki

翻訳家。大阪府出身。主な訳書にアリス・オズマン『ディス・ウィンター』、キャサリン・メイ『冬を越えて』、ロザムンド・ヤング『牛たちの知られざる生活』、ジェニファー・ニーヴン『僕の心がずっと求めていた最高に素晴らしいこと』などがある。

装　丁　　藤田知子
編　集　　小泉宏美

Solitaire
ソリティア

2023年 7月20日　初版 第1刷 発行

著　者　アリス・オズマン
訳　者　石崎比呂美

発行者　住友千之
発行所　株式会社トゥーヴァージンズ
〒102-0073　東京都千代田区九段北4-1-3
電話：(03) 5212-7442
FAX：(03) 5212-7889
https://www.twovirgins.jp/

印刷所　中央精版印刷株式会社

ISBN 978-4-910352-76-3
©Alice Oseman, Hiromi Ishizaki, TWO VIRGINS 2023
Printed in Japan

乱丁・落丁本はお取り替えいたします。
本書の無断複写（コピー）は著作権法での例外を除き、禁じられています。
定価はカバーに表示しています。